MW01608433

L'insolente
de Stannage Park

JULIA
Quinn

L'insolente
de Stannage Park

*Traduit de l'américain
par Viviane Ascain*

Titre original
MINX

Éditeur original
Avon Books, an imprint of HarperCollins*Publishers*, New York
© Julie Quinn Cotler, 1996

Pour la traduction française
© Éditions J'ai lu, 2011

À Fran Lebowitz,
mon merveilleux agent, ma merveilleuse amie...

Et à Paul, même s'il n'a pas cessé de demander
pendant que j'écrivais ce livre :
« Où sont toutes les solentes ? »

Prologue

Londres, 1816

Écœuré, William Dunford observait ses compagnons qui, les yeux dans les yeux, l'ignoraient totalement. Lady Arabelle Blydon, l'une de ses meilleures amies, venait d'épouser lord John Blackwood, et les deux tourtereaux se regardaient avec une adoration qui confinait à l'imbécillité.

C'était aussi révoltant que charmant.

Les yeux au ciel, Dunford tapa du pied pour leur signifier son exaspération. Le trio, accompagné d'Alex, duc d'Ashbourne, le meilleur ami de Dunford, et de sa femme Emma, qui était justement cousine avec Arabelle, se rendait au bal. Un incident malencontreux les avait immobilisés, et ils attendaient une seconde voiture pour reprendre leur chemin.

Le tintamarre d'un attelage sur les pavés lui annonça la fin imminente de son supplice. Pourtant, Arabelle et John paraissaient ne rien remarquer et semblaient prêts à se jeter dans les bras l'un de l'autre et à faire l'amour sur place.

C'en était trop pour Dunford.

— Mes petits tourtereaux... roucoula-t-il avec emphase.

John et Arabelle tournèrent enfin un regard égaré vers leur ami, comme s'il venait de les arracher à un rêve particulièrement voluptueux.

— Si vous voulez bien cesser de vous dévorer des yeux, nous pourrons peut-être nous remettre en route. Au cas où vous ne l'auriez pas remarqué, la seconde voiture est arrivée.

— L'éducation soignée que tu as reçue a visiblement fait l'impasse sur le tact et la discrétion, soupira lord Blackwood.

— Personne n'est parfait ! rétorqua gaiement Dunford. Quand vous voudrez...

— Ma douce ? interrogea John en offrant le bras à sa jeune épouse, qui l'accepta avec un sourire empli d'adoration.

— Je te ferai payer ça au centuple ! chuchota la jeune femme.

— Je te fais confiance ! s'amusa l'intéressé.

Les cinq amis étaient à peine installés dans la luxueuse berline que les amoureux recommençaient leur manège. Blackwood avait pris la main de sa moitié et lui caressait tendrement les doigts, sans prendre la peine de se cacher, tandis qu'Arabelle poussait de petits soupirs de satisfaction.

— Mais enfin, vous les avez vus ? s'insurgea Dunford, prenant à témoin Alex et Emma. Même vous, vous ne vous rendiez pas aussi ridicules !

— Un jour, murmura Arabelle en le menaçant du doigt, tu vas rencontrer la femme de tes rêves, et c'est moi qui viendrai t'empoisonner la vie !

— Je ne voudrais pas te décevoir, ma pauvre Arabelle, mais il n'y a pas de danger ! La femme de mes rêves est trop parfaite pour exister ici-bas.

— C'est ce qu'on verra ! Je suis prête à parier qu'avant un an, une belle inconnue t'aura ensorcelé, tu te retrouveras pieds et poings liés, et tu en redemanderas !

— Tenu ! Combien es-tu prête à parier ?

— Combien es-tu prêt à perdre ?

— Tu ne le savais peut-être pas, mais tu as épousé une joueuse invétérée, remarqua Emma à l'adresse de John.

— Si j'avais su, j'y aurais regardé à deux fois !

— Combien ? insista lady Blackwood, non sans avoir préalablement assené une tape vigoureuse sur la main de son mari.

— Mille livres.

— Entendu.

— Mais vous êtes devenus fous ? protesta John.

— Tu crois que seuls les hommes ont le droit de jouer ? s'agaça sa femme.

— C'est un marché de dupes, ma chérie ! Tu viens de parier une somme astronomique avec la personne qui contrôle totalement l'enjeu. Tu ne peux pas gagner.

— Ne sous-estime pas le pouvoir de l'amour, mon cœur, même si dans le cas de Dunford, mieux vaudrait parier sur le désir.

— Tu me blesses profondément, si tu ne me crois capable que de bas instincts, protesta l'intéressé, la main sur le cœur.

— Parce que tu es capable d'autre chose ?

Le visage de Dunford se ferma. À vrai dire, il ignorait la réponse. Enfin, dans un an, il serait plus riche de mille livres. Ce serait de l'argent facilement gagné.

1

Quelques mois plus tard, Dunford prenait le thé chez lui avec Arabelle, qui était passée bavarder un peu. Il était ravi de cette visite à l'improviste car depuis qu'elle était mariée, il voyait moins souvent son amie.

— Tu es certaine que John ne va pas venir avec un fusil te tirer de mes griffes et me provoquer en duel ? la taquina-t-il.

— Il est bien trop occupé !

— Trop occupé pour lâcher la bride à son naturel possessif ? Ça m'étonne de lui.

— Il a confiance en toi et, ce qui est plus important, il a confiance en moi.

— Tant de vertu me laisse éperdu d'admiration ! persifla Dunford, qui tenait à se persuader qu'il n'enviait pas le moins du monde le bonheur de la jeune femme.

Un petit coup discret à la porte annonça l'entrée de Whatmough, l'impassible majordome de la maison.

— Un homme de loi vous demande, monsieur.

— Un homme de loi ? À quel propos ?

— Je l'ignore, mais il s'est montré très insistant, monsieur.

— Dans ce cas, faites-le entrer. Je ne vois pas ce qu'il peut me vouloir, soupira le maître des lieux en s'excusant d'un regard las auprès d'Arabelle.

— C'est extrêmement curieux, admit-elle.

Whatmough introduisit donc un homme d'âge moyen, de taille moyenne, de corpulence moyenne, aux cheveux grisonnants et à la mise passe-partout, qui paraissait dans tous ses états.

— Monsieur Dunford ? Vous êtes bien monsieur Dunford ? Vous n'imaginez pas comme je suis heureux de vous avoir enfin trouvé ! Madame Dunford, je suppose ? C'est étrange, vraiment étrange ! Je vous croyais célibataire.

— Je suis effectivement célibataire, coupa Dunford lorsque le nouveau venu s'arrêta pour reprendre son souffle. Lady Blackwood est une amie. À qui ai-je l'honneur ?

— Oh, je vous prie de m'excuser ! Je vous présente toutes mes excuses ! Je suis Perceval Leverett, de l'étude Cragmont, Hopkins, Topkins & Leverett. J'ai une grande nouvelle à vous annoncer. Une nouvelle très importante !

— Je vous écoute, intima Dunford, impavide.

— Nous devrions peut-être nous entretenir en privé, si madame n'est pas votre parente.

— Bien entendu. Tu veux bien nous excuser ?

— Mais certainement. Je t'attendrai ici, ajouta-t-elle, signifiant d'un sourire qu'elle aurait ensuite un feu roulant de questions à lui poser.

— Passons dans mon bureau, voulez-vous ? suggéra Dunford en ouvrant une porte adjacente.

Arabelle, constatant avec grand plaisir qu'ils avaient mal refermé la porte derrière eux, se glissa sur le siège le plus proche et se démancha le cou pour mieux saisir leur conversation.

Au milieu d'un murmure de voix indistinctes, la jeune femme distingua le mot « cousin » puis, après un autre échange incompréhensible, elle entendit clairement le nom « Cornouailles ».

— Et que m'a-t-il laissé ?

Dunford venait de faire un héritage ! C'était merveilleux, à condition qu'il ne soit pas grevé de charges ou de conditions absurdes. Une de ses amies avait hérité d'une charmante demeure à la campagne, à condition de s'occuper des trente-sept chats de l'ancien propriétaire.

Le reste de la conversation resta parfaitement inaudible. Enfin, au bout de longues minutes, les deux hommes revinrent au salon, pendant que Leverett rangeait une épaisse liasse de papiers dans sa serviette.

— Je vous enverrai le reste des documents dès que possible. J'aurai certainement besoin de votre signature.

— Bien entendu.

— Eh bien ? s'impatienta la jeune femme dès que le notaire eut quitté la pièce.

— Il paraît que j'ai hérité d'une baronnie et de la propriété qui va avec.

— Une baronnie ! Il va falloir que je t'appelle milord, maintenant ?

— Parce que je t'appelle souvent lady Blackwood, moi ?

— La dernière fois, c'était il y a dix minutes à peine, quand tu m'as présentée à M. Leverett.

— Touché ! admit-il en se laissant tomber sur le canapé, sans même attendre qu'elle se soit assise. Alors, tu peux m'appeler lord Stannage.

— William Dunford, lord Stannage... Mais ça fait très distingué, tu sais ! le taquina-t-elle. À propos, ton prénom est bien William ?

C'était une vieille plaisanterie entre eux. Dunford détestait son prénom, et on l'employait si rarement qu'elle prétendait l'avoir oublié.

— J'ai demandé à ma mère. Il lui semble bien que c'est William.

— Qui est mort, au fait ? coupa-t-elle.

— Tu montres toujours beaucoup de tact et de délicatesse, ma belle Arabelle.

— Je ne me doutais pas que la perte d'un parent si éloigné que tu en ignorais l'existence il y a encore une demi-heure, t'affecterait à ce point.

— C'était un cousin. Au huitième degré, pour être exact.

— Et ils n'ont trouvé personne de plus proche ? s'étonna-t-elle. Je suis contente de ta bonne fortune, mais tout de même, cela fait très loin, et je trouve cela étonnant.

— Nous sommes apparemment une famille de célibataires endurcis, donc peu prolifiques.

— C'est ce que j'avais cru comprendre.

— Plaisanteries mises à part, je me retrouve maintenant en possession d'un titre de baron et d'un petit domaine en Cornouailles.

— Et tu es déjà allé en Cornouailles ? questionna négligemment Arabelle, satisfaite d'avoir bien entendu.

— Je n'y ai jamais mis les pieds. Et toi ?

— On dit que c'est très sauvage, avec des falaises grandioses où les vagues viennent s'écraser dans un fracas d'écume. Enfin, même s'il n'y a plus d'anthropophages, c'est le bout du monde !

— C'est tout de même l'Angleterre, ma belle, pas l'Océanie !

— Tu vas être obligé d'y aller ?

— Cela me paraît inévitable. Une côte sauvage, avec des tempêtes ? C'est tout à fait ce qu'il me faut. Je sens que je vais adorer !

— J'espère qu'il va détester cet endroit ! décréta Henriette Barrett en mordant avec entrain dans une pomme. Qu'il va l'abhorrer !

— Voyons, Henry, protesta Mme Simpson, la gouvernante de Stannage Park. Ce n'est pas très charitable de votre part !

— Je ne me sens pas d'humeur très charitable pour le moment, ma bonne Simpy ! J'ai tellement travaillé pour faire de Stannage Park ce qu'il est maintenant !

La jeune fille vivait ici depuis la mort de ses parents, alors qu'elle avait huit ans à peine. Ils s'étaient tués dans un accident de voiture à Manchester, où ils habitaient, la laissant seule et sans le sou. Viola, l'épouse du défunt baron, qui était cousine avec sa grand-mère, l'avait gentiment recueillie.

Henry était immédiatement tombée amoureuse de Stannage Park, de ses vieux murs de pierre immaculée, de ses vitres colorées qui étincelaient doucement et de tous ceux qui vivaient sur le domaine, jusqu'au dernier des métayers. Les domestiques l'avaient même trouvée un beau matin occupée à faire l'argenterie.

— Je veux que tout brille ici, avait expliqué la petite fille. Je veux que tout soit parfait, car c'est un endroit parfait !

C'est ainsi qu'elle avait adopté la Cornouailles, qui était devenue son véritable foyer, plus que Manchester ne l'avait jamais été. Lady Stannage s'était tout de suite attachée à elle et Carlyle, le maître des lieux, avait fait office de lointaine figure paternelle. Il s'occupait peu de l'enfant, mais il avait toujours pour elle une petite tape amicale sur la tête quand elle passait à sa portée.

Elle avait à peine quatorze ans lorsque Viola était morte, laissant son mari inconsolable et sa pupille orpheline une seconde fois. Carlyle s'était alors replié sur lui-même et avait laissé l'entretien et la gestion du domaine aller à vau-l'eau.

Henry avait immédiatement pris le relais. Elle aimait Stannage Park plus que tout au monde et avait des idées bien arrêtées sur la façon dont il devait être administré. Depuis six ans, elle tenait à la fois les rôles de maître et de maîtresse de maison, et tout le monde s'en trouvait bien. Il ne serait venu à l'idée de personne de contester son autorité, et elle était parfaitement heureuse de la vie qu'elle menait.

Mais Carlyle était mort subitement, et les terres comme le titre étaient passés à un lointain cousin londonien, probablement une espèce de muscadin à moitié dégénéré, qui n'était jamais venu en Cornouailles, à ce qu'on racontait. Bien entendu, elle non plus n'avait jamais mis les pieds en Cornouailles avant d'arriver à Stannage Park, mais elle ne voyait pas le rapport.

— Comment s'appelle-t-il, déjà ? s'enquit Mme Simpson, tout en pétrissant énergiquement une pâte à pain.

— Dunford. Quelque chose Dunford. Personne n'a jugé utile de m'informer de son prénom. Enfin, cela n'a pas grande importance. Je suppose que de toute façon, maintenant qu'il est devenu lord Stannage, il voudra se faire donner du « milord », comme tous les roturiers fraîchement anoblis.

— On dirait que vous êtes vous-même une aristocrate de vieille souche, à vous entendre ! N'allez pas faire mauvaise figure à ce monsieur, je vous prie !

— Il tiendra probablement à m'appeler Henriette ! maugréa-t-elle en mordant dans sa pomme.

— J'espère bien ! Vous n'avez plus l'âge de vous faire appeler Henry !

— Mais vous, vous m'appelez toujours Henry.

— Moi, je suis trop vieille pour changer, mais pas vous ! Et il est grand temps d'abandonner vos manières de garçon manqué et de vous occuper de trouver un mari.

— Pour quoi faire ? Pour déménager en Angleterre ? Je ne veux pas quitter la Cornouailles.

Mme Simpson ne jugea pas utile de lui faire remarquer que la Cornouailles n'était jamais que la pointe méridionale de l'Angleterre. Henry était tellement passionné par sa région qu'elle en faisait le centre du monde, comme si rien d'autre n'existait.

— On trouve des messieurs très bien en Cornouailles. Vous pourriez parfaitement épouser l'un d'eux.

— Il n'y a personne d'intéressant ici, Simpy, vous le savez parfaitement, et personne ne voudrait de moi. Je n'ai pas un liard maintenant que Stannage Park appartient à cet étranger. Pour eux, je ne suis qu'un garçon manqué, de toute façon, un phénomène de foire.

— Mais pas du tout ! Tout le monde a beaucoup d'estime pour vous, au contraire.

— Je sais bien ! s'impatienta Henry. Ils m'estiment comme un homme, ce dont je leur suis reconnaissante, mais aucun homme n'a envie d'en épouser un autre, vous savez.

— Peut-être que si vous portiez une robe...

— Mais j'en porte, quand c'est indispensable, rétorqua Henry en levant au ciel ses grands yeux gris.

— Pour fêter la semaine des quatre jeudis, sans doute ! Je ne vous ai jamais vue en robe, même pas à l'église !

— Si je vous comprends bien, j'ai de la chance que le pasteur ait l'esprit large !

— Vous avez surtout de la chance qu'il apprécie le cognac de France que vous lui faites porter tous les mois !

— J'ai mis une robe pour l'enterrement de Carlyle, si vous vous souvenez bien, et l'année dernière pour le bal du comté. J'en mets toujours quand nous avons des invités, d'ailleurs. J'en ai cinq différentes ! Oh, et puis j'en mets aussi pour aller en ville.

— Ce n'est pas vrai.

— Pas dans nos petits villages, bien sûr, mais chaque fois que je vais dans une vraie ville. Pour courir les champs et les chemins du domaine, c'est vraiment trop incommode, vous en conviendrez !

Cela ne lui allait pas du tout non plus, mais Henry préféra garder cet argument pour elle.

— En tout cas, vous feriez bien d'en mettre une pour l'arrivée de M. Dunford.

— Je ne suis pas complètement demeurée, Simpy ! protesta-t-elle en lançant le trognon de pomme dans un seau d'ordures à l'autre bout de la pièce. Vous avez vu ? Dans le mille ! Je n'ai jamais manqué !

— Si seulement quelqu'un pouvait vous apprendre à vous conduire en fille ! soupira Mme Simpson.

— Viola a essayé, et elle y serait peut-être arrivée si elle avait vécu plus longtemps. Mais je me trouve très bien comme ça.

C'était généralement vrai. De temps à autre, elle était éblouie par une belle dame vêtue d'une robe splendide qui lui allait à la perfection. Ce genre de femmes n'avait pas de pieds, elle en était convaincue. Elles étaient montées sur roulettes et glissaient gracieusement partout où elles allaient, suivies d'une douzaine d'admirateurs béats. Henry imaginait ces jeunes gens à ses pieds, ce qui avait le don de la faire éclater de rire. Ce rêve n'était pas près de se réaliser et, de toute façon, elle était parfaitement satisfaite de la vie qu'elle menait.

— Henry ?... Henry ? insista la gouvernante. Je vous parle !

— Excusez-moi. Je me demandais quoi faire avec les vaches, prétexta-t-elle. Je ne suis pas sûre que nous ayons suffisamment de place pour les loger toutes.

— Vous devriez plutôt vous demander ce que vous allez faire quand M. Dunford arrivera. Dans sa lettre, il s'annonçait pour cet après-midi, n'est-ce pas ?

— Oui. Quel enquiquineur !

— Henry !

— S'il y a jamais eu un moment pour les gros mots, c'est bien aujourd'hui ! Qu'allons-nous faire s'il s'intéresse à Stannage Park ? Ou pire, s'il veut s'en occuper ?

— Ce serait son droit le plus strict. Stannage Park lui appartient.

— C'est justement ce qui me désole !

— Il va peut-être vouloir vendre, remarqua pensivement Simpy en essuyant ses mains pleines de

20

farine. S'il vend à quelqu'un du pays, vous n'avez pas de souci à vous faire. Tout le monde sait que personne ne peut gérer ce domaine mieux que vous.

Henry sauta à bas du bahut sur lequel elle était perchée et se mit à arpenter la pièce à grands pas.

— Il ne peut pas vendre, le domaine est attaché au titre. S'il avait pu en disposer, je pense que Carlyle me l'aurait légué.

— Alors, il ne vous reste plus qu'à bien vous entendre avec ce M. Dunford.

— Il s'appelle lord Stannage, maintenant. Lord Stannage, propriétaire de ma maison et maître de mon destin.

— Que voulez-vous dire ?

— Qu'il est mon tuteur, tout simplement.

— Comment ?

— Je suis sa pupille.

— Mais enfin, c'est impossible ! Vous ne le connaissez ni d'Ève ni d'Adam.

— Ainsi va le monde, ma chère Simpy. Les femmes n'ont rien dans le cerveau, et elles ont besoin de tuteurs pour les guider.

— Et vous ne m'aviez rien dit !

— Je ne vous dis pas tout, vous savez.

— Je m'en aperçois !

Henry et la femme de charge étaient pourtant très proches, et la jeune femme se serait volontiers confiée à elle, mais elle ne savait pas ce qui l'avait retenue, songea-t-elle en passant la main dans sa longue chevelure auburn.

Ses cheveux constituaient une de ses rares coquetteries. Les couper court aurait été beaucoup plus pratique, mais elle n'avait jamais pu s'y résoudre. Ils étaient tellement doux et épais ! Et puis, elle aimait les tourner et les retourner entre ses doigts chaque fois qu'elle réfléchissait.

— Que nous sommes bêtes !

— Merci du compliment. Qu'est-ce qu'il y a encore ? questionna la gouvernante, partagée entre l'agacement et l'amusement.

— Il ne peut pas vendre le domaine, mais ça ne veut pas dire qu'il doit obligatoirement y habiter.

— Je ne suis pas sûre de vous suivre. Où voulez-vous en venir ?

— Nous n'avons qu'à lui ôter toute envie de s'installer ici. Ce ne sera probablement pas bien difficile, il y a de fortes chances pour qu'il s'agisse d'un de ces citadins mollassons qui n'ont jamais vu une vache autrement qu'en peinture. Enfin, ça ne coûtera rien de lui rendre la vie ici, disons… quelque peu inconfortable.

— Qu'est-ce que vous mijotez, Henriette ? Vous allez mettre des cailloux sous son matelas ?

Pour Mme Simpson, appeler sa protégée par son prénom féminin était le signe d'une grande colère ou d'une très vive inquiétude.

— Nous n'aurons pas besoin d'employer des moyens aussi radicaux. Nous nous montrerons au contraire extrêmement prévenantes envers lui. Nous serons la politesse personnifiée, mais nous lui ferons comprendre qu'il n'est absolument pas fait pour vivre à la campagne. Il pourrait s'apercevoir que le rôle de propriétaire lointain lui convient parfaitement, surtout si je lui envoie ses revenus tous les trimestres.

— Je croyais que vous réinvestissiez les bénéfices dans le domaine ?

— C'est ce que j'ai toujours fait jusqu'à maintenant, mais il suffirait de lui envoyer la moitié et de réinvestir l'autre. Ça ne me réjouit pas, mais ce sera tout de même mieux que de l'avoir ici tout au long de l'année.

— Et qu'est-ce que vous comptez lui faire exactement ?

— Je ne sais pas encore. Il faut que j'y réfléchisse.

— En tout cas, vous feriez bien de réfléchir vite, parce qu'il sera probablement ici dans moins d'une heure.

— Il faut que j'aille faire un brin de toilette.

— Cela vaudrait mieux. Vous sentez vraiment la campagne, et pas les prairies fleuries, si vous voyez ce que je veux dire !

— Vous pouvez demander qu'on me prépare un bain ? lança Henry par-dessus son épaule en s'élançant dans l'escalier.

La gouvernante avait raison, elle sentait le fumier. Mais comment aurait-il pu en être autrement, alors qu'elle avait passé la matinée à diriger la construction d'une nouvelle porcherie ? C'était le genre de tâche qui lui plaisait. Bien sûr, cela n'avait rien d'un ouvrage de dame, même si elle se contentait de superviser les travaux. Patauger jusqu'aux genoux dans le purin n'était pas exactement sa tasse de thé.

Elle s'arrêta brusquement en plein milieu de l'escalier, saisie d'une illumination. Ce n'était pas sa tasse de thé, mais cela lui paraissait une occupation toute trouvée pour le nouveau lord Stannage ! Et si elle parvenait à le convaincre que cela faisait partie des attributions ordinaires d'un gentleman-farmer qui se respecte, elle était prête à mettre la main à la pâte.

Ragaillardie, elle grimpa quatre à quatre le reste de l'escalier. Son bain ne serait pas prêt avant un bon quart d'heure, et elle entreprit de débroussailler sa

23

longue chevelure devant la fenêtre de sa chambre pour contempler les vertes pâtures qui entouraient le manoir.

Le soleil commençait à décliner, et le ciel prenait une teinte rosée. Jamais la campagne n'avait été si belle, et aucun autre spectacle n'avait le pouvoir d'émouvoir Henry à ce point.

Soudain, comme pour gâcher ce plaisir ineffable, un point scintilla à l'horizon. C'était une vitre, la vitre d'une voiture… Enfer et damnation ! Il était en avance !

— Quel idiot ! Et quel manque de tact ! s'emporta-t-elle.

Elle n'avait plus le temps de prendre son bain.

La berline qui arrivait dans l'allée était extrêmement élégante. Même avant d'hériter de Stannage Park, M. Dunford devait avoir des moyens conséquents. Tout en brossant ses cheveux, Henry sourit fièrement en voyant deux valets de pied se précipiter pour ouvrir la portière et descendre les bagages. Sous sa férule, la maison était réglée comme du papier à musique.

Quand la porte de la voiture s'ouvrit, sans même s'en rendre compte, elle se rapprocha de la fenêtre pour mieux voir. Un pied, chaussé de bottes d'excellente qualité – et elle s'y connaissait en bottes et souliers –, en sortit. Cette botte était rattachée à une jambe tout aussi masculine que la chaussure.

Ses espoirs de voir un muscadin efféminé dont elle ne ferait qu'une bouchée s'évanouirent d'un seul coup. Lorsque enfin le propriétaire de la jambe émergea de la berline, elle en laissa tomber sa brosse à cheveux.

Dieu qu'il était beau !

Non, « beau » n'était pas le terme qui convenait. Il impliquait une certaine féminité qui ne convenait en rien à cet homme de haute taille, aux larges épaules et au corps souple et musclé. Il portait sa chevelure brune et bouclée un peu plus long que ne l'exigeait la mode du moment, et son visage…

Mon Dieu, même les plus grands sculpteurs de l'Antiquité n'auraient pu rendre justice à ce visage, parfaite incarnation de la virilité !

De hautes pommettes, un nez droit, une bouche finement dessinée au pli légèrement ironique. Elle ne pouvait distinguer la couleur de ses yeux, mais elle devinait qu'ils pétillaient d'intelligence. Et il était beaucoup plus jeune qu'elle ne le pensait. Elle s'attendait à rencontrer un quinquagénaire, mais M. Dunford n'avait pas plus de la trentaine.

L'entreprise s'annonçait plus difficile que prévu. Rouler cet homme dans la farine demanderait beaucoup de doigté. Avec un soupir de contrariété, elle ramassa sa brosse à cheveux et partit voir où en était son bain.

Alors que Dunford détaillait tranquillement la façade de sa nouvelle demeure, un léger mouvement derrière une fenêtre du premier étage attira son attention. Malgré les reflets du soleil déclinant, il distingua une jeune fille à la longue chevelure auburn. Avant qu'il ait eu le temps d'en voir plus, elle avait disparu.

Voilà qui était étrange. Une servante ne resterait pas à bayer aux corneilles derrière une fenêtre à ce moment de la journée, surtout les cheveux dénoués. Il se demanda fugitivement qui elle pouvait être, puis cela lui sortit de l'esprit. Il aurait tout le temps de s'enquérir de l'identité de l'inconnue ; pour le moment, d'autres questions plus urgentes réclamaient son attention.

Tout le personnel de Stannage Park s'était rassemblé devant le manoir pour saluer son nouveau maître. Cela faisait environ deux douzaines de personnes, ce qui était peu selon les critères en vigueur dans la haute société, mais Stannage Park était une demeure bien modeste pour un pair du royaume.

Le majordome, un grand homme sec du nom de Yates, fournissait de gros efforts pour entourer ces présentations de toute la solennité requise, et Dunford tenta de lui faire plaisir en adoptant le comportement un peu sévère que les domestiques semblaient attendre du nouveau maître des lieux. Il avait pourtant du mal à se retenir de sourire tandis que, l'une après l'autre, les femmes de chambre plongeaient dans une profonde révérence. Jamais il n'aurait imaginé hériter d'un titre, de terres et de la maisonnée qui allait avec. Son père était le fils cadet d'un fils cadet, et Dieu seul savait combien de Dunford avaient dû mourir pour qu'il devienne le seul héritier.

— À ce que je vois, vous dirigez cette maison à la perfection, complimenta-t-il le majordome après la révérence de la dernière des filles de cuisine.

Yates, qui ne s'était jamais donné la peine d'acquérir l'impassibilité qui constituait la qualité première d'un majordome londonien, rougit jusqu'aux oreilles.

— Je vous remercie, milord. Nous faisons notre possible, mais c'est Henry que vous devez féliciter.

— Qui est Henry ?

Yates pâlit. Il aurait dû parler de « Mlle Barrett », comme il était d'usage dans la capitale et dans

26

toutes les bonnes maisons, d'autant plus que lord Stannage était désormais le tuteur de Henry. Mme Simpson l'avait pris à part pour le lui dire à l'oreille juste avant l'arrivée du nouveau maître.

— Henry est... C'est que...

Comment décrire Henry ?

Cela n'avait d'ailleurs aucune importance, car Simpy avait détourné l'attention de Dunford en lui expliquant qu'elle était à Stannage Park depuis plus de vingt ans, qu'elle connaissait donc tout du domaine, de la maison du moins, et que s'il avait besoin de quoi que ce soit, elle était à sa disposition.

Dunford perçut un certain malaise chez la gouvernante. Elle en faisait trop. Il ignorait la raison de cette volubilité soudaine, mais cela l'intriguait. Un bruit étrange du côté des communs détourna son attention. Il attendit un instant, mais tout était calme, il avait dû se faire des idées. Il s'apprêtait à demander enfin à Mme Simpson qui était Henry lorsqu'un énorme goret sortit en trombe des écuries.

— Nom de Dieu ! jura Dunford, qui n'avait jamais vu pareil monstre.

Il n'y avait pas d'autre mot pour qualifier l'animal. Confié aux mains expertes d'un bon boucher, il y aurait de quoi nourrir la moitié de l'aristocratie londonienne. Mais pour le moment, la bête traversait la pelouse à vive allure et s'apprêtait à charger toute la maisonnée.

Les servantes s'égaillèrent en piaillant, tandis que les valets de pied s'agitaient sans grande efficacité apparente. Effaré par cette agitation, le cochon s'arrêta net et se mit à couiner comme si on allait l'égorger.

— Vas-tu te taire ! intima Dunford.

Le verrat, sans doute sensible à l'autorité, ne s'arrêta pas de grogner, mais se coucha aux pieds du jeune homme.

Impressionnée malgré elle, Henry marqua un temps d'arrêt. Dès qu'elle avait vu le cochon sortir des écuries, elle avait dévalé l'escalier et était arrivée devant la maison au moment précis où le nouveau lord Stannage essayait son autorité sur le fleuron de son cheptel.

Dans sa précipitation, elle avait complètement oublié le bain dont elle avait tant besoin, sa tenue masculine, la saleté de ses vêtements et l'odeur pestilentielle qui s'en dégageait.

— Toutes mes excuses, milord, marmonna-t-elle avec un sourire contraint en attrapant fermement le cochon par la queue.

Elle n'aurait probablement pas dû s'en mêler et aurait mieux fait de laisser le goret faire des saletés sur les luxueuses bottes de lord Stannage – ce qui n'aurait pas manqué d'être divertissant. Mais elle était trop fière de la bonne tenue du domaine pour ne pas tenter d'éviter un désastre.

Cette propriété était toute sa vie, tout ce qui comptait pour elle, et elle ne pouvait pas supporter qu'un étranger aille imaginer qu'on laissait les cochons baguenauder en liberté sur les pelouses, surtout si le nouveau venu était un gentleman de la capitale.

Un garçon de ferme vint prendre le relais et ramena l'animal à l'écurie. Henry prit tout à coup conscience de la mine effarée du personnel. Gênée, elle s'essuya les mains sur son pantalon et se tourna vers l'élégant citadin qui la dévisageait avec une perplexité qu'il ne songeait même pas à dissimuler.

— Je suis enchantée de faire votre connaissance, lord Stannage, lança-t-elle avec son sourire le plus chaleureux.

— Très heureux moi aussi, mademoiselle. Mademoiselle… ?

Ainsi, il n'avait pas compris qui elle était. Il imaginait sans doute une pupille beaucoup plus jeune, une de ces péronnelles sucrées qui ne mettaient jamais le nez dehors, qui ne couraient pas après les cochons, et qui étaient bien incapables de gérer un domaine.

— Henriette Barrett. Mais vous pouvez m'appeler Henry, comme tout le monde.

2

Voilà donc le mystérieux Henry !

— Mais vous êtes une jeune fille ! s'exclama-t-il, immédiatement conscient de la stupidité de sa remarque.

— Aux dernières nouvelles, oui.

Henry perçut dans son dos un petit claquement de langue désapprobateur. Probablement Simpy...

Dunford détailla l'étrange créature qui lui faisait face. Elle portait un ample pantalon de travail masculin et une chemise blanche de grosse toile qui, à en juger par les innombrables taches de boue qui la constellaient, avait abondamment servi. Sa longue chevelure auburn, parfaitement brossée, flottait librement sur ses épaules. Elle avait des cheveux magnifiques, et cette sensualité féminine tranchait de façon incongrue avec son accoutrement masculin. Il n'aurait su dire s'il la trouvait attirante ou tout simplement surprenante, et il n'avait aucune envie d'étudier la question de plus près. La jeune fille dégageait un parfum qui n'avait rien de féminin.

Pour être franc, il ne voulait surtout pas l'approcher à moins d'un mètre cinquante.

Henry avait passé toute la journée à la porcherie, et elle avait eu le temps de s'habituer à l'odeur, qu'elle ne remarquait même plus. Elle attribua donc la discrète grimace du nouveau lord Stannage à l'incongruité de sa tenue et, comme il était trop tard pour en changer, puisqu'il avait eu le mauvais goût d'arriver en avance, elle décida de tirer le meilleur parti possible de la situation et lui adressa son sourire le plus aimable.

— Excusez ma surprise, mademoiselle, mais…

— Henry. Appelez-moi Henry, comme tout le monde.

— Eh bien, Henry, pardonnez ma surprise. On m'avait dit qu'un certain Henry gérait le domaine, mais je pensais tout naturellement…

— Ne vous excusez pas, je suis habituée à de telles méprises. Cela m'est parfois utile.

— Je n'en doute pas, murmura-t-il en reculant discrètement.

L'étrange créature traversa la pelouse d'un pas décidé pour vérifier que le garçon de ferme avait bien enfermé le goret. Incrédule, Dunford se disait qu'il devait exister un autre Henry. Une aussi lourde responsabilité ne pouvait pas reposer sur les frêles épaules de cette jeune fille, qui paraissait quinze ou seize ans à peine !

— Ce genre d'incident n'arrive pas tous les jours, je tiens à vous le préciser, lança-t-elle en se retournant brusquement. Nous sommes en train de construire une nouvelle porcherie, et nous avons dû mettre provisoirement les cochons dans les écuries.

— Je vois.

Elle semblait parfaitement à son affaire et montrait toute l'autorité nécessaire pour diriger un domaine.

— Enfin, nous avons déjà monté plus de la moitié des murs. Votre arrivée est une véritable bénédiction, milord. Un peu d'aide sera bienvenue.

Une toux assez peu discrète retentit dans son dos. C'était Simpy, elle en était sûre cette fois-ci.

— J'aimerais voir cette porcherie terminée le plus tôt possible. Nous n'avons aucune envie que ce genre d'incident se reproduise, n'est-ce pas ? insista-t-elle avec son sourire le plus suave.

— Si j'ai bien compris, c'est vous qui administrez la propriété ?

— Plus ou moins…

— Mais n'êtes-vous pas un petit peu… jeune ?

— Peut-être, répliqua Henry sans réfléchir. Mais je suis le plus qualifié pour m'en occuper. Cela fait des années que je gère Stannage Park.

— La plus qualifiée, murmura Dunford.

— Je vous demande pardon ?

— *La* plus qualifiée. La femme la plus qualifiée pour cette tâche. Car vous êtes une femme, n'est-ce pas ? plaisanta-t-il.

— Vous ne trouverez aucun homme plus compétent que moi, répliqua sèchement Henry, totalement imperméable à son humour.

— Je n'en doute pas, y compris pour ce qui concerne les cochons. Stannage Park me paraît géré à merveille. Ce serait à vous de me faire visiter le domaine, il me semble, conclut-il en utilisant son arme la plus redoutable, son sourire.

Henry fit de son mieux pour rester froide devant ce sourire. Jamais elle n'avait eu l'occasion de rencontrer un homme aussi viril et séduisant, et l'étrange sensation de flottement qui creusait son estomac ne lui disait rien de bon. Quant à l'intrus, même si elle constituait visiblement pour lui un objet de curiosité, il restait totalement insensible à sa présence. En tout cas, s'il s'attendait à la voir béer d'admiration devant lui, il en serait pour ses frais.

— Avec plaisir. Pourquoi ne pas commencer tout de suite ?

— Henry ! s'insurgea, ouvertement cette fois-ci, Mme Simpson. Lord Stannage a voyagé toute la journée. Il a certainement envie de se rafraîchir et de prendre un peu de repos. Il a sans doute faim aussi.

— Je suis littéralement affamé, acquiesça Dunford en leur décochant un autre de ses sourires ravageurs.

— Si je venais d'hériter d'un domaine comme celui-ci, j'aurais envie de le voir le plus rapidement possible, rétorqua la jeune fille sans se démonter.

— J'ai effectivement envie de tout connaître de Stannage Park, mais je ne vois aucune raison de ne pas commencer demain matin, quand je me serai restauré et reposé. Et quand j'aurai pris un bain, ajouta-t-il avec un petit signe de tête.

Il ne pouvait pas lui signifier plus courtoisement qu'elle empestait, et la jeune fille rougit jusqu'aux oreilles.

— Je vous comprends, milord, et vos désirs sont des ordres, cela va de soi, admit-elle, glaciale. Vous êtes bien sûr seul maître ici, désormais.

— Je ne saurais vous dire à quel point votre amabilité et votre disponibilité me touchent, mademoiselle. Pardon, Henry ! Car si je vous ai bien comprise, vous vous mettez à mon entière disposition ? ironisa Dunford, désorienté par cette sécheresse soudaine, alors qu'elle s'était montrée tout sucre tout miel jusque-là.

Henry se maudit intérieurement. Pourquoi réagir de façon aussi impulsive et laisser deviner ses véritables sentiments ? Maintenant, il allait se méfier. Car il n'était pas le genre d'homme qu'on roule facilement dans la farine, de cela au moins elle était certaine.

Normalement, elle aurait dû se trouver en face d'un imbécile. Tous les dandys de ce genre étaient des quasi-demeurés. C'était du moins ce qu'elle avait toujours entendu dire.

Sa jeunesse constituait un deuxième obstacle. Il n'aurait aucun mal à suivre le rythme qu'elle entendait lui imposer. Peut-être même se fatiguerait-elle avant lui. En tout cas, le dégoûter de Stannage Park n'avait plus rien d'évident, désormais.

La troisième complication, c'était qu'elle n'avait jamais rencontré d'homme aussi séduisant. Elle n'en avait pas rencontré beaucoup, certes, mais cela n'empêchait pas qu'en face de lui, elle se sente…

Que lui arrivait-il quand elle se trouvait en face de lui, d'ailleurs ? Elle préférait ne pas chercher à le savoir.

Quant au quatrième inconvénient, elle n'avait pas besoin d'aller chercher midi à quatorze heures. Le nouveau lord Stannage était d'une courtoisie irréprochable, mais elle ne pouvait pas se cacher derrière son petit doigt.

Elle empestait.

Sans même se donner la peine d'étouffer un juron, Henry se hâta de rentrer et grimpa quatre à quatre l'escalier jusqu'à sa chambre et son bain refroidi.

— J'espère que vous trouverez vos appartements à votre goût, déclara Mme Simpson en introduisant Dunford dans ceux du précédent lord Stannage. Henry a fait de son mieux pour moderniser la maison.

— Ah oui, Henry...

— Nous l'aimons tous beaucoup, vous savez.

— Mais qui est Henry, au juste ? s'enquit Dunford.

— Vous ne le savez pas ? Cela fait des années qu'elle vit ici, depuis la mort de ses parents. Et c'est elle qui dirige la maison et le domaine depuis, voyons... six ans au moins. Depuis le décès de lady Stannage – Dieu ait son âme, la pauvre femme !

— Mais que faisait lord Stannage ?

Dunford préférait apprendre le plus vite possible tout ce qu'il y avait à savoir sur sa propriété et sur l'étrange jeune fille qui la dirigeait. Cela lui éviterait certainement des impairs.

— Il pleurait lady Stannage.

— Pendant six ans ?

— Ils formaient un couple très uni, vous savez, soupira la gouvernante.

— Corrigez-moi si je me trompe. Cela fait six ans que Henry, je veux dire Mlle Barrett, administre Stannage Park ?

C'était impossible. Une gamine de dix ans à peine ne pouvait pas prendre les rênes d'un aussi grand domaine !

— Mais quel âge a-t-elle ?

— Vingt ans, milord.

Vingt ans ! Elle ne les faisait certainement pas.

— Je vois. Et quelle parenté avait-elle avec lord Stannage ?

— Mais c'est vous, lord Stannage, maintenant.

— Je veux parler du précédent lord Stannage, précisa Dunford en dissimulant son impatience.

— C'est une lointaine cousine de sa femme. Quand elle a perdu ses parents, elle n'avait nulle part où aller, la pauvre petite.

— Je vois. C'est très généreux de la part de lord et lady Stannage de l'avoir recueillie. Je vous remercie de vos bons soins, madame. Je crois que je vais prendre un peu de repos avant de faire un brin de toilette et de me changer pour le dîner. Vous observez les horaires de la campagne, je suppose ?

— Que voulez-vous, nous sommes à la campagne, s'inclina la femme de charge.

Une parente pauvre... Une parente pauvre qui s'habillait en homme, sentait l'étable et faisait marcher Stannage Park aussi bien que la maisonnée la plus huppée de la capitale. Décidément, son séjour en Cornouailles promettait de se révéler passionnant.

Maintenant, il ne lui restait plus qu'à découvrir quelle allure elle avait une fois habillée en femme.

Il ne lui fallut pas plus de deux heures pour être fixé. Jamais encore il n'avait vu une femme fagotée de façon aussi ridicule. Il n'y avait pas de mots pour décrire l'allure de Mlle Barrett.

Sa robe, d'un bleu lavande parfaitement démodé, surchargée de rubans, de nœuds et de fanfreluches, évoquait une pâtisserie indigeste. En plus de sa laideur, le vêtement semblait particulièrement mal coupé, car la malheureuse ne cessait de tirer dessus. En fait, il n'était plus à sa taille... La jupe était un peu trop courte, le corsage un peu trop serré, et il aurait juré que la manche droite portait une légère déchirure.

En un mot comme en cent, Mlle Henriette Barrett était à faire peur. Finalement, il se demandait s'il ne la préférait pas déguisée en homme.

Par contre, elle sentait délicieusement bon. Une crème ou une eau de toilette simple, délicatement citronnée, huma-t-il.

— Bonsoir, milord ! J'espère que vous êtes confortablement installé ? s'enquit-elle quand il la rejoignit dans le salon.

— À la perfection, mademoiselle, je vous remercie. Puis-je vous complimenter encore une fois pour la façon dont cette maison est tenue ?

— Appelez-moi Henry, corrigea-t-elle machinalement.

— Comme tout le monde, compléta-t-il.

Malgré elle, la jeune fille sentit un fou rire lui chatouiller la gorge. Allons bon, elle n'allait tout de même pas s'enticher de cet homme ! Il ne manquerait plus que ça !

— Puis-je vous escorter jusqu'à table ?

Henry accepta le bras qu'il lui offrait en se disant qu'après tout il n'y avait aucun mal à passer agréablement la soirée en compagnie de cet étranger qui était, il ne fallait pas l'oublier, son ennemi. Il s'agissait d'endormir sa méfiance et lui laisser croire qu'il avait gagné son amitié. Ce M. Dunford n'avait rien d'un imbécile, et si jamais il se doutait qu'elle cherchait à se débarrasser de lui, tous les régiments de Sa Gracieuse Majesté ne suffiraient pas à lui faire quitter la Cornouailles. Non, mieux valait s'en tenir à la méthode choisie, et le laisser se persuader que la vie de province n'était pas faite pour lui.

Et puis, jamais encore un homme ne lui avait offert le bras. Malgré ses tenues masculines, Henry n'en était pas moins femme, et elle ne pouvait résister à cette marque de galanterie.

— Vous plaisez-vous ici, milord ? questionna-t-elle une fois à table.

— Beaucoup, si j'en crois ce bref aperçu. Ce consommé de bœuf est délicieux, ajouta-t-il.

— Mme Simpson est irremplaçable. Je me demande ce que nous deviendrions sans elle.

— Mais je pensais que c'était la gouvernante ?

— C'est effectivement la gouvernante, mais elle fait aussi la cuisine de temps à autre. Nous avons un personnel assez restreint, comme vous avez pu le remarquer. Plus de la moitié des domestiques que vous avez rencontrés cet après-midi ne travaillent pas dans la maison, mais aux jardins ou aux étables.

— Vraiment ?

— Nous pourrions facilement employer quelques valets supplémentaires, mais ils sont tellement chers de nos jours, vous savez !

— Non, justement, je ne le savais pas.

— Ah bon ? Vous n'avez sans doute jamais eu à gérer toute une maisonnée ?

— Pas aussi grande que celle-ci, effectivement.

— C'est pour cela ! acquiesça-t-elle avec un peu trop d'enthousiasme. Si nous engagions du personnel supplémentaire, il nous faudrait économiser dans d'autres domaines.

— Vous croyez ? s'amusa Dunford en buvant une gorgée de vin.

— Mais bien entendu ! Nous devons déjà économiser sur la nourriture, vous savez.

— Vraiment ? Je trouve pourtant ce repas délicieux.

— Je vous remercie, nous avons fait de notre mieux. Nous tenions à ce que vous soyez bien reçu pour votre première soirée à Stannage Park.

— Quelle délicate attention !

Henry réfléchit rapidement. Le visage de son interlocuteur était indéchiffrable.

— Dès demain, reprit-elle avec une assurance qui la surprit elle-même, nous devrons revenir à nos menus ordinaires.

— Et de quoi sont-ils faits ?

— Oh, de plats très simples. Potages de légumes, un peu de mouton de temps en temps. Nous mangeons les bêtes quand leur laine n'est plus assez bonne.

— J'ignorais que la laine se gâtait avec l'âge.

— Mais bien sûr que si ! Quand les moutons vieillissent, leur laine devient filandreuse, expliqua-t-elle en espérant qu'il ne devinerait pas son mensonge. Elle se vend à trop bas prix, et à ce moment-là, nous mangeons les animaux.

— Nous avons donc de temps en temps du mouton.

— Bouilli.

— Je m'étonne que vous ne soyez pas plus mince.

Que voulait-il dire ? Est-ce qu'il la trouvait trop ronde ? À cette idée, son cœur se serra.

— Nous ne lésinons pas sur le petit déjeuner ! assura-t-elle, bien décidée à ne pas renoncer à ses œufs et à ses saucisses. Après tout, nous avons tous besoin de prendre des forces pour accomplir ce que nous avons à faire dans la journée.

— Je comprends.

— Nous faisons donc un copieux petit déjeuner, et nous avons du porridge pour le déjeuner.

— Du porridge ? s'étrangla Dunford.

— Vous vous y habituerez très vite, vous verrez. Je suis même certaine que vous finirez par aimer ça. Et le dîner se compose généralement de pain, de potage, et de mouton de temps en temps.

— De temps en temps ?

— Ce n'est pas tous les jours que nous abattons une bête. Nous attendons qu'elles soient trop vieilles pour donner une laine de qualité.

— Je suis certain que toute la population de Cornouailles vous est reconnaissante de l'habiller avec tant de soin.

— La plupart ignorent la provenance de la laine qui fait leurs vêtements.

Dunford la dévisagea en silence, se demandant visiblement s'il était possible de se montrer aussi obtuse, et ce silence embarrassa la jeune fille.

— Enfin, voilà pourquoi nous mangeons du mouton de temps en temps.

— Je vois.

Henry ne savait comment interpréter ces réponses sibyllines et ce visage impénétrable. Elle jouait une partie serrée, elle en avait conscience. Elle voulait lui démontrer qu'il n'était pas fait pour la vie frugale de la campagne, mais si elle lui brossait un tableau trop noir et lui laissait penser que Stannage Park manquait de personnel et était mal géré, il pouvait parfaitement décider de les mettre tous à la porte pour reprendre le domaine en main.

Il ne pouvait pas la mettre à la porte, elle. Un tuteur n'avait pas le droit de jeter dehors sa pupille.

— Pourquoi cet air sévère, Henry ?

— Oh, rien du tout. Excusez-moi, je faisais simplement quelques petits calculs.

— Et quel était donc l'objet de ces calculs si compliqués ? s'enquit Dunford.

— Les fermages, ce que vont donner les récoltes, ce genre de choses. Stannage Park est avant tout un domaine agricole, voyez-vous. Nous travaillons tous beaucoup, il n'y a pas moyen de faire autrement.

Après toutes ces considérations sur la nourriture, il commençait à se demander si elle ne cherchait pas à le dégoûter de la Cornouailles et du domaine.

— Non, je l'ignorais.

— Nous avons beaucoup de métayers et de fermiers, mais nous avons également des ouvriers agricoles qui travaillent directement pour nous, qui font les récoltes, s'occupent du bétail... Cela représente beaucoup de travail.

Dunford en était convaincu, maintenant : elle cherchait à l'effrayer et à se débarrasser de lui. Mais dans quel but ? Il ne comprenait pas où voulait en venir cette étrange jeune fille. Si c'était la guerre qu'elle voulait, elle aurait beau faire la sucrée et jouer les petites innocentes, elle serait servie. En attendant, il allait s'employer à faire la conquête de Mlle Henriette Barrett comme il avait fait la conquête de toutes les femmes qu'il avait rencontrées.

En restant lui-même, tout simplement.

Pour commencer, il lui décocha l'un de ces sourires irrésistibles dont il avait le secret.

Sur ce terrain, Henry ne faisait pas le poids. Elle se croyait immunisée contre toute tentative de séduction, mais ses défenses n'étaient apparemment pas si solides, parce qu'elle perçut soudain une sensation étrange dans sa poitrine. Son cœur se mit à battre la chamade et, à sa grande stupéfaction, elle s'entendit soupirer.

— Parlez-moi de vous, Henry.

— Il n'y a pas grand-chose à dire, j'en ai peur.

— Je suis convaincu du contraire. Vous êtes une jeune fille exceptionnelle.

— Je ne vois vraiment pas ce que je peux avoir d'exceptionnel !

— Voyons ! Vous portez visiblement plus souvent le pantalon que des tenues féminines. Je n'ai jamais vu une femme aussi mal à l'aise en robe que vous l'êtes ce soir...

Il avait raison, mais qu'il le fasse remarquer la blessait profondément.

— Bien entendu, cette robe n'est peut-être pas exactement à vos mesures, ou le tissu en est peut-être rugueux...

Henry se détendit un peu. Sa robe était effectivement vieille de quatre ans, et elle avait passablement grandi depuis.

— Vous administrez un domaine qui, s'il n'est pas très vaste, semble pourtant très profitable, et ce, si j'ai bien compris, depuis déjà six ans.

La jeune fille le regarda étendre le majeur après l'index et le pouce, pour poursuivre son énumération.

— Vous n'êtes ni effrayée ni même troublée par ce que je suis bien obligé de décrire comme un verrat particulièrement monstrueux, et dont la vue seule aurait fait s'évanouir la plupart des femmes de mon entourage. J'en déduis que vous entretenez une grande familiarité avec ce genre de monstres porcins en général, et avec celui-ci en particulier.

Ne sachant s'il s'agissait d'un compliment ou d'un reproche, Henry le regarda étendre l'annulaire.

— Vous faites preuve d'une autorité habituellement réservée aux hommes, mais vous gardez suffisamment de féminité pour ne pas vous couper les cheveux qui, soit dit en passant, sont magnifiques.

42

Cette fois-ci, il s'agissait bien d'un compliment, et elle rougit jusqu'aux oreilles, tandis qu'il dépliait son cinquième doigt.

— Et enfin, vous vous faites appeler Henry. Si cela ne suffit pas à vous désigner comme une femme exceptionnelle, je me demande vraiment ce qu'il vous faut.

— Je suis peut-être effectivement un peu bizarre, concéda-t-elle.

— Non, non, ne vous qualifiez pas de bizarre, laissez ce soin aux autres, s'ils y tiennent. Dites plutôt originale, c'est beaucoup plus aimable.

Originale... Le qualificatif plaisait bien à Henry.

— Il s'appelle Porkus.

— Je vous demande pardon ?

— Le verrat. Il m'est effectivement tout à fait familier. C'est moi qui l'ai baptisé Porkus.

— Oh, Henry, vous êtes vraiment extraordinaire ! s'exclama Dunford en éclatant d'un rire sonore.

— Je suppose que je dois prendre ça comme un compliment.

— Mais bien entendu !

— J'ai eu une éducation peu conventionnelle, c'est probablement pour cela que je suis si différente, remarqua-t-elle en reprenant une gorgée de vin, sans se rendre compte qu'elle avait déjà bu plus que de coutume.

— Qu'avait-elle de si particulier ?

— Il n'y avait pas d'autres enfants dans notre entourage, et je n'avais pas vraiment l'occasion de voir à quoi ressemblaient les autres petites filles. La plupart du temps, je jouais avec le fils du palefrenier.

— Et il est toujours à Stannage Park ?

Dunford se demandait si elle avait un amant. C'était parfaitement possible, et même probable.

Cette jeune personne ne se préoccupait pas des conventions en vigueur.

— Oh, non ! Billy a trouvé une fiancée dans le Devon où ils se sont établis. Mais vous ne me posez pas toutes ces questions par simple politesse, je suppose ?

— Effectivement, même si j'espère bien rester dans les limites autorisées par la politesse. Je m'intéresse à vous sincèrement, voilà tout.

C'était vrai. Il s'était toujours intéressé aux autres. Comprendre les humains, ce qui les intéressait et ce qui les poussait à agir, le passionnait. Chez lui, à Londres, il pouvait passer des heures à la fenêtre, simplement à regarder les passants. Et s'il avait une réputation d'aussi brillant causeur dans les soirées, ce n'était pas parce qu'il cherchait à se mettre en avant, mais parce qu'il s'intéressait réellement à ce que ses interlocuteurs avaient à dire. Si tant de femmes étaient tombées amoureuses de lui, il ne fallait pas chercher ailleurs la raison.

Voir un homme s'intéresser réellement à ce que les femmes avaient à dire n'était pas si courant, après tout.

Et Henry n'était pas insensible au charme de Dunford, loin de là. Bien entendu, elle était quotidiennement entourée d'hommes qui écoutaient avec la plus grande attention la moindre de ses paroles, mais il s'agissait de gens qui travaillaient sur le domaine, qui étaient donc sous ses ordres. À part Mme Simpson, personne ne se souciait jamais de lui demander comment elle allait. L'intérêt du nouveau lord Stannage la flattait et l'embarrassait à la fois. Et comme à son habitude, pour mieux se protéger, elle choisit de contre-attaquer.

— Et vous, milord, avez-vous eu une éducation conventionnelle ?

— La plus banale qui soit, j'en ai peur. Mes parents formaient un couple très uni, ce qui est plutôt inhabituel dans la bonne société londonienne, mais à part ça, j'étais un petit Anglais typique.

— Oh, ça, je ne peux pas le croire.

— Et pourquoi donc, ma chère Henriette ?

— Je vous en prie, ne m'appelez pas Henriette ! protesta-t-elle en reprenant une gorgée de vin. Je déteste ce prénom.

— Mais chaque fois que je vous appelle Henry, cela me rappelle un condisciple d'Eton particulièrement déplaisant.

— Eh bien, il faudra vous y faire, j'en ai peur.

— Cela fait trop longtemps que vous donnez des ordres.

— C'est possible, mais vous n'en avez visiblement pas reçu suffisamment.

— Touché ! Pourtant, n'allez pas imaginer que je n'ai pas remarqué la façon dont vous avez esquivé ma question. Qu'est-ce qui vous fait croire que je n'ai pas eu une éducation typique ?

Pour gagner un peu de temps, Henry reprit une gorgée de vin. Elle y avait largement fait honneur depuis le début du repas, mais son verre restait étrangement plein.

— Eh bien, vous ne correspondez pas exactement à ce qu'on appelle un Anglais typique.

— Et pourquoi donc ?

— Vous êtes extrêmement aimable, pour commencer.

— Et les Anglais ordinaires ne le sont pas ?

— Pas avec moi.

— Ils ne savent pas ce qu'ils manquent !

— Ne vous moquez pas de moi, je vous prie !

— Je ne me moque absolument pas de vous. Vous êtes la personne la plus intéressante que j'aie rencontrée depuis des mois, je vous assure !

— Je vous crois, conclut-elle après mûre réflexion.

Dunford sourit discrètement en observant la jeune fille assise en face de lui. Ce mélange de sérieux et d'arrogance était tout simplement délicieux et, comme elle était un peu pompette, elle brandissait sa fourchette avec une spontanéité enfantine absolument charmante.

— Pourquoi les hommes ne se montrent-ils pas aimables envers vous ?

Jamais Henry n'avait conversé aussi librement avec un inconnu et, un instant, elle se demanda si cela venait de son interlocuteur ou seulement du vin. De toute façon, le vin ne pouvait pas faire de mal.

— Je crois qu'ils me prennent pour un phénomène de foire.

— Vous n'avez rien d'un phénomène, protesta Dunford, démonté par tant de franchise. Vous avez juste besoin d'apprendre à vous comporter en femme.

— Oh, je sais très bien me comporter en femme, mais je ne suis pas le genre de femme que désirent les hommes, voilà tout.

Dunford faillit s'étrangler sur son filet de faisan.

— Je suis sûr que vous exagérez.

— Et moi, je suis sûre que vous mentez. Vous venez de dire que j'étais étrange.

— J'ai dit que vous sortiez de l'ordinaire, ce qui ne signifie pas que personne ne peut s'intéresser à vous.

Lui, par exemple, serait parfaitement capable de s'intéresser à elle. Horrifié, il se dépêcha de repousser cette idée. Il avait mieux à faire que courtiser une petite campagnarde, même de bonne famille. En dépit de la rudesse de ses manières et de ses accoutrements masculins, Henry était le genre de femme qu'on était obligé d'épouser, et il n'avait aucune intention de convoler, ni avec elle ni avec qui que ce soit.

Et pourtant, elle l'intriguait comme personne auparavant...

— Du calme, Dunford, marmonna-t-il entre ses dents.

— Vous dites, milord ?

— Rien, rien. Et je vous en prie, oubliez le « milord ». Je n'arrive pas à m'y faire et, si je vous appelle Henry, cela me paraît un peu déplacé.

— Comment dois-je vous appeler, alors ?

— Dunford, comme tout le monde !

— Vous avez bien un prénom ? questionna Henry, avec une touche de coquetterie qui la surprit elle-même.

— Pas vraiment.

— Comment cela, pas vraiment ?

— Officiellement, j'en ai un, bien entendu, mais personne ne l'utilise jamais.

— Mais quel est-il ?

— Qu'importe ! esquiva-t-il avec son sourire le plus charmant.

— Cela m'importe beaucoup.

— Pas à moi.

— Vous savez que vous pouvez vous montrer extrêmement agaçant, monsieur Dunford ?

— Dunford tout court, si vous n'y voyez pas d'inconvénient.

— Si vous voulez. Donc, vous pouvez vous montrer extrêmement agaçant, Dunford !

— On me l'a déjà dit.

— Ça, je n'en doute pas !

— On vous a certainement déjà signalé que, de votre côté, vous pouvez vous montrer extrêmement irritante, mademoiselle Henry ?

Il aurait été malhonnête de le nier, et Henry méprisait la malhonnêteté.

— C'est sans doute pour cela que nous nous entendons si bien tous les deux.

— Nous nous entendons effectivement très bien ! constata-t-il, passablement surpris. Il faut fêter ça. Aux deux personnes les plus agaçantes de toute la Cornouailles !

— De toute l'Angleterre !

— Si vous voulez, de toute l'Angleterre. Puissions-nous en irriter encore beaucoup, et longtemps !

« Puisque Dunford est si amusant, songea Henry bien plus tard dans la nuit, tandis qu'elle se brossait les cheveux avant de se mettre au lit, pourquoi se donner tant de mal pour l'éloigner de Stannage Park ? »

3

Henry se réveilla le lendemain matin avec une migraine. Elle s'extirpa du lit et se passa un peu d'eau sur le visage en se demandant pourquoi sa tête était si lourde et sa langue si épaisse.

C'était probablement le vin. Elle n'avait pas l'habitude d'en boire au dîner, et Dunford l'avait poussée à la consommation en lui faisant porter une série de toasts à tout et à n'importe quoi.

Elle passa rapidement une chemise et une culotte de cheval, attacha ses cheveux avec un ruban vert mousse assorti à ses yeux, et arriva sur le palier juste à temps pour arrêter une soubrette qui se hâtait vers la chambre de lord Stannage.

— Bonjour, Polly ! Où allez-vous donc ?

— Lord Stannage a sonné, mademoiselle Henry. Je vais voir ce qu'il veut.

— Je m'en occupe, ne vous inquiétez pas.

— Mais vous pensez… ?

— Oui, je pense ! Je pense du matin au soir et du soir au matin, si vous voulez le savoir ! Maintenant, allez rejoindre Mme Simpson, je suis sûre qu'elle a besoin de vous.

— Très bien, mademoiselle, acquiesça la servante, effarée par la mine farouche de sa maîtresse.

Henry prit Polly par les épaules, la fit pivoter en direction de l'escalier et attendit qu'elle eût disparu au bas des marches pour réfléchir à la suite des opérations. Un instant, elle fut tentée de poursuivre son chemin jusqu'à la salle à manger et laisser Dunford s'impatienter dans sa chambre, mais elle comprit qu'elle faisait fausse route. Il sonnerait de nouveau, ne manquerait pas de demander pourquoi on tardait à répondre, et Polly lui expliquerait qu'elle n'avait fait que suivre ses ordres.

Elle se dirigea donc vers les appartements du nouveau maître des lieux, réfléchissant soigneusement à l'attitude à adopter. Tout d'abord, devait-elle frapper ? Les domestiques ne frappaient jamais avant d'entrer. Et elle prenait la place d'une servante, après tout.

Mais elle n'était pas une servante.

Et puis, il pouvait parfaitement être nu comme au jour de sa naissance…

Elle préféra donc frapper.

— Entrez ! lança la voix de Dunford.

— Bonjour, monsieur Dunford, risqua Henry en entrebâillant la porte juste assez pour passer la tête.

— Dunford tout court, corrigea-t-il machinalement. Y a-t-il une raison particulière à votre visite dans ma chambre ?

Henry prit son courage à deux mains et pénétra dans la pièce. D'un seul coup d'œil, elle embrassa le valet de chambre qui affûtait un rasoir et Dunford qui resserrait le cordon de sa robe de chambre. Ce vert bouteille lui allait très bien, et il avait de très jolies chevilles. Elle avait déjà vu des chevilles d'homme, et parfois même des jambes entières. C'était un des avantages de la vie rurale.

— Henry ? aboya-t-il.

— Oui, oui, il y a une raison, bien entendu. Vous avez sonné.

— Et depuis quand répondez-vous lorsqu'on sonne ? Il me semblait que c'était plutôt vous qui sonniez les domestiques, en principe.

— Oui, oui, bien sûr, mais je voulais m'assurer que vous aviez tout ce qu'il vous faut. Cela fait tellement longtemps que nous n'avons pas eu de visiteur à Stannage Park. Je ne voudrais surtout pas que vous ayez une mauvaise opinion de nous, et j'ai préféré venir m'occuper de vous moi-même.

— Quelle chance ! Cela fait des siècles qu'une femme ne m'a pas donné mon bain.

— Je vous demande pardon ?

— J'ai sonné pour qu'on me prépare un bain.

— Mais je croyais que vous en aviez pris un hier, s'étonna-t-elle de son air le plus innocent.

Finalement, ce citadin n'était pas si intelligent que ça. Il venait de lui offrir une occasion en or.

— Et alors ?

— L'eau est une denrée précieuse ici, vous savez, expliqua-t-elle, et les bêtes en consomment beaucoup. Il en faut pour les abreuver et maintenant qu'il commence à faire chaud, il nous en faut aussi pour les rafraîchir. Nous n'en avons pas suffisamment pour prendre un bain tous les jours, vous comprenez.

— J'aurais dû le comprendre au fumet que vous dégagiez hier après-midi.

— Exactement, fit sèchement Henry, se retenant de lui envoyer son poing dans la figure.

La mine affolée du valet de chambre la réconforta. Ce domestique parfaitement stylé paraissait au bord de l'apoplexie.

— Je peux vous assurer qu'il n'est aucunement dans mes intentions de sentir l'étable ou la porcherie pendant mon séjour en Cornouailles !

— Oh, je suis certaine que nous n'en arriverons pas à ce point. La journée d'hier constituait un cas extrême. Nous construisons une porcherie, voyez-vous. Nous faisons une exception et nous nous autorisons toujours un bain après avoir travaillé dans la porcherie.

— Je vous félicite du souci que vous montrez pour l'hygiène !

— Je vous remercie. Donc, vous pourrez prendre un bain demain, conclut suavement la jeune fille.

— Demain ?

— Quand nous reprendrons le travail dans la porcherie. Nous sommes aujourd'hui dimanche, et nous respectons le jour du Seigneur, vous vous en doutez.

Dunford eut le plus grand mal à ravaler une remarque bien sentie. Il aurait juré que cette péronnelle se payait sa tête, malgré ses grands yeux innocents et sa mine candide, et cela ne lui plaisait pas du tout.

Comment le savoir ? Peut-être était-elle parfaitement sérieuse, et peut-être manquaient-ils d'eau. Il n'avait jamais entendu parler d'un domaine bien géré où l'on manquait d'eau mais, après tout, il pleuvait peut-être moins en Cornouailles que dans le reste de l'Angleterre...

Pourtant, s'insurgeait son intelligence, la Cornouailles faisait partie de l'Angleterre. Il y

52

pleuvait comme dans le reste du pays. Autant et aussi souvent...

Il reporta son regard sur le visage de sa visiteuse, qui lui souriait d'un air angélique.

— Et à quelle fréquence puis-je espérer prendre un bain pendant mon séjour ici, Henry ? questionna-t-il en pesant soigneusement chaque mot.

— Oh, une fois par semaine, sans aucune difficulté !

— Une fois par semaine ? Cela ne me convient pas du tout, répliqua-t-il avec le plus grand calme.

Il sentit la jeune fille hésiter. Parfait !

— Je comprends. Vous êtes chez vous, après tout, et si vous avez envie de prendre des bains plus fréquemment, c'est votre droit le plus absolu, soupira-t-elle.

Il dut se retenir pour ne pas lui crier qu'il était effectivement chez lui, qu'il pouvait faire ce qui lui chantait, prendre des bains matin, midi et soir si tel était son bon plaisir.

Elle soupira de nouveau. C'était un long, profond soupir, un soupir à fendre l'âme. On avait l'impression que tout le poids du monde reposait sur ses frêles épaules.

— Je ne voudrais pas que les bêtes manquent d'eau, vous voyez. Il commence à faire chaud, et...

— Il faut de l'eau pour les rafraîchir, je sais.

— Exactement. Une truie est morte d'insolation l'année dernière, et je ne voudrais surtout pas que cela se reproduise. Si vous voulez des bains plus fréquents...

Elle marqua une pause, l'air tragique. Dunford n'était pas sûr d'avoir envie d'entendre la suite.

— ... je pense que je pourrai, moi, en prendre moins souvent.

L'odeur qu'elle dégageait la veille, lors de leur première rencontre, revint aux narines du jeune homme.

— Non, Henry, il n'en est pas question ! Une dame doit... enfin... a besoin...

— Vous êtes un gentleman, et la galanterie faite homme, je le sais, et vous ne voulez pas être mieux traité qu'une femme. Mais je ne suis pas une femme ordinaire, je vous assure.

— Ça, je m'en suis tout de suite aperçu, mais cela ne change rien à la question.

— Il n'y a pas d'autre solution, insista-t-elle. Je ne veux à aucun prix enlever l'eau aux bêtes. Je prends ma charge à Stannage Park très au sérieux, voyez-vous, et je ne veux pas manquer à mes devoirs. Je vais donner des instructions pour que vous puissiez prendre un bain deux fois par semaine, et j'en prendrai une semaine sur deux. Ce ne sera pas un grand sacrifice.

— Pour vous, peut-être, marmonna-t-il entre ses dents.

— Heureusement, j'en ai pris un hier.

— Henry, commença-t-il en choisissant soigneusement ses mots pour éviter les sous-entendus déplaisants, je ne souhaite à aucun prix vous priver d'eau pour votre bain.

— Mais vous êtes chez vous, et si vous voulez prendre un bain deux fois par semaine...

— Je veux prendre mon bain quotidien, mais je me contenterai de deux par semaine, à condition que vous en fassiez autant.

C'était la conversation la plus étrange qu'il ait jamais eue avec une dame, même si à beaucoup d'égards Henry ne correspondait pas à l'idée qu'il se faisait d'une dame.

Elle avait une magnifique chevelure, bien entendu, et de grands yeux gris-vert aux reflets argentés, mais d'habitude, les dames ne discutaient pas hygiène avec les messieurs, surtout dans la chambre à coucher d'un monsieur, et *a fortiori* quand le monsieur en question ne portait rien sous sa robe de chambre. Dunford avait beau avoir l'esprit large, il avait la nette impression qu'elle dépassait la mesure.

— Je vais y réfléchir. Si vous voulez, je vais faire vérifier les réserves d'eau. Si nous en avons suffisamment, j'accepterai peut-être votre proposition.

— Je vous en serais très reconnaissant.

— Parfait. Maintenant que nous avons réglé la question, je vous laisse à vos ablutions matinales.

— Si on peut appeler cela ablutions !

— Oh, la situation n'a rien de tragique. Vous aurez un broc et une cuvette d'eau tous les matins. Vous serez surpris de tout ce qu'on peut faire avec.

— Ça, je n'en doute pas !

— On peut faire une toilette complète avec très peu d'eau, vous savez. Je vous montrerai.

Pour la première fois depuis le début de la matinée, Dunford eut envie de rire.

— Une démonstration m'intéresserait beaucoup, s'amusa-t-il.

— Je vous donnerai mes explications par écrit, balbutia Henry, rouge de confusion.

— Ce ne sera pas nécessaire, je vous remercie.

— Tant mieux. C'était une remarque stupide de ma part, ne m'en veuillez pas. Je vais prendre mon petit déjeuner. Rejoignez-moi vite, c'est notre plus copieux repas, et vous avez besoin de prendre des forces.

— Oui, je sais. Vous me l'avez expliqué avec beaucoup de précisions hier soir. Mieux vaut manger copieusement le matin, car nous n'avons que du porridge à midi.

— Exactement. Il me semble qu'il reste un peu du faisan d'hier, notre déjeuner sera donc un peu moins austère que d'ordinaire, mais…

— N'en dites pas plus ! supplia-t-il. Allez prendre votre petit déjeuner, je vous rejoindrai très vite. Mes ablutions, comme vous dites, ne prendront pas bien longtemps.

— À tout de suite, alors !

Une fois dehors, Henry dut s'arrêter au milieu de l'escalier. Elle était tellement heureuse qu'elle tremblait de tous ses membres. Le souvenir du visage de Dunford lorsqu'elle lui avait benoîtement expliqué qu'il avait droit à un bain par semaine la ferait rire jusqu'à la fin de ses jours. Pour trouver plus divertissant, il n'y avait que son expression quand elle lui avait proposé de n'en prendre qu'une semaine sur deux !

Finalement, se débarrasser de ce citadin encombrant prendrait peut-être moins de temps qu'elle ne l'avait craint.

Se passer de son bain quotidien n'avait rien d'une perspective réjouissante pour elle non plus, mais le sacrifice en valait la peine. Et puis, si elle détestait se négliger, elle avait la nette impression que le relâchement de sa toilette serait encore plus pénible pour son hôte que pour elle.

Comme le petit déjeuner n'était pas encore servi, elle alla rejoindre Mme Simpson qui s'affairait à la cuisine.

— Henry ! Que faites-vous ici ? Vous êtes censée vous occuper de notre invité.

— Il n'est pas notre invité, Simpy, c'est nous qui sommes les siens, moi en tout cas. Vous au moins, vous avez une fonction officielle.

— Je sais que vous n'êtes pas dans une situation facile, mais ce n'est pas une raison, mon petit.

La jeune fille ne jugea pas utile de révéler que, pour elle, la journée avait commencé de façon très amusante, et encore moins pourquoi.

— Qu'est-ce que vous nous préparez ? Ça sent délicieusement bon !

— La même chose que tous les matins.

— Je dois être vraiment affamée. Et il va falloir manger copieusement, car le nouveau maître de Stannage Park a des habitudes, disons... plutôt frugales.

— Qu'est-ce que vous voulez dire ?

— Il ne veut rien d'autre que du porridge pour le déjeuner.

— Du porridge ? Henry, si c'est encore une de vos trouvailles, je...

— Voyons, vous ne pensez tout de même pas que j'irais inventer des choses pareilles, tout de même ? Vous savez que je déteste le porridge !

— Eh bien, dans ce cas, je ferai du porridge, et je soignerai un peu plus le dîner, voilà tout.

— Pour le dîner, il veut du mouton.

— Du mouton ?

— Bouilli.

— Henry, je n'en crois pas un mot !

— Je l'admets, le mouton est une de mes idées. Ce n'est pas la peine de lui montrer comme on mange bien ici, vous ne croyez pas ?

— Vous allez me rendre chèvre, avec vos idées absurdes !

— Vous préférez qu'il nous mette tous dehors ?

— Je ne vois vraiment pas...

— Il en a parfaitement le droit. Il peut nous mettre à la porte jusqu'au dernier. Mieux vaut nous débarrasser de lui avant qu'il se débarrasse de nous.

— Eh bien, si c'est du mouton qu'il vous faut, je vous ferai du mouton, soupira la pauvre Simpy après mûre réflexion.

— Et faites-le un peu trop cuit. Ou salez un peu trop la sauce, ce sera aussi bien.

— Henry, il y a des limites !

— Bien, bien, faites pour le mieux. Je vous fais confiance, concéda la jeune fille avant de s'éclipser.

Convaincre Mme Simpson de faire du mouton bouilli pour le dîner, alors qu'elle avait à sa disposition du bœuf persillé à souhait, de l'agneau tendre et fondant et des jambons de toute sorte, n'était pas une mince victoire. Elle ne pouvait pas en plus lui demander de mal le préparer.

L'objet de ses préoccupations l'attendait dans la salle à manger en contemplant par la fenêtre les prés qui s'étendaient au-delà du parc. Perdu dans ses pensées, il ne l'avait pas entendue entrer et sursauta quand elle toussota discrètement.

— Le domaine m'a l'air splendide. Vous faites vraiment un excellent travail de gestion.

— Je vous remercie. Stannage Park est tout pour moi, vous savez, répliqua Henry en le laissant lui avancer une chaise.

Ils parlèrent peu. La jeune fille savait qu'il valait mieux s'accorder un petit déjeuner le plus copieux possible, car le déjeuner constituerait une épreuve difficile. Le nouveau maître des lieux avait apparemment fait le même raisonnement, car il engloutit littéralement une copieuse assiettée d'œufs au jambon.

— Nous pourrions profiter de la matinée pour vous faire visiter Stannage Park. Qu'en pensez-vous ?

— Cela me paraît une excellente idée, acquiesça Dunford.

— Il faut vous familiariser au plus vite avec le domaine. Il y a beaucoup à apprendre, si vous voulez l'administrer comme il faut.

— Vous croyez ?

— Bien entendu ! Comme vous devez vous en douter, il faut apprendre à commercialiser les récoltes, gérer les fermages et subvenir aux besoins des métayers comme des journaliers. Si vous voulez obtenir de bons résultats, il faut vraiment aller au fond des choses.

— Je ne suis pas certain de vouloir aller au fond des choses.

— Oh, mais c'est indispensable ! Vous êtes prêt ? enchaîna-t-elle en désignant l'assiette vide de son interlocuteur.

— Je suis à votre disposition.

Ils sortirent.

— Nous allons commencer par le bétail.

— J'imagine que vous connaissez chaque bête par son nom, sourit Dunford.

— Bien entendu ! Se sentir aimé rend un animal heureux, et un animal heureux est bien plus productif !

S'il avait voulu lui tendre des verges pour se faire battre, il ne s'y serait pas pris autrement.

— J'ignorais cette particularité.

— Vous avez passé trop de temps à Londres. Tout le monde sait ça ici, décréta Henry en poussant une barrière.

— Et à votre avis, ce principe s'applique aussi aux humains ?

— Je vous demande pardon ?

— Oh, rien.

Cet étrange petit bout de femme était bien capable de connaître chacun des trente ou quarante moutons qui paissaient paisiblement dans ce grand pré entouré de haies.

— Quel est le nom de celui-ci ?

— Celle-ci ? Euh… Margaret.

— Margaret ? Quel joli nom ! Et tellement anglais !

— C'est une brebis anglaise.

— Et celle-ci ?

— Thomasina.

— Et celle-ci ? Et celle-là ? Et l'autre, là-bas ?

— Sally. Et… Esther… Et…

Visiblement, elle commençait à peiner, au grand amusement de Dunford.

— Euh… Isocèle ! annonça-t-elle triomphalement.

— C'est charmant ! Et je suppose que sa voisine s'appelle Équilatérale.

— Non, Équilatérale, c'est celle-là, là-bas, rétorqua-t-elle sans se démonter. J'ai toujours adoré la géométrie !

Dunford ne trouva rien à répliquer, ce dont Henry lui fut reconnaissante. Trouver des noms à l'improviste n'avait pas été chose facile. Il avait voulu la piéger en lui demandant les noms de tous les moutons. Avait-il une raison de lui en vouloir ?

— Vous ne vouliez pas croire que je connaissais chaque bête par son nom, remarqua-t-elle en espérant qu'attaquer la question frontalement dissiperait le malentendu.

— Effectivement.

— Et vous m'avez écoutée ?

— Pardon ?

— Laquelle est Margaret ?

Silence dans les rangs.

— Si vous voulez administrer Stannage Park, il vous faudra savoir les reconnaître, vous savez.

Elle avait fait cette remarque d'un ton parfaitement innocent, en personne uniquement préoccupée de la bonne marche du domaine.

— Celle-ci, déclara Dunford en désignant une brebis.

Il ne s'était pas trompé !

— Et Thomasina ?

— Celle-là ! annonça-t-il, se prenant visiblement au jeu.

Henry s'apprêtait à le contredire quand elle s'aperçut qu'elle n'en avait pas la moindre idée. Laquelle avait-elle appelée Thomasina ? Celle qui broutait sous le pommier, lui semblait-il, mais comme ces animaux ne tenaient pas en place...

— Je me suis trompé ?

— Pardon ?

— Thomasina, c'est bien celle-ci ?

— Non, ce n'est pas elle.

Après tout, si elle ne savait plus quelle brebis était qui, il était peu probable que lui les reconnaisse.

— Il me semble pourtant que c'est bien elle, insista-t-il avec une autorité et une confiance en lui terriblement masculines.

— Thomasina, c'est l'autre, là-bas ! trancha-t-elle d'un ton sans appel.

— Non, celle-là, c'est Isocèle ! J'en suis absolument certain !

— Mais non, c'est Thomasina ! Ne vous inquiétez pas, je suis sûre que vous allez très vite apprendre à les reconnaître. Cela vous demandera juste un petit effort. Et maintenant, si nous reprenions notre visite ?

— Je brûle d'impatience, répliqua-t-il avant de lui emboîter le pas en sifflotant, car cette promenade s'annonçait fort intéressante.

« Intéressante » n'était peut-être pas le mot qui convenait, s'aperçut-il par la suite. Ni « promenade », d'ailleurs.

Quand ils rentrèrent à la maison pour s'asseoir devant une assiette de porridge gluant, il avait nettoyé les écuries, appris à traire une vache, reçu des coups de bec de trois poules différentes, enlevé les mauvaises herbes du potager, et pour finir était tombé dans un abreuvoir.

Si cette chute était due au fait que Henry l'avait poussé en avant en se prenant les pieds dans une racine, cela restait purement accidentel, et il ne pouvait lui en vouloir. Et puisque ce plongeon constituait sa seule possibilité de se tremper entièrement dans l'eau avant plusieurs jours, mieux valait prendre la chose du bon côté et ne pas se mettre en colère.

La jeune fille avait quelque chose derrière la tête, il en était convaincu, même s'il n'avait pas la moindre idée de ce qu'elle complotait.

Ils venaient tout juste de se mettre à table lorsque Mme Simpson apporta deux assiettes de porridge fumant.

— Je vous ai bien servi, puisque c'est votre plat favori ! annonça-t-elle avec son plus chaleureux sourire en déposant la plus remplie devant Dunford.

L'intéressé questionna Henry du regard.

— Cela la tracassait tellement de n'avoir que du porridge à vous servir, je lui ai dit que vous adoriez ça, chuchota la jeune fille une fois la gouvernante sortie. Elle a été soulagée. Un petit mensonge ne fait pas de mal, quand c'est pour la bonne cause.

— Je ne sais pas pourquoi, Henry, mais j'ai l'impression que vous prenez les bonnes causes très à cœur…

La journée s'était avérée un succès complet, décida Henry, le soir venu, en se brossant les cheveux avant de se mettre au lit. Presque complet.

Il n'avait aucune raison de penser qu'elle avait fait exprès de buter sur cette racine et de le pousser dans l'abreuvoir. Quand au porridge, il s'était révélé, à son avis, une idée tout simplement brillante.

Mais Dunford était loin d'être un imbécile, une seule journée en sa compagnie suffisait pour s'en apercevoir. Et, comme si cela ne suffisait pas, il lui avait témoigné énormément de gentillesse. Il s'était montré charmant pendant le dîner, l'avait questionnée avec beaucoup d'intérêt sur son enfance, riant de bon cœur à ses anecdotes sur la vie provinciale.

Toutes ces qualités ne facilitaient pas les manœuvres de Henry pour se débarrasser de lui.

Sa gentillesse ne devait cependant pas lui faire oublier qu'il avait le pouvoir de la chasser de Stannage Park. Loin de ce domaine adoré, que deviendrait-elle ? Elle n'avait jamais rien connu d'autre, et n'avait pas la moindre envie d'affronter le vaste monde.

Non, décidément, il n'y avait pas d'autre solution. Il fallait à tout prix trouver un moyen de lui faire quitter la Cornouailles.

Une fois confortée dans cette résolution, elle s'apprêtait à se mettre au lit lorsqu'une sensation de faiblesse l'arrêta.

Son estomac criait famine.

Affamer Dunford pour le dégoûter de Stannage Park lui avait paru une brillante idée ce matin, mais elle avait négligé un léger détail. Elle s'affamait aussi.

Malheureusement, on n'avait rien sans rien, et il ne lui restait qu'à prendre sur elle.

Son estomac exprima bruyamment son désaccord.

Henry regarda la pendule. Il était plus de minuit, tout dormait dans la maison. Elle pouvait parfaitement descendre discrètement aux cuisines, trouver un peu de nourriture et remonter la manger dans sa chambre.

Sans même prendre la peine de passer une robe de chambre, elle se glissa hors de sa chambre et descendit.

Nom d'une pipe, il mourait de faim !

Incapable de trouver le sommeil, Dunford se tournait et se retournait dans son lit. Son estomac gargouillait affreusement. Après l'avoir traîné dans tout le domaine par un itinéraire concocté sur mesure pour épuiser ses dernières forces, Henry avait eu le toupet de le nourrir de porridge et de ragoût de mouton froid.

Non seulement le ragoût était immonde mais, surtout, il n'y en avait pas assez !

Il devait bien se trouver dans cette maison quelque chose de comestible, un biscuit, une poignée de radis ! Une cuillerée de sucre, peut-être ?

Il sauta à bas du lit, enfila sa robe de chambre et sortit sur la pointe des pieds. Il retint sa respiration en passant devant la chambre de Henry. Il s'agissait de ne pas réveiller ce petit tyran. Un charmant petit tyran, il était tout prêt à en convenir, mais à qui il valait mieux cacher son expédition nocturne aux cuisines.

Il arrivait à la salle à manger quand il aperçut de la lumière dans la cuisine.

Henry !

Vêtue d'une longue chemise de nuit blanche qui la faisait ressembler à un ange, la petite futée mangeait d'excellent appétit.

Henry, un ange ?

Mieux valait en rire !

Il s'aplatit contre le mur et risqua un coup d'œil à l'intérieur, en prenant bien soin de rester dans l'ombre.

— Je déteste le porridge, marmonna-t-elle avant d'enfourner dans sa bouche deux morceaux de pain à la fois, suivis d'un grand verre de lait, puis de ce qui ressemblait à une tranche de jambon.

Ce n'était pas un morceau de mouton froid, en tout cas !

La jeune fille avala encore un énorme morceau de fromage et, après un bruyant soupir de satisfaction, entreprit de faire disparaître les traces de son larcin.

Le premier mouvement de Dunford fut de faire irruption dans la cuisine pour exiger une explication, mais son estomac exprima un avis différent. Il se dissimula donc derrière une armoire et attendit prudemment d'entendre décroître dans l'escalier les pas de Henry, pour se précipiter à son tour dans la cuisine.

4

— Henry ! Réveillez-vous !

Marianne, la femme de chambre, eut beau secouer sa maîtresse, elle n'obtint que des grognements inintelligibles et visiblement peu amènes.

— Henry ! Hier soir, vous m'avez fait jurer de vous faire lever à cinq heures et demie.

— Mmm… Me suis trompée.

— Vous m'avez prévenue que vous réagiriez comme ça, et qu'il ne fallait pas que je vous écoute. Debout ! intima-t-elle en la secouant de plus belle.

Henry, encore à moitié endormie, se dressa comme un diable hors de sa boîte, si soudainement qu'elle faillit renverser la soubrette.

— Quoi ? Qu'est-ce qu'il y a ? Qui est là ?

— C'est moi, Henry. Marianne.

— Mais qu'est-ce que vous voulez, à la fin ? Il fait encore nuit ! Quelle heure est-il ?

— Cinq heures et demie. Vous m'avez demandé de vous réveiller beaucoup plus tôt ce matin, répéta patiemment Marianne.

— Ah bon ? Ah… oui, c'est vrai. Dunford ! Oui… Bien, merci, Marianne. Ce sera tout.

— Non, ce n'est pas tout ! Vous m'avez fait jurer de rester dans votre chambre jusqu'à ce que vous soyez habillée.

— Oh, d'accord, grommela Henry. Enfin, ce n'est pas la mer à boire. Il y a des tas de gens qui se lèvent tous les jours à cette heure-ci, conclut-elle dans un bâillement.

— Vous aurez besoin d'une veste, il fait plutôt frisquet, remarqua la femme de chambre tandis que sa maîtresse titubait en direction d'une chemise et d'un pantalon propres.

— Vous m'étonnez, marmonna Henry en s'habillant.

Elle avait beau adorer la campagne, jamais elle ne se levait avant sept heures, et encore, seulement dans des circonstances exceptionnelles. Mais si elle voulait convaincre Dunford qu'il n'était pas fait pour la vie à Stannage Park, il fallait bien qu'elle y mette du sien.

Mais voulait-elle toujours s'en débarrasser ?

Bien entendu ! Elle s'aspergea la figure d'eau froide, en espérant que cela la réveillerait. Cet homme essayait sur elle son charme, et peu importait qu'il y parvienne ou non. Ce qui comptait, c'était qu'il agissait délibérément, probablement parce qu'il avait quelque chose à obtenir d'elle.

Mais quoi donc ? Elle n'avait absolument rien à lui apporter.

À moins qu'il ait deviné son intention de le dégoûter de la campagne, et qu'il veuille la neutraliser.

Pourtant, il paraissait sincère quand il lui avait posé toutes ces questions sur son enfance. Il paraissait s'intéresser véritablement à elle. Il était son tuteur, après tout, même si ce n'était que pour quelques mois, et un bon tuteur était censé s'intéresser à sa pupille.

Mais qu'est-ce qui l'intéressait vraiment ? La meilleure façon de saigner ses nouvelles propriétés jusqu'au dernier sou ?

C'était incroyable comme le petit jour pouvait éclaircir les idées. Enfin, parler de petit jour était exagéré. Il faisait encore nuit noire au-dehors.

En tout cas, il mijotait quelque chose, même si elle ne voyait pas quoi. Et s'il avait déjà arrêté ses plans pour Stannage Park ? Si leur sort à tous était déjà réglé ?

Avec une détermination renouvelée, elle mit ses chaussures, prit une chandelle et se dirigea d'un pas décidé vers la chambre de Dunford. Devant la porte close, elle prit son courage à deux mains et frappa résolument.

Pas de réponse.

Elle frappa de nouveau.

Toujours rien.

Oserait-elle ?

Elle osa, et pénétra dans la chambre.

L'occupant des lieux dormait profondément. Vraiment très profondément. Pour un peu, Henry aurait eu des scrupules à l'éveiller.

— Bonjour ! claironna-t-elle joyeusement.

Pas un mouvement.

— Dunford ?

Tout ce qu'elle obtint cette fois-ci, ce fut un vague murmure inintelligible.

— Bonjour ! répéta-t-elle plus fort en s'approchant du lit.

Avec un vague soupir, il se retourna vers elle.

Mon Dieu, il était vraiment beau garçon ! Exactement le genre d'homme qui ne lui avait jamais accordé la moindre attention aux bals du comté. Elle tendait déjà la main pour effleurer ces lèvres si parfaitement dessinées mais, Dieu merci, elle se retint à temps et fit un bond en arrière, comme si elle s'était brûlée, alors qu'elle ne l'avait même pas touché.

« Allons, Henry, du courage ! »

— Dunford ? Dunford ! appela-t-elle en le secouant gentiment par l'épaule.

— Mmm… Beaux cheveux…

Que voulait-il dire ? Est-ce qu'il parlait d'elle ? Est-ce qu'il s'adressait à elle ? C'était impossible. Il dormait encore.

— Dunford ?

— Sent bon, marmonna-t-il.

Elle était sûre maintenant qu'il ne parlait pas d'elle.

— Dunford, il est l'heure de se lever.

— Reviens te coucher, mon cœur, supplia-t-il.

Mon cœur ? Qui était « mon cœur » ?

— Dunford…

Avant qu'elle ait eu le temps de comprendre ce qui lui arrivait, il l'avait prise par le cou et l'avait fait basculer sur le lit et attirée contre lui.

— Dunford !

— Chut, mon cœur ! Embrasse-moi !

L'embrasser ? Il était devenu fou ! Ou alors, c'était elle qui était devenue folle car, l'espace d'une seconde, elle avait eu la tentation de lui obéir.

— Tellement douce… soupira-t-il en nichant son visage au creux du cou de la jeune fille, tandis que ses lèvres effleuraient son oreille.

— Dunford ! Vous rêvez !

— Mmm… Si tu le dis, mon cœur, chuchota-t-il en l'enlaçant plus étroitement.

Henry faillit s'étrangler. À travers les couvertures, elle sentait très bien son érection. Elle avait grandi à la campagne, et savait ce que cela signifiait.

— Dunford ! Je crois que vous faites erreur sur la personne !

Il n'avait apparemment rien entendu. Ses lèvres s'étaient emparées du lobe de son oreille, qu'il mordillait tendrement, si tendrement que Henry se sentit prête à fondre. Mon Dieu, voilà qu'elle se laissait aller dans les bras d'un homme qui la prenait pour une autre. Et qui était son ennemi, en plus !

Mais les frissons qui parcouraient son corps étaient beaucoup trop forts pour qu'elle puisse garder son bon sens coutumier. Quel effet cela faisait-il d'être embrassée ? Vraiment embrassée, sur la bouche ? Aucun homme ne lui avait jamais donné le moindre baiser, et il y avait peu de chances que cela lui arrive dans un proche avenir. Pourquoi ne pas profiter du demi-sommeil de Dunford, après tout ?

Elle leva le visage et lui offrit ses lèvres.

Il s'en empara avec ardeur. Quand la langue du jeune homme pénétra dans sa bouche, Henry sentit son sang se figer dans ses veines. Elle aurait voulu que cet instant dure toujours. Un peu hésitante, elle posa la main sur l'épaule de son partenaire, qui gémit en l'enlaçant plus étroitement, tandis que son membre se dressait fièrement.

Si c'était cela la passion, ce ne pouvait être un si grand péché. Elle avait certainement le droit d'en profiter un peu, jusqu'à ce qu'il se réveille au moins.

Mais lorsqu'il s'éveillerait, comment lui expliquerait-elle son attitude ? Affolée, elle commença à se débattre avec l'énergie du désespoir.

— Dunford ! Dunford ! Arrêtez !

Elle parvint enfin à se dégager, si brutalement qu'elle atterrit sur le parquet.

— Mais qu'est-ce qui… ?

Henry se fit toute petite sur le plancher. Cette fois-ci, il avait l'air parfaitement réveillé.

— Bon Dieu, qu'est-ce que vous faites ici ?

— Je suis venue vous réveiller, balbutia-t-elle.

— Enfin, il fait encore nuit !

— À la campagne, nous nous levons toujours à cette heure-ci, mentit-elle, retrouvant son aplomb.

— Eh bien, grand bien vous fasse ! Maintenant, fichez-moi le camp !

— Vous vouliez que je vous montre le domaine.

— Oui, ce matin !

— Mais c'est le matin !

— Vous voyez bien qu'il fait encore nuit, espèce de tête de mule !

Dunford mourait d'envie de se lever et d'ouvrir les rideaux pour lui montrer que le soleil n'était pas près de se lever. La seule chose qui le retenait, c'était sa nudité… et sa gigantesque érection.

À ce propos…

Il observa plus attentivement la jeune fille, toujours assise sur le tapis, ses yeux brillants, son regard chaviré, ses lèvres humides et légèrement gonflées comme si on venait de l'embrasser, ses cheveux qui lui tombaient en désordre sur le visage.

— Que faites-vous par terre ?

— Comme je vous l'ai dit, j'étais venue vous réveiller…

— Pas d'histoire, je vous prie ! Que faites-vous par terre ?

— Euh… C'est compliqué, dit-elle en rougissant.

— Ça m'en a tout l'air ! Ce n'est pas grave, j'ai toute ma journée.

Henry avait beau chercher désespérément, elle ne trouvait aucune explication plausible. Même la vérité était incroyable. Surtout la vérité. Il ne voudrait jamais croire qu'il avait voulu l'embrasser, et encore moins qu'il l'avait fait.

— Henry !

Il n'y avait aucun doute, il commençait à perdre patience.

— Eh bien, hasarda-t-elle, décidée à lui avouer la vérité et à affronter sa réaction horrifiée, j'étais venue vous réveiller, mais vous paraissez avoir un sommeil de plomb.

Elle fit une pause, dans l'espoir qu'il considérerait cela comme une explication suffisante, mais vit tout de suite à sa mine qu'il n'y avait rien à attendre de ce côté-là.

— Et puis… je crois que vous m'avez confondue avec quelqu'un d'autre, révéla-t-elle en rougissant jusqu'à la racine des cheveux.

— Ah bon ? Et qui donc, s'il vous plaît ?

— Quelqu'un que vous appeliez « mon cœur ».

Il fronça les sourcils. « Mon cœur » ? C'était ainsi qu'il appelait Christine, sa maîtresse à Londres. Ce fut son tour d'être mal à l'aise.

— Et qu'est-il arrivé ?

— Vous m'avez prise par le cou et je suis tombée sur le lit.

— Et puis ?

— Et puis… c'est tout. J'ai basculé sur vous et ça vous a réveillé. C'est à ce moment-là que je suis tombée par terre.

Dunford se doutait qu'elle lui cachait quelque chose. Il avait toujours eu un sommeil très actif, et il ne comptait plus les nuits où il s'était réveillé, se croyant en train de faire l'amour à Christine.

— Je vois. Je vous présente mes excuses si je ne me suis pas conduit avec toute la correction exigée d'un gentleman pendant que je dormais encore.

— Oh, il n'y a aucun mal, je vous assure.

Il n'en était pas convaincu, mais comment insister face à ces yeux innocents et à ce sourire angélique ?

— Henry, quelle heure est-il ?

— Oh, maintenant, il doit être près de six heures.

— C'est bien ce que je pensais.

— Pardon ?

— Sortez de ma chambre !

— Bien entendu ! Il faut que vous vous habilliez.

— Il faut que je me rendorme !

— Je comprends que vous ayez sommeil mais, si vous voulez mon avis, il est très improbable que vous puissiez vous rendormir maintenant. Vous feriez mieux de vous habiller.

— Henry...

— Oui ?

— Fichez-moi le camp !

Elle ne se le fit pas dire deux fois.

Vingt minutes plus tard, Dunford rejoignit la jeune fille dans la salle à manger. Il portait ce qu'il considérait comme une tenue de campagne, mais ses vêtements étaient beaucoup trop élégants pour des travaux de maçonnerie, surtout pour la construction d'une porcherie. Un instant, Henry fut tentée de le lui dire mais, après tout, s'il détériorait ses habits, cela lui ferait une raison de plus de détester les travaux domestiques.

Et de toute façon, elle doutait fort qu'il possède une tenue appropriée.

À la façon dont il se laissa tomber sur sa chaise et se servit de toasts, elle comprit qu'il bouillait littéralement.

— Vous n'avez pas pu vous rendormir ?

Pour toute réponse, il lui jeta un regard noir.

— Voulez-vous jeter un coup d'œil au *Times* ? J'ai pratiquement fini, proposa-t-elle aimablement en lui tendant le journal.

— J'ai lu ce numéro il y a deux jours.

— Les journaux mettent quelques jours à arriver. C'est un peu le bout du monde, ici.

— Je commence à m'en rendre compte.

Henry réprima un sourire. Sa campagne de persuasion progressait à merveille. Après ce qui s'était passé un peu plus tôt, sa détermination à le renvoyer à Londres avait quadruplé. Elle déplorait déjà l'effet d'un seul de ses sourires, elle ne tenait pas à découvrir celui de ses baisers si elle le laissait aller jusqu'au bout.

Enfin, ce n'était que partiellement vrai. Elle mourait d'envie de connaître l'effet de ses baisers, mais elle était certaine qu'il ne lui en donnerait plus jamais l'occasion. Pour qu'il l'embrasse de nouveau, il faudrait qu'il la prenne pour une autre, ce qui était peu probable. Et puis, elle avait sa fierté, même si ce matin elle avait choisi de mettre un mouchoir dessus. Elle avait pris grand plaisir à ce baiser, mais savoir qu'elle le devait à une autre lui laissait un goût amer.

Les hommes comme lui ne désiraient pas les femmes comme elle, et plus tôt il partirait, mieux ce serait à tout point de vue.

— Regardez ! Le soleil se lève !

— J'ai du mal à retenir mon enthousiasme.

Se débarrasser de lui promettait d'être un exercice intéressant, mais il valait mieux ne plus le provoquer pour le moment. Avant qu'il ait fini son petit déjeuner, du moins. Les hommes devenaient désagréables quand ils avaient l'estomac vide, Viola le lui avait toujours dit. Tout en terminant ses œufs au jambon, elle reporta son attention sur le magnifique spectacle qu'offrait l'aube sur la campagne. De lavande, le ciel se teintait d'orangé puis de rose. Henry était certaine qu'en cet instant il n'y avait pas au monde un endroit plus beau que Stannage Park.

Incapable de contenir son admiration, elle poussa un soupir de ravissement.

Dunford leva les yeux sur elle. Le regard perdu, elle semblait fascinée, comme si elle avait vu une apparition. Il aimait le grand air, mais jamais encore il n'avait rencontré autant de respect et d'émerveillement devant le spectacle de la nature. Décidément, sa petite Henry était une personne bien compliquée.

Sa petite Henry ? Depuis quand était-elle à lui ?

« Depuis qu'elle est tombée sur ton lit ce matin. Et ce n'est pas la peine de faire semblant d'avoir oublié que tu l'as embrassée. »

Il s'en souvenait parfaitement, maintenant. Il ne voulait pas l'embrasser au départ. Sur le moment, il ne s'était pas rendu compte que c'était Henry qu'il avait dans les bras. Mais le souvenir de la courbe de ses lèvres, de sa chevelure soyeuse et de son parfum devenu familier ne le quittait plus. Un parfum citronné.

Il sourit à la pensée que cet arôme citronné était de loin préférable à l'odeur d'étable qu'elle exhalait le premier jour.

— Qu'y a-t-il de si drôle ?

— Est-ce que j'ai l'air d'avoir envie de rire ? rétorqua-t-il en reprenant son air ronchon.

Elle préféra ne pas entamer une discussion et tourna une nouvelle fois le regard vers la fenêtre, où le soleil allumait tout un chatoiement de couleurs. Elle en oubliait de manger. Elle adorait visiblement Stannage Park. Jamais il n'avait vu qui que ce soit aimer autant une maison ou une propriété.

Mais voilà qui expliquait tout ! Comment n'y avait-il pas pensé plus tôt ? Elle cherchait à se débarrasser de lui. Cela faisait six ans qu'elle administrait le domaine, elle y avait passé toute sa vie d'adulte et la plus grande partie de son enfance. Comment aurait-elle vu d'un bon œil l'arrivée soudaine d'un étranger qui avait le pouvoir de tout régenter, et pouvait sans doute la mettre dehors du jour au lendemain ? Ils ne se connaissaient ni d'Ève ni d'Adam et n'avaient aucun lien de parenté, après tout.

Il fallait absolument qu'il regarde les dispositions testamentaires de Carlyle concernant Mlle Henriette Barrett, à supposer qu'il en ait prises. Le notaire qui était venu le voir, Leverett, avait promis de lui faire porter une copie, mais à son départ pour la Cornouailles il ne l'avait toujours pas reçue.

— Vous êtes très attachée à ce domaine, n'est-ce pas ?

— Oui, bien entendu. Pourquoi cette question ? s'étonna Henry devant ce changement subit.

— Comme ça. Je le voyais à votre visage.

— Que voyiez-vous, au juste ?

— À quel point vous aimez Stannage Park.

La jeune fille se demanda où il voulait en venir, mais il ne semblait pas décidé à en dire plus, et chacun retourna à son déjeuner.

Cette question n'augurait rien de bon, songea-t-elle. Pourquoi se préoccuper de ses sentiments, à moins d'être animé de mauvaises intentions ? S'il voulait se venger d'elle, que pouvait-il trouver de plus cruel que la bannir d'ici ?

Mais de quoi aurait-il voulu se venger ? Il ne l'aimait peut-être pas beaucoup, il la trouvait sans doute agaçante, mais elle ne lui avait donné aucune raison de la haïr. Il avait certainement posé cette question sans intentions précises, et elle se laissait emporter par son imagination.

Dunford l'observait subrepticement par-dessus ses œufs brouillés. Elle était inquiète. Tant mieux ! Elle méritait une punition pour l'avoir tiré du lit à une heure aussi indue. Sans compter ses petites manigances pour que la faim le boute hors de Cornouailles. Et cette histoire de bains ! Il aurait admiré son ingéniosité et l'aurait applaudie si elle avait été dirigée contre quelqu'un d'autre que lui. Si elle s'imaginait qu'elle pouvait le chasser de chez lui, elle se trompait lourdement.

Son séjour en Cornouailles promettait de se révéler très amusant, finalement.

Il prit donc tout son temps pour finir son déjeuner, satisfait de son évidente détresse. Trois fois, elle fut sur le point de lui dire quelque chose ; trois fois, elle se ravisa.

— Prête ? s'enquit-il enfin, quand il jugea l'avoir suffisamment fait mijoter.

— Je suis à votre disposition, milord ! rétorqua-t-elle sans prendre la peine de dissimuler une pointe d'agacement qui réjouit grandement Dunford.

— Par quoi commençons-nous ?

— Vous avez oublié ? Nous construisons une nouvelle porcherie.

— C'est ce que vous faisiez le jour où je suis arrivé.

Il n'osa pas ajouter « et où vous sentiez si mauvais ».

Devant son sourire innocent, il se demanda s'il devait s'amuser, s'inquiéter ou se mettre en colère. Elle mijotait un tour à sa façon, il en était sûr. À moins qu'elle n'ait décidé de le faire travailler jusqu'à l'épuisement. Mais maintenant qu'il avait compris son petit jeu, il était certain de se montrer plus malin qu'elle et de trouver la parade.

Ils dépassèrent les écuries et se dirigèrent vers ce qui lui parut une sorte d'étable. Son expérience de la vie rurale se limitait à quelques séjours dans d'aristocratiques demeures très protégées de tout ce qui touchait de près ou de loin à l'agriculture ou à l'élevage. La bonne société laissait généralement ce genre de préoccupation à ses régisseurs et métayers, qu'elle évitait de rencontrer.

— C'est une étable ?

— Bien entendu ! répliqua-t-elle, visiblement abasourdie par tant d'ignorance. Que voulez-vous que ce soit ?

— Une étable.

— Pourquoi poser la question, dans ce cas ?

— Je me demandais pourquoi vous ne gardiez pas votre cher ami Porkus dans cette étable plutôt que dans les écuries.

— Parce qu'elle est pleine. Nous avons beaucoup de vaches, alors que les écuries sont pratiquement vides. Nous avons très peu de chevaux de selle, ils sont trop chers.

Avec un peu de chance, il serait passionné d'équitation, songea-t-elle, et cela lui ferait une raison de plus de détester la Cornouailles.

— Je connais le prix des chevaux, figurez-vous.

— Bien entendu. Ceux de votre attelage sont magnifiques. Ils sont à vous, j'imagine ?

Dunford préféra l'ignorer et poursuivit son chemin, jusqu'à ce que son pied rencontre une matière spongieuse et gluante.

— Merde ! laissa-t-il échapper.

— Exactement.

Cette fois-ci, il eut beaucoup de mal à ne pas l'étrangler.

— C'est ici que nous construisons la porcherie.

— J'avais compris.

— Mais là, il s'agit probablement d'une vache, ajouta-t-elle en examinant ses chaussures, qui avaient perdu tout leur éclat.

— Je vous remercie de m'en informer. Cette précision fait probablement toute la différence.

— Ce sont les risques de la campagne, mais je suis surprise que ça n'ait pas été nettoyé. Nous faisons notre possible pour garder l'endroit propre.

— Même une porcherie ?

Il lui aurait volontiers rappelé la saleté de sa tenue et l'odeur pestilentielle qu'elle dégageait le jour de son arrivée mais, même excédé comme il l'était, il restait un gentleman.

— Les porcs ne sont pas aussi sales qu'on le prétend. Ils aiment la boue, c'est vrai, mais pas... Vous voyez ce que je veux dire...

— Je ne le vois que trop.

Les mains sur les hanches, elle examinait le mur de pierre. Il n'était pas assez haut. S'ils avaient mis beaucoup de temps à le monter, c'était qu'elle avait exigé que les fondations soient particulièrement solides. La vieille porcherie s'était effondrée justement parce que ses fondations avaient été bâclées.

Elle regarda autour d'elle.

— Je me demande où ils sont tous...

— Au lit, s'ils ont deux sous de bon sens !

— Nous allons devoir commencer seuls.

— Henry, je ne connais rien, mais ce qui s'appelle rien, à la maçonnerie. Je vous suggère d'attendre vos ouvriers, déclara-t-il en s'asseyant sur le muret, sincèrement content pour la première fois de la journée.

Henry, qui pour rien au monde n'aurait admis qu'il avait raison, marcha jusqu'au tas de pierres de l'autre côté du chantier et se baissa pour en soulever une.

En principe, Dunford aurait dû se précipiter pour l'aider. Le seul inconvénient, c'était qu'il n'en avait aucune envie. Elle ne semblait d'ailleurs éprouver aucune difficulté, à sa grande surprise.

Comment pouvait-il encore se laisser surprendre par quoi que ce soit dès qu'il s'agissait de Henry ? Cette fille était capable de tout, elle aurait pu soulever une enclume, c'était l'évidence même.

Elle transporta la pierre, la posa sur un des murets avec un soupir de soulagement et s'essuya le front.

— Vous devriez fléchir les jambes quand vous ramassez une pierre, ce serait mieux pour votre dos, fit-il remarquer avec son plus suave sourire.

— Ce serait mieux pour mon dos... répéta-t-elle en l'imitant. Espèce de paresseux, de bon à rien, pauvre petit...

— Je vous demande pardon ?

— Merci du conseil !

Dunford était ravi. Cette fois-ci, il avait fait mouche.

— Où étiez-vous passés ? Cela fait un bon quart d'heure que nous vous attendons ! aboya-t-elle lorsque les journaliers arrivèrent, alors qu'elle avait déjà transporté une vingtaine de pierres.

— Mais nous sommes en avance, mademoiselle Henry !

— Nous devions commencer à six heures quarante-cinq.

— Nous ne sommes pas arrivés avant sept heures, corrigea Dunford, tandis qu'elle lui jetait un regard noir.

— Nous avons commencé à sept heures et demie samedi, mademoiselle, se récria un autre ouvrier.

— Vous vous trompez, nous avons commencé bien plus tôt, mentit Henry avec son aplomb habituel.

— Faites excuse, mais je crois que c'est vous qui vous trompez, mademoiselle Henry, intervint un troisième. Je suis sûr que nous avons commencé à sept heures et demie l'autre jour.

— La vie rurale ne débute donc pas avant l'aube ? s'étonna Dunford, passant sous silence le fait qu'à Londres il ne se levait avant midi qu'en cas d'extrême urgence.

Une fois de plus, elle le foudroya du regard.

— Vous avez quelque chose contre moi ? Moi qui croyais que vous m'aimiez bien ! susurra-t-il.

— Jusqu'à ce matin, effectivement.

— Et plus maintenant ? Vous me crucifiez !

— Je n'aime pas les fainéants qui regardent les autres transporter des pierres sans lever le petit doigt.

— Je vous l'ai dit, je ne connais rien à la maçonnerie. Je ne voudrais pas compromettre les travaux par mon incompétence.

— Vous avez sans doute raison, admit Henry.

Elle rendait les armes beaucoup trop facilement au goût de Dunford.

— Après tout, reprit-elle, si l'ancienne porcherie avait été bâtie dans les règles de l'art, nous n'aurions pas besoin d'en construire une nouvelle.

Elle paraissait décidément très contente d'elle. Cela ne présageait rien de bon.

— Donc, mieux vaut ne pas confier à un homme aussi inexpérimenté que vous des travaux de structure.

— Et il y a d'autres tâches ?

— Bien entendu !

— Par exemple ?

— Par exemple... Toutes mes félicitations, lord Stannage ! Vous voici seigneur du purin ! annonça-t-elle en lui tendant une lourde pelle.

Avec un large sourire, elle lui désigna un tas malodorant avant de rejoindre les ouvriers. Le jeune homme, excédé, dut faire appel à tout son sang-froid pour ne pas assener un coup de pelle dans la partie la plus charnue de son anatomie.

5

Deux heures plus tard, il était prêt à la tuer.

Mais, même pour un esprit enfiévré par la colère, le meurtre ne constituait pas une solution satisfaisante. Dunford se contenta donc d'envisager des vengeances diverses et variées.

La torture était trop vulgaire et, de toute façon, il répugnait à l'utiliser contre une femme, même si elle n'avait rien d'une femme ordinaire. Il suffisait de la regarder, avec son pantalon trop grand, transporter ces grosses pierres en souriant comme s'il s'agissait d'une tasse de thé.

Il y avait certainement d'autres moyens de l'ennuyer. Un serpent dans son lit, peut-être ? Oh, cette petite peste raffolait probablement des serpents. Et lui, par contre, les détestait. Une araignée, alors ? Personne n'aimait les araignées.

Bref, en un mot comme en cent, il se conduisait comme un gamin.

Il avait fait de son mieux pour s'acquitter de cette tâche répugnante. C'était un travail pénible, l'odeur était épouvantable, mais il ne voulait pas que Henry l'imagine vaincu.

Pourtant elle avait gagné, il fallait bien en convenir. Elle avait réussi à transformer un lord – fraîchement émoulu, certes, mais un lord tout de même – en garçon de ferme qui entassait du purin. Elle lui avait tendu un piège, et il y était tombé comme un novice. Ne pas arriver au bout de sa tâche équivaudrait à reconnaître qu'il n'était qu'un dandy, un bon à rien incapable de faire quoi que ce soit de ses dix doigts.

Il avait essayé de lui faire remarquer que s'il l'entassait où elle le lui avait demandé, le purin se trouverait en plein milieu du chemin pendant qu'ils montaient les murs, elle n'avait pas voulu en démordre.

— Vous risquez de salir vos chaussures, avait-il objecté.

— Oh, ce ne serait pas la première fois !

— Vous m'aviez bien dit que les porcs n'étaient pas sales, ironisa-t-il en soulevant une pelletée à l'odeur insoutenable.

— Bien plus propres que les gens le pensent, mais tout de même pas aussi propres que vous et moi. Enfin, d'habitude, sourit-elle en désignant les chaussures souillées de Dunford.

Les dents serrées, il reprit son travail, refusant de s'avouer vaincu.

— Le travail avance beaucoup plus vite depuis que vous nous aidez, mademoiselle Henry, remarqua joyeusement l'un des ouvriers.

Dunford avait un tempérament pacifique et n'éprouvait généralement aucune difficulté à se contrôler, mais cette déclaration le hérissa. Ainsi, elle lui avait menti ! Il ne savait pas pourquoi la jeune fille sentait aussi mauvais le jour de son arrivée, mais il était désormais certain que ce n'était pas à force d'avoir pataugé dans la boue pour construire une porcherie.

Son sang ne fit qu'un tour à la pensée de tous les autres travaux répugnants qu'elle lui réservait probablement, uniquement pour lui faire croire qu'il s'agissait là des occupations ordinaires d'un propriétaire terrien.

Avec une énergie redoublée, il planta sa pelle dans le tas de fumier, et emporta une belle pelletée vers l'endroit qu'elle lui avait désigné. Malheureusement, le contenu de la pelle glissa et se déversa sur les souliers de Henry.

Il s'attendait à des protestations, mais elle se contenta de le regarder en silence puis, tout à coup, elle secoua énergiquement sa cheville et envoya le fumier sur le pantalon de Dunford.

Elle aussi guettait sa réaction, s'attendant visiblement à des accusations, mais il préféra garder le silence. Quand il lui sourit aimablement, elle devina pourtant que des ennuis s'annonçaient. Avant qu'elle ait eu le temps de comprendre ce qui lui arrivait, il s'essuya la semelle sur le pantalon de la jeune fille.

Avec un petit sourire satisfait, il la toisa.

Un instant, elle envisagea de lui envoyer une poignée de fumier à la figure, mais elle n'avait pas de gants, et Dunford aurait eu tout le temps de trouver une parade. Elle détourna la tête et, pendant qu'il suivait son regard, profita de sa distraction pour écraser son pied sur celui du jeune homme.

— Ça suffit ! s'insurgea-t-il avec un cri de douleur.

— C'est vous qui avez commencé !

— Vous aviez commencé toutes vos manigances avant même que j'arrive ici, espèce de petite...

Il n'osa pas la traiter de « garce », même si elle s'y attendait, mais il la prit par la taille, la souleva et tourna les talons après l'avoir jetée sur son épaule.

— Vous n'avez pas le droit ! hurla-t-elle en martelant son dos de coups de poing énergiques. Tommy ! Harry ! Venez m'aider !

Les journaliers, bouche bée, restaient cloués sur place devant ce spectacle incroyable. Mlle Henry Barrett, qui n'en avait jamais fait qu'à sa tête depuis son plus jeune âge, emmenée de force par un étranger !

— On aurait peut-être dû l'aider, regretta Harry.

— Je sais pas. C'est le nouveau baron, objecta Tommy. S'il veut virer Henry, c'est son droit.

L'intéressée n'était visiblement pas du même avis, car on entendait ses protestations furieuses alors qu'ils disparaissaient derrière la resserre à outils, où il la déposa sans ménagement.

— Vous n'avez pas le droit !

— Ah bon ?

— Est-ce que vous avez une idée du temps qu'il m'a fallu pour me faire respecter des gens d'ici ? Cela m'a pris longtemps, très longtemps, croyez-moi ! Et vous venez de tout gâcher ! Tout !

— Je ne pense pas que les gens de Stannage Park décident du jour au lendemain que vous ne méritez plus leur respect, uniquement à cause de ce que je viens de faire. À cause de ce que *vous* avez fait, ce ne serait pas impossible.

— Comment ça, ce que j'ai fait ? C'est vous qui avez mis du purin sur mes chaussures !

— Et c'est vous qui m'avez obligé à déplacer cette saloperie !

Jamais Dunford n'avait employé un langage aussi cru devant une dame, mais jamais une femme ne l'avait autant irrité.

— Si vous n'êtes pas capable de vous occuper d'un domaine agricole, vous n'avez qu'à rentrer à Londres tout de suite. Nous nous passerons très bien de vous.

— C'est bien ça, le fond de l'histoire ? La petite Henry est terrifiée à l'idée que je pourrais lui enlever son joli jouet, et elle ne sait pas quoi inventer pour se débarrasser de moi. Eh bien, laissez-moi vous dire une chose, ma jolie. Si vous croyez qu'une gamine de vingt ans peut m'impressionner, vous vous trompez lourdement !

— Ne me prenez pas de haut, sinon...

— Sinon quoi ? Qu'est-ce que vous allez me faire ? Que pouvez-vous faire pour m'atteindre ?

— Je pourrais... Je pourrais, balbutia-t-elle, au bord des larmes.

Il fallait qu'elle trouve quelque chose. Elle ne pouvait pas abandonner la partie. Il allait la mettre dehors, la congédier comme une malpropre, elle n'aurait nulle part où aller... Et, comme Adam et Ève chassés du jardin d'Éden, plus jamais elle ne reverrait Stannage Park !

— Je peux faire des tas de choses ! Je connais Stannage Park mieux que vous ! Je le connais mieux que personne ! Vous ne pourriez même pas...

Plus vif que l'éclair, il la plaqua contre le mur de la resserre et appuya son index au creux de la gorge de Henry. Le souffle coupé, la jeune fille demeura paralysée, incapable du moindre mouvement. De toute façon, le regard de Dunford aurait suffi à la changer en statue de sel.

— Ne me mettez pas en colère, ce serait une grave erreur.

— Parce que vous n'êtes pas en colère ? bégaya-t-elle.

— Pas le moins du monde, sourit-il subitement en la relâchant. Je voulais simplement faire quelques mises au point.

Henry, qui s'était laissée tomber sur le sol, en resta sans voix.

— D'abord, vous allez cesser toutes vos petites manigances pour vous débarrasser de moi. Ensuite, vous allez cesser de me mentir !

Au bord des larmes, Henry était incapable d'articuler un seul mot.

— Enfin... Oh, non ! Ne pleurez pas ! l'adjura-t-il tandis qu'elle éclatait en sanglots.

Il lui tendit un mouchoir taché de boue, qu'il se hâta de remettre dans sa poche.

— Je vous en prie, ne pleurez pas !

— Je ne pleure jamais, balbutia-t-elle entre deux sanglots. Cela fait des années que je n'ai pas pleuré...

Il était tout prêt à le croire. Elle était tellement efficace, tellement maîtresse d'elle-même, pas du tout le genre de femme à pleurnicher à tout bout de champ. Il s'en voulait d'autant plus d'être le responsable de ce torrent de larmes.

— Allons, allons, calmez-vous, dit-il en lui tapotant l'épaule. C'est fini, maintenant.

Malgré tous ses efforts, elle ne pouvait plus s'arrêter. Dunford cherchait désespérément comment la consoler et regardait autour de lui, comme si les collines verdoyantes des alentours pouvaient lui souffler la solution.

— Je n'ai nulle part où aller, hoqueta-t-elle, nulle part ! Et je n'ai personne au monde. Je n'ai aucune famille.

— Calmez-vous. Tout va bien.

— Tout ce que je voulais, c'était rester ici. Est-ce que c'est si mal ?

— Mais bien sûr que non, mon petit.

— C'est ma maison. Enfin, c'était... Et maintenant que c'est à vous, vous pouvez en faire ce que vous voulez. Et vous pouvez faire ce que vous voulez de moi aussi. Je me suis conduite comme une idiote. Vous devez me détester.

— Mais non, je ne vous déteste pas, protesta-t-il machinalement.

Ce n'était que la stricte vérité. Elle lui en avait fait voir de toutes les couleurs, elle avait bien failli le pousser à bout, mais il ne la détestait pas du tout. En fait, elle était parvenue à gagner son respect, ce qui n'était pas chose facile. Même si elle avait employé des méthodes douteuses, elle s'était battue vaillamment pour ce qu'elle aimait le plus au monde. Peu d'hommes auraient eu ce courage.

Il lui tapota gentiment la main pour essayer de la calmer. Pourquoi avait-elle dit qu'il pouvait faire d'elle ce qu'il voulait ? Cela n'avait aucun sens. Évidemment, il pouvait lui demander de quitter Stannage Park, mais ce n'était pas tout à fait la même chose. Il se promit d'aborder le sujet avec elle quand elle aurait retrouvé son calme.

— Voyons, Henry, je n'ai jamais eu l'intention de vous chasser d'ici. Pourquoi voulez-vous que je fasse une chose pareille ? Qu'ai-je bien pu dire pour vous le faire croire ?

Henry n'avait jamais envisagé la question sous cet angle. D'emblée, elle avait pensé que la guerre était déclarée et qu'il fallait se battre contre cet intrus. Mais peut-être n'y avait-il pas de guerre, et peut-être n'avait-elle aucune raison de se battre. Elle aurait sans doute mieux fait de rencontrer le nouveau lord Stannage avant de décider qu'il fallait le renvoyer à Londres à tout prix.

— Dites-moi, insista-t-il. Est-ce que je vous ai donné une seule raison de le croire ?

Elle fit signe que non.

— Voyons, réfléchissez. Il faudrait que je sois complètement idiot pour vous chasser. Je suis le premier à reconnaître que je n'entends rien à l'agriculture. Pour ne pas mener ce domaine à la ruine, il faudrait que j'engage une personne compétente pour s'en occuper. Et pourquoi voulez-vous que je me fatigue à chercher un étranger alors que j'ai sur place une personne parfaitement qualifiée ?

— Je suis désolée, Dunford. Vraiment désolée. Je me suis conduite comme une idiote.

— Il n'y a pas grand mal, la rassura-t-il. Sauf pour mes vêtements.

— Oh, je suis navrée ! se lamenta-t-elle en éclatant de nouveau en sanglots.

Ses vêtements devaient coûter une fortune. Jamais elle n'en avait vu d'aussi beaux. On n'en trouvait certainement pas de pareils dans toute la Cornouailles.

— Je vous en prie, ne vous tracassez pas pour ça, implora-t-il en se demandant depuis quand les sentiments de la jeune fille étaient devenus si importants pour lui. Cette matinée n'a pas été des plus agréables, mais elle s'est révélée, disons... instructive. Quant à mes vêtements, si nous sommes arrivés à conclure un pacte, cela valait le sacrifice. Je n'ai aucune envie d'être réveillé avant l'aube demain ou après-demain pour m'entendre dire que je dois aller abattre un veau, voyez-vous.

Henry sursauta. Comment avait-il deviné ?

— Vous savez, mon petit, vous pourriez certainement en remontrer à Napoléon, sourit Dunford, à qui son changement d'expression n'avait pas échappé, et qui en avait compris la raison.

Sa remarque arracha à la jeune fille un sourire tremblant, mais un sourire tout de même.

— Et maintenant, si nous retournions à la maison ? suggéra-t-il. Je meurs de faim.

— Oh, je suis vraiment désolée !

— Allons bon ! De quoi êtes-vous désolée encore ?

— De vous avoir si mal nourri. Cet horrible mouton bouilli ! Et le porridge ! Je déteste le porridge.

— Vous ne pouviez pas donner meilleure preuve de votre dévouement à Stannage Park que d'en manger une pleine assiette.

— Je n'en ai mangé que quelques cuillerées. J'ai jeté le reste dans un vase pendant que vous ne regardiez pas. Je suis allée nettoyer un peu plus tard.

— Henry ! Vous êtes vraiment unique ! pouffa-t-il.

— Je ne sais pas si c'est une qualité.

— Mais bien sûr que si ! Alors, nous rentrons ?

— Simpy fait d'excellents biscuits aux raisins, annonça-t-elle en acceptant la main qu'il lui tendait. Ils sont tout simplement délicieux.

— Formidable ! Et si elle n'en a pas sous la main, nous lui en ferons faire toute une fournée. Ils n'ont pas besoin de nous pour terminer la porcherie, n'est-ce pas ?

— J'y ai vraiment travaillé samedi, vous savez, mais j'ai surtout dirigé les travaux. J'ai l'impression que les ouvriers ont été surpris de ma participation ce matin.

— J'ai bien vu qu'ils étaient étonnés. Tommy en est resté bouche bée. Et ne me dites pas que vous vous levez aussi tôt tous les matins !

— Oh, non ! Je ne suis pas matinale du tout. Je n'arrive à rien avant neuf heures, sauf absolue nécessité.

Décidément, elle avait été prête à tout pour le chasser !

— Si vous détestez autant que moi les gens qui se lèvent tôt, nous allons nous entendre à merveille.

— J'espère bien, sourit-elle.

Un ami, voilà ce qu'il allait devenir pour elle. Elle n'avait jamais eu d'amis depuis qu'elle avait atteint l'âge adulte. Elle s'entendait à merveille avec les domestiques, bien entendu, mais elle était la maîtresse de maison. Tandis qu'avec Dunford, elle avait trouvé un véritable ami, même s'ils avaient commencé sur de mauvaises bases. Pourtant, une question la tourmentait encore.

— Quand vous avez dit que vous n'étiez pas en colère...

— Oui ?

— C'était vrai ?

— Disons que j'étais quelque peu ennuyé.

— Vous n'étiez pas absolument hors de vous ? insista-t-elle, incrédule.

— Lorsque je serai en colère, vous vous en apercevrez, ne vous inquiétez pas !

— Comment cela ?

— Mieux vaut ne pas le savoir.

Rien qu'à son expression, elle le crut sur parole.

Une heure plus tard, après avoir pris chacun un bain, Henry et Dunford se retrouvèrent à la cuisine devant une pleine assiette de petits gâteaux.

— Une lettre de votre notaire est arrivée pour vous ce matin, milord, les informa Yates. Je l'ai déposée dans le bureau.

— Merci beaucoup. Nous y allons. Il s'agit certainement des documents concernant Stannage Park et de la copie du testament de Carlyle. Voulez-vous le lire, Henry ?

Il ignorait comment elle avait pris le fait qu'il hérite du domaine, et peut-être se sentait-elle lésée. La propriété était attachée au titre, et l'ancien châtelain n'aurait de toute façon pas pu la lui laisser, mais cela ne voulait pas dire qu'elle l'acceptait de bon cœur. En lui proposant de lire le testament de Carlyle, il essayait de lui montrer qu'elle était toujours quelqu'un d'important à Stannage Park.

— Si vous voulez. Je crois que c'est assez simple. Tout est à vous.

— Carlyle ne vous a rien légué ? s'étonna Dunford.

— Il a dû se dire que vous vous occuperiez de moi.

— Je veillerai à ce que vous ne manquiez de rien, et vous serez toujours chez vous à Stannage Park, mais il aurait dû y penser. Nous ne nous sommes jamais rencontrés, il ne pouvait pas savoir si je n'étais pas un aigrefin sans scrupule.

— Il a dû se dire que puisque vous étiez parents, vous ne pouviez pas être entièrement mauvais, le taquina-t-elle.

— Tout de même !... Qu'est-ce que c'est que ça ? s'exclama-t-il en trouvant sur le bureau, au lieu de la lettre attendue, un tas de papiers déchiquetés.

— Oh, non ! s'écria Henry, atterrée.

— Qui a fait ça ? gronda-t-il, blanc de rage. Henry, est-ce que vous connaissez bien tous les domestiques ? À votre avis, qui…

— Ce n'est pas un domestique, c'est Rufus. Rufus !

— Mais enfin, qui est Rufus ?

— Mon lapin, marmonna-t-elle en s'accroupissant.

— Votre quoi ?

— Mon lapin. Rufus ? Rufus ! Où es-tu ?

— Vous avez un lapin apprivoisé ? Vous ne pouvez donc rien faire comme tout le monde ?

— Il est très sage, d'habitude, je vous assure. Rufus !

Une petite boule noir et blanc, sortie d'on ne sait où, traversa la pièce comme une flèche.

— Rufus ! Reviens ! Ici tout de suite ! Méchant !

Dunford avait maintenant du mal à réprimer son hilarité. Courbée en deux, Henry poursuivait son lapin qui courait et bondissait de tous les côtés. Chaque fois qu'elle était sur le point de l'attraper, il lui échappait au dernier moment.

— Rufus ! menaça-t-elle.

— Vous ne pouviez pas avoir un chien ou un chat, comme tout le monde ? Je crois qu'il s'est caché derrière les rayonnages.

— Allez vous poster de l'autre côté, et faites ce que vous pouvez pour l'effrayer, chuchota Henry en se mettant à quatre pattes pour regarder.

Levant les yeux au ciel, Dunford se mit également à quatre pattes.

— Bonjour, mon petit lapin ! Tu vas faire un bon civet pour ce soir ! rugit-il soudain.

Rufus détala et sauta sur les genoux de Henry, qui le retint fermement, malgré ses couinements indignés.

— Qu'est-ce que vous allez faire de lui ? questionna Dunford.

— Le ramener à la cuisine, où il est censé rester.

— À mon humble avis, sa place serait plutôt dehors. Ou dans une casserole.

— Dunford ! C'est mon lapin !

— Vous raffolez des cochons et des lapins. Quel grand cœur !

Ils ramenèrent à la cuisine le petit animal, qui tenta de mordre la main de Dunford quand il fit mine de le caresser.

— Simpy, vous avez une carotte pour Rufus ?

— Il s'est encore échappé ? Quelqu'un a dû laisser la porte ouverte. Il suffit de quelques secondes, et ça y est !

Dunford observa le lapin littéralement arracher la carotte des mains de la gouvernante et la faire disparaître en quelques secondes.

— Je suis vraiment désolée pour votre courrier, s'excusa Henry.

— Moi aussi. Je vais écrire à Leverett et lui demander de me faire parvenir une nouvelle copie. C'est l'affaire d'une semaine ou deux.

— Vous êtes sûr ? Je ne voudrais pas bouleverser vos projets.

Comme si, en quarante-huit heures, sa vie et ses projets n'avaient pas été complètement bouleversés par cette étrange jeune fille. Enfin, par cette jeune fille, par un cochon et par un lapin.

Il rassura Henry et monta dans sa chambre prendre un repos qu'il jugeait amplement mérité. Même s'ils avaient fait la paix, il n'avait aucune envie de lui avouer qu'elle l'avait épuisé, cela chatouillait désagréablement sa fierté virile.

Il se serait certainement senti beaucoup mieux s'il avait su que la jeune fille se retira elle aussi dans sa chambre, exactement pour les mêmes raisons.

Il était déjà tard lorsque Dunford, qui lisait dans son lit, réalisa qu'il ne connaîtrait pas avant une bonne semaine les dispositions testamentaires concernant Henry. La jeune fille avait beau lui avoir expliqué que Carlyle n'avait rien prévu pour elle, il avait du mal à le croire. Elle n'avait que vingt ans, feu lord Stannage avait au moins dû désigner un tuteur.

Quelle fille extraordinaire, tout de même ! Jamais il n'avait rencontré pareille détermination. Même si elle lui paraissait capable de se débrouiller toute seule, il se sentait responsable d'elle, sans doute à cause de son désespoir quand elle lui avait confié qu'elle n'avait personne au monde et nulle part où aller.

Il tenait à voir son avenir assuré mais, pour cela, encore fallait-il savoir ce que Carlyle avait prévu la concernant. Passer une semaine de plus en Cornouailles ne le tuerait pas, après tout.

Il retournait à son livre lorsqu'il entendit un bruit étrange. Comme il ne voyait rien, il mit ces craquements sur le compte de la maison et reprit sa lecture.

Couic, couic, couic… Voilà que ça recommençait.

Cette fois-ci, il aperçut une paire de longues oreilles pointer au bord du lit.

— Nom d'une pipe ! Rufus !

Comme s'il n'attendait que cela, le lapin bondit sur le lit et atterrit juste sur le livre.

— Qu'est-ce que tu veux encore, farceur ?

La petite bête remua son nez rose, inclina les oreilles et tendit le cou, comme pour réclamer des caresses.

— C'est vraiment très différent de Londres, ici, soupira Dunford en grattant doucement le crâne du lapin.

Puis, tandis que Rufus posait gentiment la tête sur sa poitrine, il se rendit compte qu'il n'avait aucune envie de rentrer à Londres.

Finalement, il se trouvait très bien ici.

6

Dans les jours qui suivirent, Henry entreprit d'expliquer Stannage Park à Dunford. Il voulait tout connaître de son héritage, et elle n'aimait rien tant que de lui détailler les innombrables mérites du domaine. Pendant qu'elle lui faisait visiter chaque recoin, ils bavardaient de tout et de rien, de petites choses comme des grands mystères de la vie.

Henry n'avait jamais eu ce genre de relation avec qui que ce soit. Dunford s'intéressait à ce qu'elle pensait non seulement pour tout ce qui avait trait à la propriété, mais aussi pour ce qui concernait les questions philosophiques ou religieuses, et la vie en général. Et, ce qui était encore plus flatteur, il paraissait faire grand cas de son opinion. Ils plaisantaient et riaient beaucoup tous les deux, et aucun ne se formalisait quand l'autre ne s'amusait pas de ses facéties.

Bref, pour Henry, Dunford était devenu un ami, même si elle se sentait toute chose dès qu'il souriait. Elle se disait qu'elle finirait par s'y habituer. Il devait certainement faire le même effet sur toutes les femmes.

Il ne vint jamais à l'idée de Henry qu'elle vivait là les moments les plus heureux de son existence, car elle n'avait tout simplement pas le temps de se poser la question.

Dunford était tout aussi séduit par sa nouvelle amie. Son amour pour Stannage Park était contagieux, et il se prit à s'intéresser non seulement aux questions de gestion, mais aussi aux gens qui vivaient sur ses terres. Ainsi, le jour où une fermière donna naissance à son premier enfant, il eut l'idée de lui faire porter un panier de nourriture, pour qu'elle n'ait pas besoin de cuisiner pendant une semaine. Et il se surprit lui-même la fois où il s'arrêta à la porcherie toute neuve pour glisser à Porkus un gros morceau de gâteau. Le cochon aimait les friandises et, en dépit de sa taille, il était plutôt mignon, se justifia-t-il.

Il aurait été heureux de son séjour même s'il n'avait pas été propriétaire de Stannage Park. Henry était une charmante compagne. Elle faisait preuve d'une fraîcheur et d'une honnêteté qu'il n'avait plus rencontrées depuis des années. Dunford avait des amis merveilleux mais, après de longues années passées à Londres, il commençait à penser que personne n'était exempt de cynisme, alors que Henry était prodigieusement libre et dénuée de préjugés. La jeune fille s'intéressait à trop de choses pour connaître une seule minute d'ennui.

Cela n'en faisait pas pour autant une innocente prête à avaler n'importe quoi. Elle possédait un esprit caustique et ne se privait pas d'en user de temps à autre contre les travers de certains villageois. Dunford le lui pardonnait d'autant mieux qu'il trouvait généralement ses critiques justifiées.

Et si parfois il se surprenait à la regarder bizarrement, s'il s'émerveillait de voir ses cheveux auburn se teinter d'or au soleil, s'il aimait tant son parfum légèrement citronné, il trouvait cela tout à fait normal et ne se posait pas de questions. Cela faisait longtemps qu'il ne s'était pas trouvé en compagnie d'une femme. Quand il avait quitté Londres, sa maîtresse était partie depuis une quinzaine de jours à Birmingham, et Henry pouvait se révéler très attirante, avec ses manières à l'emporte-pièce et ses idées originales.

Bien entendu, cela n'avait aucun rapport avec une quelconque attirance physique. Il était un homme et la présence d'une femme ne pouvait pas le laisser indifférent, tout simplement. Et puis, il l'avait déjà embrassée une fois, même si c'était par accident. Il était donc parfaitement normal qu'il se rappelle ce baiser.

Toutes ces considérations étaient pourtant très loin de son esprit ce soir-là, une semaine environ après son arrivée, tandis qu'il prenait un verre dans le salon en attendant que la jeune fille le rejoigne pour le dîner.

Il fit la grimace. Malgré son anticonformisme, Henry tenait à s'habiller pour le dîner, et donc à porter l'un de ces horribles vêtements que Dunford se refusait à désigner du nom de « robes ». Elle aussi semblait les trouver affreuses et, ce qui était prodigieux, parvenait à se comporter comme si cela n'avait aucune importance.

S'il n'avait pas remarqué de quelle façon elle évitait les miroirs lorsqu'elle arborait une tenue féminine, et son air désolé quand par hasard elle était malgré tout confrontée à son image, jamais il

100

n'aurait deviné qu'elle ne trouvait pas ses vêtements, sinon à la pointe de la mode, du moins passablement seyants.

Il aurait voulu l'aider, lui acheter des toilettes, lui apprendre à danser et à se comporter en société...

— Encore à boire en cachette ?

— Ce sont mes apéritifs, après tout.

Elle avait revêtu cette abomination bleu lavande, que Dunford n'arrivait pas à classer dans l'ordre de l'horreur.

— C'est vrai. Je peux en avoir un peu ?

Henry avait pris l'habitude de boire avec lui un apéritif avant le dîner. Un, jamais plus. Elle avait découvert les effets de l'alcool le soir de son arrivée et avait l'intime conviction que, si elle prenait autre chose qu'un doigt de xérès, elle était capable de regarder le jeune homme avec des yeux de merlan frit pendant toute la soirée.

— Vous avez passé un bon après-midi ? demanda-t-il.

Dunford avait quant à lui occupé la plus grande partie de la journée à parcourir des papiers et des livres de comptes que Henry lui avait abandonnés de bon cœur.

— J'ai fait ma petite tournée des métayers. Mme Dalrymple vous remercie pour les provisions que vous lui avez fait porter.

— Je suis content que cela lui ait fait plaisir.

— Elle a été très touchée. Je m'en veux de ne pas y avoir pensé moi-même. Nous faisons toujours un cadeau quand il y a une naissance, mais une semaine de nourriture, c'est encore mieux.

On aurait dit un vieux couple discutant des affaires du ménage, constata Dunford, ébahi.

— Vous savez, Henry, j'ai réfléchi, annonça-t-il alors qu'elle tirait sur sa robe trop courte pour s'asseoir.

— C'est prodigieux ! le taquina-t-elle.

— Petit chameau ! Taisez-vous et écoutez-moi.

— Je suis tout ouïe.

— Que penseriez-vous de faire un petit tour en ville, tous les deux ?

— Nous sommes allés au village il y a deux jours. Vous vouliez rencontrer les commerçants. Vous avez déjà oublié ?

— Bien sûr que non. Vous me prenez pour un vieux gâteux ?

— Qui sait ? Vous avez au moins trente ans !

— Vingt-neuf ! corrigea-t-il, avant de comprendre qu'il venait de tomber dans le piège qu'elle lui tendait.

— De temps en temps, vous êtes une proie tellement facile…

— Laissons de côté ma naïveté. J'aimerais aller en ville avec vous. Quand je dis « ville », je ne parle pas du village, mais de Truro.

À l'échelle de la Cornouailles, Truro était une grande ville, et Henry l'évitait comme la peste.

— Ma proposition n'a pas l'air de vous enthousiasmer.

— Franchement… j'y suis allée il n'y a pas très longtemps.

Ce n'était pas tout à fait un mensonge : elle y était allée deux mois plus tôt, mais pour elle, c'était hier. Elle se sentait mal à l'aise avec les étrangers. Les gens du coin, au moins, avaient fini par s'habituer à ses excentricités et les acceptaient sans poser de question. La plupart la respectaient.

Mais avec les citadins, il en allait différemment, et rien n'était pire que Truro. Même si la ville était moins en vogue qu'au siècle dernier, une partie de la bonne société continuait d'y séjourner de temps à autre. Elle imaginait déjà les commentaires de toutes les élégantes... Les belles dames se moqueraient de sa vieille robe, les messieurs de ses façons masculines. Ensuite, il se trouverait bien quelqu'un de la région pour les informer qu'elle se faisait appeler Henry et que d'ordinaire, elle portait des culottes de cheval et des bottes.

Non, décidément, elle n'avait aucune envie d'aller à Truro.

— Mais moi, je n'y suis jamais allé ! protesta Dunford, qui n'avait pas idée de l'abîme de détresse dans lequel elle se débattait. Allons, soyez gentille, faites-moi visiter la ville.

— J'ai beaucoup à faire, vous savez, balbutia-t-elle.

— Allons, un bon mouvement ! Ce n'est tout de même pas une corvée ! Faites-moi plaisir.

Comment résister à ce sourire enchanteur ?

— Si vous insistez...

— Demain ?

— Quand vous voudrez.

Dès qu'ils approchèrent de Truro, Henry se sentit flancher. Elle avait toujours détesté aller en ville, mais c'était la première fois que cela la rendait littéralement malade.

Dunford était son seul ami véritable, et elle n'avait aucune envie de le perdre. Que penserait-il en surprenant les commentaires que l'on ferait dans son dos ? Que dirait-il lorsqu'une élégante critiquerait sa robe suffisamment haut pour qu'ils puissent l'entendre ? Aurait-il honte d'elle ? Se sentirait-il humilié d'être vu en sa compagnie ?

Dunford avait bien remarqué la nervosité de son amie, mais il préférait faire comme si de rien n'était. Lui poser des questions ne ferait que l'embarrasser. Il s'appliqua donc à deviser gaiement pour la distraire, des petits problèmes de Stannage Park, de ce qu'évoquaient pour lui les paysages, de tout et de rien.

— Que faites-vous, Henry ? Ce n'est pas dans vos habitudes de traîner ! s'exclama-t-il en la voyant s'attarder dans la voiture.

La jeune fille s'arma de courage et accepta la main qu'il lui tendait. Le pire n'était jamais certain, après tout. Peut-être les belles dames s'étaient-elles envolées vers d'autres cieux, peut-être avaient-elles perdu leurs griffes pour la journée ? Peut-être Dunford n'entendrait-il pas les commentaires ?

— Je vous demande pardon. J'avais laissé mes pensées s'égarer.

— Et où donc ?

Mon Dieu, pourquoi lui témoignait-il toujours tant de gentillesse ? Cela ne ferait que rendre la séparation plus pénible quand il repartirait. Elle préférait ne pas y songer. Peut-être déciderait-il de rester, finalement ?

— À Stannage Park, bien entendu.

— Et qu'est-ce qui vous tracasse ? Vous avez peur que Porkus ait du mal à faire des petits ?

— Porkus est un mâle, espèce d'idiot !

— Alors, c'est encore plus ennuyeux. Il risque vraiment d'avoir du mal !

— Vous êtes incorrigible !

— Vous aussi, c'est pour ça que je le prends comme un compliment.

104

— Quoi que je dise, j'ai l'impression que vous le prenez toujours comme un compliment.

— Vous savez comment plaire aux hommes, au moins ! sourit-il en l'entraînant.

Henry n'avait jamais compté la séduction au nombre de ses qualités. En fait, avant Dunford, aucun homme ne l'avait considérée comme une femme ordinaire.

— Vous n'avez pas faim ? Où y a-t-il un bon salon de thé ?

— Je n'en sais rien. Je ne suis jamais allée dans un salon de thé.

Dunford était effaré. Depuis douze ans qu'elle vivait en Cornouailles, elle n'avait jamais bu une tasse de thé en ville ?

— Même pas du vivant de Viola ?

— Viola n'aimait pas Truro. Elle disait toujours qu'il y avait trop de gens du monde.

— Elle n'avait pas tout à fait tort, admit-il en s'absorbant dans la contemplation d'une vitrine pour éviter une connaissance qui traversait la rue.

Il n'avait aucune envie de faire des politesses et d'échanger des banalités. Rien ne devait venir le détourner de son but.

— Je ne savais pas que vous vous intéressiez aux dentelles, s'étonna Henry.

— Oh, mais il y a des tas de choses que vous ignorez encore sur mon compte !

Le voir s'intéresser à ce genre de frivolités n'améliora pas l'humeur de la jeune fille. Il avait probablement un cadeau à faire à l'une de ses maîtresses. À « mon cœur », peut-être ? Elle ne pouvait lui en vouloir. Il avait vingt-neuf ans, il était beau à damner une sainte, on ne pouvait pas lui demander de vivre comme un moine.

Tout à coup, elle n'eut plus qu'une hâte : s'éloigner de cette boutique.

Ils venaient de dépasser une librairie et une épicerie, lorsque Dunford tomba en arrêt devant la vitrine d'une couturière.

— Regardez ! C'est exactement ce que je cherche.

— Mais ils ne font que des vêtements pour dames !

— Je veux faire un cadeau à ma sœur.

— Je ne savais pas que vous aviez une sœur.

— Je viens de vous le dire, il y a des tas de choses que vous ignorez de moi.

— Je vous attends dehors. Je déteste les couturières.

Comme s'il ne s'en doutait pas déjà !

— Mais j'ai besoin de vous. Vous êtes à peu près de la même taille.

— À peu près ne suffit pas. Si je ne suis pas exactement de la même taille, cela n'ira pas.

— C'est un risque que je suis prêt à courir, déclara-t-il en la prenant fermement par le bras pour la faire entrer dans la boutique.

À l'élégance de Dunford, la patronne reconnut immédiatement un client important et vint elle-même les saluer.

— Que puis-je pour vous ?

— Nous avons besoin d'une ou deux robes pour ma sœur, expliqua-t-il en désignant Henry.

— Mais...

— Chut ! intima-t-il à voix basse. Ce sera plus facile comme ça.

— Je comprends, répliqua la couturière en détaillant l'épouvantable robe mauve de la jeune fille, qui n'avait jamais été aussi gênée.

Carlyle la lui avait achetée un jour qu'il allait en ville, et il n'aurait pu choisir plus mal. La couleur

106

lui brouillait le teint, la coupe l'engonçait et dès qu'elle avait défait le paquet, elle avait su qu'elle ne lui irait pas.

Mais la changer aurait signifié aller en ville, et elle détestait Truro. Elle avait donc décidé que le rôle d'une robe était avant tout de couvrir le corps, et celle-ci s'en acquittait aussi bien qu'une autre, après tout.

— Venez voir les tissus, proposa gentiment Dunford.

— Mais...

D'une pression du bras, il lui intima le silence. Il savait parfaitement ce qu'elle allait lui objecter : elle ne connaissait pas les goûts de sa sœur.

— Faites-moi plaisir, chuchota-t-il en se dirigeant du côté des soies et des mousselines.

Il la regarda apprécier la douceur des étoffes, puis les reposer avec un soupir. Il lisait dans ses pensées comme dans un livre. Que faire de si jolis tissus quand on passait ses journées à parcourir la campagne ? Une culotte de cheval et des bottes étaient plus appropriées.

— J'ai bien peur que la garde-robe de ma sœur ne soit un désastre. Elle a été élevée par ma tante, qui a un goût détestable et aucune idée de la mode, expliqua-t-il en prenant la couturière à part.

— Je comprends.

— Auriez-vous une tenue déjà prête ? Je serais ravi de la voir débarrassée de cette horreur.

— J'en ai une ou deux que nous pourrions retoucher rapidement. Tenez, celle-ci par exemple, suggéra-t-elle en désignant un ensemble d'après-midi jaune paille exposé sur un mannequin.

— Elle sera parfaite ! décréta-t-il quand il vit Henry la contempler avec avidité. Henriette, tu ne veux pas essayer cette robe jaune ? demanda-t-il à voix haute. Mme...

— Trimble.

— Mme Trimble peut la mettre à tes mesures.

— V... Tu es sûr ?

— Tout à fait sûr.

La couturière décrocha la robe du mannequin et conduisit la jeune fille dans le salon d'essayage, tandis que Dunford examinait les tissus. Il était convaincu que le jaune paille irait bien à Henry. Il choisit un linon bleu saphir qui pouvait être seyant aussi. Il ne savait trop comment s'y prendre, à vrai dire. Il avait toujours estimé que les femmes savaient naturellement comment s'habiller. Ses amies Arabelle et Emma, par exemple, étaient toujours d'une élégance irréprochable.

Il comprenait maintenant que cela n'avait rien d'inné, mais que la mère d'Arabelle, qui était une véritable gravure de mode, le lui avait inculqué. La pauvre Henry n'avait eu personne pour l'initier, personne pour lui apprendre ce qu'une jeune fille doit savoir.

— Henriette ? appela-t-il après avoir passé en revue toute la boutique, voyant que les deux femmes ne revenaient pas.

— Encore un moment, lança Mme Trimble à travers la porte. Il faut que je reprenne un peu plus. Votre sœur a vraiment une taille de guêpe.

Comment l'aurait-il su ? La plupart du temps, elle portait d'informes vêtements masculins, et ses robes lui allaient si mal qu'il était difficile de deviner à quoi elle ressemblait. Pourtant, il gardait du jour où il l'avait embrassée le vague souvenir de formes extrêmement féminines et agréables.

108

— Et voilà, monsieur ! annonça triomphalement Mme Trimble.

— Dunford ? hésita Henry en passant la tête dans l'entrebâillement de la porte.

— Allons, ne sois pas timide !

— Promets-moi de ne pas te moquer de moi.

— Pourquoi veux-tu que je me moque de toi ? Allons, montre-toi !

Elle sortit enfin du salon d'essayage, intimidée, anxieuse, mais visiblement pleine d'espoir.

Dunford en eut le souffle coupé. Henry se trouvait littéralement transformée. Ce jaune paille mettait en valeur les reflets cuivrés de sa chevelure. Quant à la coupe, si elle restait très sage, elle révélait toutes les promesses d'une féminité encore juvénile. La couturière avait également arrangé sa coiffure de façon moins austère que sa stricte queue-de-cheval.

Henry attendait anxieusement son verdict.

— Henriette, v... tu es absolument ravissante !

Jamais on ne lui avait fait plus beau compliment, songea-t-elle. Personne ne lui avait jamais fait le moindre compliment, d'ailleurs.

— Tu le penses vraiment ? Tu ne te moques pas de moi ?

— C'est la stricte vérité ! Nous la prenons, ajouta-t-il à l'intention de Mme Trimble.

— Parfait ! Voulez-vous que je vous montre d'autres modèles ?

— S'il vous plaît.

— Mais cet ensemble est pour votre sœur, protesta Henry à voix basse.

— Je ne vais pas offrir ce vêtement à ma sœur alors qu'elle vous va si bien. D'ailleurs, maintenant que j'y pense, vous auriez besoin d'une ou deux robes, vous aussi.

— C'est vrai que les miennes sont trop petites.

— Alors, c'est décidé.

— Mais je n'ai pas d'argent !

— C'est un cadeau.

— Je ne peux pas accepter, voyons !

— Et pourquoi donc ?

— Ce n'est pas convenable.

Il s'en rendait bien compte, mais il s'en fichait éperdument.

— Écoutez, si vous n'étiez pas là, il faudrait que j'engage quelqu'un pour gérer Stannage Park.

— Maintenant, vous seriez parfaitement capable de vous en occuper vous-même.

— Je n'en ai ni le temps ni l'envie. J'ai mes obligations à Londres, vous le savez bien. Donc, vous me faites économiser un salaire, et peut-être même celui de trois personnes. Vous offrir une ou deux robes est le moins que je puisse faire.

Henry n'avait pas vu les choses de cette façon et, avec cet ensemble, elle se trouvait presque jolie. Jamais elle ne s'était sentie si féminine. Dans cette tenue, peut-être serait-elle capable de se déplacer aussi gracieusement que ces belles dames qu'elle avait toujours enviées ?

— Vous croyez ?

— Puisque je vous le dis ! Au fait, cela ne vous ennuie pas si nous laissons à Mme Trimble la robe que vous portiez ?

— Oh, pas du tout !

— Très bien. Maintenant, venez choisir d'autres modèles. Une femme ne peut pas se contenter d'une seule robe.

— Non, mais à mon avis, trois sont bien assez.

Il avait saisi ce qu'elle voulait dire. Elle n'en accepterait pas plus.

110

Ils passèrent une bonne heure à choisir deux autres modèles, l'un dans le linon saphir que Dunford avait remarqué, l'autre dans un vert marin qui, selon Mme Trimble, ferait ressortir les yeux de Henry. Il faudrait une semaine pour les livrer à Stannage Park. La jeune fille aurait bien proposé de venir les chercher, mais elle avait encore du mal à admettre qu'un simple vêtement suffirait à lui donner confiance et à lui permettre d'affronter le regard des citadins.

Quant à Dunford, il ignorait qui avait choisi les anciennes robes de Henry, mais il savait maintenant que ce n'était pas elle. Il fréquentait les femmes les plus élégantes d'Angleterre, et il avait compris à son choix que le goût de sa compagne la portait vers une élégance discrète que personne ne pourrait critiquer.

Faire plaisir à sa nouvelle amie le rendait profondément heureux.

— Vous n'avez pas de sœur, n'est-ce pas ? demanda-t-elle sur le chemin du retour.

— Non.

— Merci, dit-elle simplement en posant sa main sur la sienne.

7

Dunford fut très déçu lorsque Henry descendit pour le petit déjeuner vêtue de ses habituels vêtements masculins.

— Vous ne voudriez tout de même pas que je salisse ma seule robe convenable en allant battre la campagne ! Vous vous souvenez qu'aujourd'hui nous devons faire le tour de la propriété ?

— Bien sûr. Je n'attends que cela depuis une semaine.

— C'est très masculin, ce besoin de savoir exactement ce qu'on possède.

— Je suis seul roi dans mes domaines, ne l'oubliez pas ! déclara-t-il théâtralement.

— Vous auriez fait un parfait seigneur médiéval ! Vous n'êtes qu'un despote, au fond de vous.

Il lui rendit son sourire sans se rendre compte des conséquences dévastatrices sur Henry, qui se sentit fondre immédiatement. Pour combattre ce délicieux malaise, elle reporta son attention sur le petit déjeuner.

— Dépêchez-vous ! J'aime bien partir de bonne heure.

— Mais je n'ai pas fini, s'étrangla Henry. Vous ne voulez tout de même pas que je m'évanouisse à vos pieds dans une heure ou deux ?

— Vous n'avez rien d'une petite nature, et l'idée qu'un déjeuner léger suffise à vous abattre prête à sourire.

Il la laissa avaler encore quelques bouchées, sans cesser de tambouriner impatiemment sur la table.

— Oh, ça suffit ! s'insurgea la jeune fille en jetant sa serviette. Vous êtes pire qu'un gamin. Donnez-moi deux minutes pour passer une veste. Il fait frais aujourd'hui.

Elle le rejoignit dans le couloir.

— Ah, quel plaisir sans mélange de vous avoir enfin à ma disposition ! se moqua-t-il. Souriez, Henry ! Je ne supporte pas de vous voir renfrognée. Dites-moi que vous me pardonnez, s'il vous plaît. Je vous en prie ! Je vous en supplie ! implora-t-il devant son regard noir.

— Arrêtez ! Vous savez bien que je n'étais pas vraiment fâchée.

— Je le sais bien, mais c'est tellement amusant de vous taquiner. Allons, venez. Nous avons du chemin à faire.

— On se croirait à l'armée.

— Vous ne savez pas ce que c'est. J'ai été soldat, moi, madame ! déclara-t-il en faisant un bond de côté pour éviter de marcher sur Rufus.

— C'est vrai ?

— Oui, et je me suis battu. Ne croyez jamais tout ce qu'on raconte sur l'héroïsme et la gloire. Ce sont des histoires pour vous faire oublier les horreurs de la guerre.

— Vous prêchez une convaincue.

— Je préfère de loin séjourner ici en compagnie de la plus charmante jeune fille que j'aie jamais rencontrée.

Henry rougit jusqu'aux oreilles et se tourna pour masquer son embarras. Il ne voulait certainement pas lui mentir, ce n'était pas le genre de Dunford, mais ce n'était qu'une façon de parler, de lui faire comprendre qu'ils étaient véritablement amis, et que pour la première fois il avait une relation d'amitié avec une femme. Cependant, il lui avait parlé de deux dames, toutes deux mariées, qu'il considérait comme ses meilleures amies...

Ce n'était donc pas ça.

Quoi qu'il en soit, il ne pouvait pas être amoureux d'elle. Comme elle le lui avait dit, elle n'était pas le genre de femme que désiraient les hommes. Pas quand ils avaient toutes les élégantes de Londres à leur disposition, en tout cas.

Puisqu'elle ne trouvait pas la solution, Henry résolut de tout simplement profiter de la journée et de la compagnie de Dunford.

— Je m'imaginais qu'une propriété en Cornouailles était obligatoirement en haut d'une falaise face à l'océan, expliqua Dunford.

— C'est généralement le cas, mais nous nous trouvons en plein milieu des terres. Nous ne sommes pas loin de la mer, pourtant.

— Il faudra que nous allions y faire un pique-nique, un de ces jours.

Henry craignit de paraître infantile si elle montrait à quel point l'idée l'enthousiasmait, et elle poursuivit son chemin en silence jusqu'à un large mur à la limite est du domaine.

— La haie de l'autre côté est à nous, expliqua-t-elle, mais il y a quelques années notre voisin,

114

M. Stinson, s'est mis dans la tête que nous empiétions sur ses terres et il a fait construire ce mur.

— Il était dans son droit ?

— Bien sûr que non. Ce mur est construit sur Stannage Park, mais il a tout de même son utilité.

— Il vous sépare de l'horrible M. Stinson ?

— Oui, mais surtout, c'est très amusant de se promener dessus, et on a une très belle vue, expliqua-t-elle en grimpant dessus.

— Il va jusqu'où ? questionna Dunford en escaladant à son tour.

— Pas très loin. Au bout de sa propriété, à deux lieues environ.

Ce n'était pas l'étendue des terres de M. Stinson qui captivait Dunford, mais la chute de reins de sa compagne. Elle portait toujours des pantalons larges, mais à chaque pas, le tissu se tendait et moulait ses formes de façon suggestive, et ce spectacle lui procurait un immense plaisir.

Que lui arrivait-il donc ? Elle n'était pas le genre de femme à flirter, et pour rien au monde il n'aurait voulu gâcher leur belle amitié en lui faisant la cour.

— On ne vous entend plus, remarqua Henry. Quelque chose ne va pas ?

— J'admirais la vue, c'est tout.

— C'est beau, n'est-ce pas ? Je pourrais passer la journée à la contempler.

— Moi aussi.

Ils continuèrent ainsi pendant une dizaine de minutes, puis la jeune fille se retourna tout à coup.

— C'est l'endroit que je préfère. À cause de cet arbre.

Du côté de Stannage Park poussait un arbre immense dont les branches s'étendaient au-dessus du mur.

— Reculez, chuchota-t-elle. Encore…

Tout doucement, elle s'approcha de l'arbre et tendit la main avec précaution, comme si les branches pouvaient la mordre.

— Henry ! Qu'est-ce que vous faites ? s'étonna Dunford.

— Chut ! intima-t-elle en retirant prestement sa main.

De nouveau, elle tendit le bras et glissa la main derrière un nœud de l'écorce.

Dunford entendit un bourdonnement étouffé. Un peu comme…

Des abeilles.

Horrifié, il vit Henry enfoncer le bras dans le nid. Cette petite folle allait se faire piquer des centaines de fois !

— Henry, implora-t-il, revenez immédiatement !

De sa main libre, elle lui fit signe de se taire.

— Je l'ai déjà fait.

Le front du jeune homme était glacé de sueur. Dès que les abeilles percevraient cette présence étrangère, elles déchaîneraient leur fureur sur sa pauvre amie. Et s'il la tirait en arrière, il risquait de faire chuter le nid.

— Henry ! appela-t-il dans un souffle.

Très lentement, elle sortit le bras en brandissant triomphalement un gros rayon de miel.

Toutes les craintes de Dunford s'envolèrent et firent place à une rage froide. Elle avait pris des risques aussi terribles qu'inutiles ! Il l'attrapa par la main et l'obligea à sauter avec lui.

— Ne vous avisez jamais de recommencer ! Jamais, vous m'entendez ! gronda-t-il en la secouant violemment tandis que le rayon de miel tombait à terre.

— Je vous l'ai dit, je l'ai déjà fait des dizaines de fois ! Il n'y a aucun danger.

— Henry, on m'a parlé de gens qui sont morts d'une seule piqûre d'abeille ou de guêpe !

— J'en ai entendu parler aussi, mais il y a très peu de gens qui réagissent ainsi à une piqûre, et certainement pas moi.

— Promettez-moi de ne plus jamais recommencer. Promettez-le-moi !

— Dunford ! Vous me faites mal !

— Promettez-le-moi !

Éberlué, Henry essayait de comprendre ce qui arrivait à son compagnon, d'ordinaire tellement maître de lui. Une veine battait furieusement à sa tempe. Il était furieux.

— L'autre jour, vous m'avez dit que lorsque vous seriez en colère, je le saurais immédiatement.

— Promettez !

— En ce moment, vous êtes en colère.

— Promettez-le-moi !

— Si vous y attachez tant d'importance…

— Promettez !

— Je vous le promets. Je n'irai plus jamais dénicher un rayon de miel dans un nid, concéda-t-elle enfin.

Il fallut encore un moment pour que le jeune homme retrouve un peu de calme et relâche son emprise.

— Dunford ?

Il ne saurait jamais ce qui lui prit à ce moment-là. L'idée ne l'en avait même pas effleuré, mais quand il l'entendit prononcer son nom de cette petite voix tremblante, quelque chose en lui se déchaîna. Il la serra contre lui de toutes ses forces en répétant son nom, sans pouvoir s'arrêter.

— Oh, Henry, ne me faites plus jamais une peur pareille !

Elle ne comprenait rien, sauf qu'elle était dans ses bras. Elle se blottit contre sa poitrine. Elle se sentait à l'abri, son parfum viril l'enivrait, et repenser à ce bref instant suffirait à la rendre heureuse jusqu'à la fin de ses jours.

Dunford aurait aimé savoir pourquoi sa réaction avait été si violente. Il essayait de se raisonner, de se dire qu'elle savait ce qu'elle faisait, qu'elle n'avait pas vraiment été en danger, mais tout son être s'insurgeait contre cette idée. Jamais il n'avait éprouvé une telle peur, même au cours d'une bataille.

Il lui fallut un moment pour s'apercevoir qu'il la tenait dans ses bras, que cette étreinte n'avait rien de fraternel. Et le pire, c'était qu'il n'avait aucune envie de la lâcher.

Il la désirait, tout simplement.

À cette pensée, il la lâcha.

Henry méritait mieux qu'une aventure, et il tenait à se conduire en gentleman. Ce n'était pas la première fois qu'il était attiré par une jeune fille de bonne famille, et sans doute pas la dernière. La différence entre lui et les séducteurs de la haute société, c'était que pour lui, une vierge n'était pas une proie à accrocher à son tableau de chasse.

— Ne recommencez jamais, intima-t-il d'une voix étranglée.

— Je vous l'ai promis.

— Allons-nous-en.

La jeune fille regarda le rayon de miel abandonné dans l'herbe. Elle doutait fort que Dunford ait envie d'y goûter, et elle n'osa pas le ramasser. Tout ce qui lui restait à faire, c'était se lécher les doigts.

Ils longèrent en silence la bordure est de Stannage Park. Henry aurait eu mille choses à lui signaler ou à lui montrer, mais elle garda le silence. Elle n'aimait pas le malaise qui s'était installé entre eux. Elle s'était sentie tellement bien en sa compagnie les jours passés. Elle pouvait lui dire tout ce qui lui passait par la tête, il l'écoutait toujours et ne se moquait jamais d'elle.

En un mot, elle pouvait être elle-même.

Il semblait si loin, maintenant ! Elle était paralysée, comme chaque fois qu'elle se trouvait en présence d'un étranger, comme chaque fois qu'elle allait en ville – sauf la dernière fois, bien entendu, quand il lui avait offert la robe jaune.

Pour être si gentil, il devait tout de même avoir un peu d'affection pour elle...

— C'est ici que nous tournons, annonça-t-elle tout de même en désignant un gros chêne.

— Et je suppose qu'il y a un nid d'abeilles dans celui-ci aussi, remarqua-t-il en s'efforçant de prendre un ton badin.

Il se retourna et vit Henry en train de se lécher les doigts. Un désir ardent monta de ses reins et enflamma tout son corps.

— Oh, non ! Ne craignez rien, il n'y en a pas.

Elle lui souriait timidement, espérant voir restaurée leur belle amitié, même si elle aurait bien aimé qu'il la reprenne dans ses bras. Jamais elle ne s'était sentie plus heureuse et plus en sécurité...

— Cette crête fait toute la longueur du domaine et en marque la limite nord, qui fait à peine quelques lieues, expliqua-t-elle.

Du regard, Dunford embrassa les collines verdoyantes. Elles lui appartenaient, se dit-il avec fierté.

— Et où vivent les métayers ?

— Au sud-ouest, de l'autre côté par rapport au manoir. Nous les verrons sur le chemin du retour.

— Et qu'est-ce que c'est que ça ? questionna-t-il en désignant un petit cottage au toit de chaume.

— Une maison abandonnée. Je ne l'ai jamais vue habitée.

— Si nous allions voir ?

Il lui souriait.

— Avec plaisir. Je n'y suis jamais allée.

— Comment ? Il reste encore à Stannage Park quelques mètres carrés que vous n'avez pas explorés, inspectés et améliorés ?

— Je n'y allais pas quand j'étais enfant parce que Simpy me racontait que cette chaumière était hantée.

— Et vous la croyiez ?

— Je n'étais qu'une enfant. Ensuite... Je ne sais pas. On ne change pas facilement de vieilles habitudes. Et je n'ai jamais eu aucune raison d'y aller.

— Cela signifie que vous avez toujours peur.

— Bien sûr que non. Je vous ai dit que je vous accompagnais.

— Dans ce cas, passez la première, chère madame !

Elle traversa la prairie d'un pas décidé et s'arrêta devant la porte du cottage.

— Vous ne voulez pas entrer ? demanda-t-il.

— Et vous ?

— Je pensais que vous alliez passer devant.

— Vous n'avez pas peur, au moins ? le taquina-t-elle.

— Je suis littéralement terrifié ! fit-il en souriant.

— « Tu trembles, carcasse, mais si tu savais où je t'emmène, tu tremblerais encore plus ! » déclama-t-elle théâtralement.

— Très juste, Henry ! Passez devant.

Elle prit une profonde inspiration et poussa la porte.

— Oh, regardez ! Les gens qui vivaient ici ont dû être heureux. En tout cas, ils aimaient cet endroit.

Après toutes ces années d'abandon, la chaumière sentait le renfermé et le moisi mais, même sous une épaisse couche de poussière, elle gardait une atmosphère chaleureuse. Les couleurs vives de la courtepointe s'étaient fanées avec le temps, mais elles avaient gardé leur gaieté. Des souvenirs et de petits bibelots ornaient les étagères, ainsi qu'un dessin d'enfant.

— Toute une famille vivait ici. Je me demande ce qui leur est arrivé, murmura Henry. Ils ont tout laissé...

— La maladie, probablement. Il n'est pas rare qu'une épidémie emporte une famille ou même un village entier, expliqua Dunford.

— Voyons ce qu'il y a là-dedans, murmura-t-elle en soulevant le couvercle d'un coffre au pied du lit.

— Qu'avez-vous trouvé ?

— Des vêtements d'enfant. Il n'y a que ça, des vêtements d'enfant, constata-t-elle, les larmes aux yeux, en désignant une robe minuscule.

— Il y a un berceau sous le lit, signala Dunford qui s'était agenouillé à côté d'elle.

— Leur bébé a dû mourir...

Une tristesse indicible la submergea.

— Cela fait des années, Henry, il ne faut pas prendre cela trop à cœur.

— Vous avez raison, mais je ne peux pas m'en empêcher. C'est que... je sais ce que c'est que de perdre ses parents, alors perdre un enfant, ça doit être cent fois pire.

— Asseyez-vous, suggéra-t-il doucement en la prenant par la main.

Elle s'assit au bord du lit et s'adossa contre les oreillers en essuyant une larme.

— Vous me trouvez ridicule, n'est-ce pas ?

Dunford songea qu'elle le surprendrait toujours. Il connaissait son énergie, son esprit méthodique et son efficacité, il savait qu'elle aimait plaisanter et rire, mais jamais il ne l'aurait crue aussi sentimentale. Si elle portait des vêtements masculins et affichait tant d'insolence, c'était certainement pour mieux dissimuler ce qu'elle considérait comme une faiblesse.

Elle lui montrait tout à coup un côté profondément féminin, qu'il avait déjà soupçonné chez la couturière, à la façon dont elle contemplait la robe jaune.

— Vous ferez une merveilleuse mère, un jour, murmura-t-il en s'asseyant à côté d'elle pour lui caresser la joue.

— Vous êtes tellement gentil ! Mais vous savez, je n'aurai probablement jamais d'enfants.

— Et pourquoi donc ?

— Parce qu'il faut être deux pour en faire ! Quel homme voudrait de moi ?

Chez n'importe quelle femme, il aurait pris cette remarque pour une coquetterie, mais il ne doutait pas de la sincérité de Henry. Elle ne pouvait imaginer qu'un jour, un homme souhaiterait l'épouser. Il aurait donné tout l'or du monde pour chasser la résignation douloureuse qu'il lisait au fond de ses grands yeux. Il aurait voulu la secouer, lui dire qu'elle avait tort, qu'elle se trompait du tout au tout et, surtout, il aurait voulu lui rendre son sourire et sa gaieté.

— Ne dites pas de sottises. Il faudrait être idiot pour ne pas vous désirer.

— Alors la Cornouailles est pleine d'idiots, car jamais personne ne s'est intéressé à moi, objecta-t-elle, ne sachant comment réagir à cette soudaine tension qui s'était installée entre eux.

— Ce sont des provinciaux mal dégrossis.

Dunford ignorait ce qui lui arrivait, il se trouvait tout à coup incapable de raisonner avec lucidité, il avait perdu le sens de l'honneur et des convenances. Tout ce qu'il savait, c'était qu'il devait l'embrasser. Comment n'avait-il jamais remarqué à quel point ses lèvres étaient roses et pleines ? Sa bouche avait-elle un goût citronné, comme ce parfum qui l'enivrait ?

Il suffit que ses lèvres effleurent doucement celles de Henry pour qu'il ressente un affolement qu'il n'avait encore jamais éprouvé. Il recula un peu pour contempler ses merveilleux yeux gris-vert, et y lut autant de désir que de surprise.

— Mon Dieu, Henry, qui aurait imaginé…

Quand il se pencha de nouveau sur elle, la jeune fille posa la main sur sa nuque. Ses cheveux étaient d'une douceur inimaginable et, lorsque la langue de Dunford suivit le contour de sa bouche, elle crut défaillir. Les lèvres du jeune homme remontèrent jusqu'à son oreille.

— Ils sont si doux ! chuchota-t-elle d'une voix mourante. Presque aussi doux que Rufus…

— C'est bien la première fois qu'on me compare à un lapin, pouffa Dunford.

Pour toute réponse, Henry, intimidée, hocha la tête.

Incapable de se contenir plus longtemps, Dunford se pencha pour l'embrasser à nouveau. Il plongea la langue dans les moiteurs de sa bouche pour en explorer chaque recoin. Mais il demandait plus. Il voulait tout de Henry, il la voulait tout entière.

Il glissa la main sous sa veste et emprisonna un de ses seins. Il était rond et plein, tellement féminin. Le tissu de sa chemise était si mince qu'il sentait son cœur battre sous sa paume. Il gémit quand le téton se dressa sous la caresse. Il était perdu, il ne savait plus où il était...

Henry se raidit devant cette intimité nouvelle. Aucun homme ne l'avait jamais touchée à cet endroit. Elle-même n'effleurait jamais ses seins, sauf pour faire sa toilette. C'était... délicieux, mais effrayant.

— Non ! Il ne faut pas ! cria-t-elle.

— Henry, gémit Dunford d'une voix rauque de désir.

Incapable d'articuler une parole, la jeune fille se dégagea. Elle ne pouvait pas aller plus loin, même si elle souhaitait désespérément ces baisers qui enflammaient sa chair et lui donnaient l'illusion d'être aimée.

Lui aussi s'était levé, en se maudissant intérieurement. Elle n'imaginait même pas qu'il puisse la désirer. Aucune homme ne l'avait jamais approchée, aucun homme ne l'avait jamais désirée et, surtout, aucun homme n'avait jamais été si près de lui faire l'amour.

— Dunford ? appela-t-elle timidement, effarée par son visage hagard.

— Cela ne se reproduira plus, affirma-t-il d'un ton rogue.

Henry sentit son cœur chavirer. Justement, elle aurait voulu que cela se reproduise, mais elle aurait surtout voulu qu'il l'aime.

— Ça n'a pas d'importance, le consola-t-elle, en se demandant pourquoi elle tenait tant à le réconforter.

— Mais si, ça en a beaucoup ! martela-t-il.

Il voulait dire qu'il s'en voulait, qu'elle méritait mieux, mais elle ne pouvait que se méprendre sur le sens de ses paroles. Tout ce qu'elle en avait retenu, c'était la rudesse du ton. Il ne la désirait pas vraiment ou alors, il s'en voulait de la désirer. Elle n'était qu'un objet de curiosité, un phénomène de foire, une sauvageonne excentrique, un garçon manqué sans manières ni éducation.

S'il avait trouvé dans les environs de Stannage Park une seule femme digne d'intérêt, jamais il ne lui aurait accordé un seul regard. Peut-être auraient-ils été amis, mais jamais il ne l'aurait embrassée.

À cette idée, elle se demanda si elle pourrait retenir ses larmes jusqu'à la maison.

8

Ce soir-là, ils dînèrent en silence. Henry avait mis sa robe neuve, et Dunford lui en fit compliment mais à part ça, ils ne trouvèrent rien à se dire.

Au dessert, le jeune homme n'en pouvait plus. Tout ce qu'il souhaitait, c'était se retirer dans sa chambre mais, devant la détresse de Henry, il comprit qu'il devait combler le fossé qui s'était creusé entre eux.

— Je prendrais bien un porto. Puisqu'il n'y a pas de dames avec qui vous pourriez vous retirer, me ferez-vous le plaisir de vous joindre à moi ?

— Je n'ai jamais bu de porto. Je ne sais même pas si nous en avons, confessa Henry, qui n'avait pas la moindre idée de ce qu'il voulait dire.

Regrettait-il la présence d'autres dames ? Avait-il envie de se débarrasser d'elle ? Voulait-il dire qu'il la considérait comme un homme ?

— Il y en a certainement. Toutes les bonnes maisons en ont.

— Je n'en ai jamais vu ici.

— Carlyle ne recevait jamais ?

126

— Très rarement. Mais je ne vois pas le rapport avec le porto, ni avec les dames.

— À la fin d'un dîner, les dames se retirent au salon tandis que les messieurs restent à table boire du porto et fumer des cigares. Vous ne le saviez pas ?

— Non. Comme vous avez dû me trouver mal élevée, de m'attarder à table avec vous… Je vais vous laisser.

— Henry, l'arrêta Dunford, si je n'avais pas été intéressé par votre conversation, je vous l'aurais fait comprendre. J'ai parlé de porto parce que j'avais envie de prendre un verre avec vous, certainement pas parce que je voulais me débarrasser de vous.

— Et que boivent les dames ?

— Pardon ?

— Une fois qu'elles se sont retirées au salon, que boivent les dames ?

— Je n'en ai pas la moindre idée. Je ne crois pas qu'elles boivent quoi que ce soit.

— Mais c'est terriblement injuste !

Ce sursaut d'indignation fit plaisir à Dunford, qui retrouvait enfin la jeune fille qui lui plaisait tant.

— Vous changerez peut-être d'avis quand vous en aurez bu.

— Si c'est tellement mauvais, pourquoi en prenez-vous ?

— Ce n'est pas mauvais, mais j'en bois parce que c'est l'usage plus que par goût.

— Je pense tout de même que c'est un usage injuste et discriminatoire, même si c'est de la pisse d'âne.

— Henry !

— Excusez mon langage. J'ai pris l'habitude de n'observer les bonnes manières que lorsqu'il y a du

127

monde, et maintenant, vous n'êtes plus un étranger pour moi.

Enfin, la conversation avait retrouvé cette liberté de ton et cette fantaisie qu'il adorait ! Il s'en trouva réconforté.

— Pour en revenir au porto, reprit-elle, j'ai l'impression qu'une fois les dames parties, vous autres messieurs vous amusez bien dans la salle à manger en parlant de femmes, de vins et de tout un tas d'autres choses intéressantes.

— Qu'y a-t-il de plus intéressant que les femmes et le vin ?

Et la plus intéressante de toutes, c'était indubitablement celle qu'il avait en face de lui.

— La politique, par exemple. Je lis le *Times* tous les jours, mais j'ai beau ne pas y connaître grand-chose, je vois bien qu'on ne nous dit pas tout dans les journaux.

— Quel rapport avec le porto ?

— Ce que je suis en train de vous expliquer, c'est que les messieurs s'amusent bien pendant que les dames sont reléguées au salon pour parler broderie.

— Je ne sais pas de quoi parlent les dames quand elles se retirent, mais je doute qu'elles se limitent à la broderie. Et comme vous le voyez, enchaîna-t-il devant son air sceptique, je fais de mon mieux pour réparer cette injustice en vous invitant à prendre un verre de porto avec moi ce soir. Enfin, si nous en trouvons.

— Pas dans la salle à manger en tout cas, j'en suis certaine.

— Au salon peut-être, avec les autres alcools.

— On va bien voir.

Il s'effaça pour la laisser passer, ce qui lui laissa tout loisir de constater à quel point sa nouvelle robe lui allait bien. Trop bien, même. Elle avait vraiment une très jolie silhouette, et il ne tenait pas du tout à ce que quelqu'un d'autre s'en aperçoive.

— Je ne vois pas de porto, annonça Henry en inspectant le cabinet à liqueurs du salon. Mais comme je n'en ai jamais vu, je ne sais pas très bien ce que je cherche.

— Laissez-moi jeter un coup d'œil.

Tandis qu'elle lui cédait la place, sa poitrine effleura le bras de Dunford. Quelle ironie ! On ne pouvait imaginer séductrice plus improbable que Henry, et il suffisait qu'elle l'effleure pour provoquer chez lui une érection et pour qu'il brûle d'envie de la soulever dans ses bras et l'emmener jusqu'à son lit.

Il se pencha pour dissimuler son embarras et farfouilla dans le meuble à liqueurs.

— Je n'en vois pas non plus. Eh bien, nous nous contenterons d'un verre de cognac !

— J'espère que vous n'êtes pas déçu.

— Je peux parfaitement m'en passer, vous savez. Ce n'est tout de même pas une drogue.

— Je sais bien. Mais justement…

— Justement quoi ? maugréa Dunford, que son érection embarrassait toujours.

— Une personne qui aime l'alcool serait prête à boire n'importe lequel, le taquina Henry en allant s'asseoir sur un canapé.

Elle se sentait beaucoup plus à l'aise que pendant le dîner. Dès qu'il lui avait adressé la parole, elle avait saisi la balle au bond. Maintenant qu'elle pouvait à nouveau rire avec lui, elle retrouvait toute sa confiance en elle.

Dunford s'éclaircit la gorge en lui tendant un verre de cognac.

— Henry, commença-t-il solennellement, à propos de cet après-midi…

— Oui ? interrogea-t-elle d'une voix étranglée, sa belle assurance envolée.

— Je me suis conduit de façon inqualifiable, et je le regrette profondément. Je vous présente mes excuses.

— N'y pensez plus. En ce qui me concerne, c'est déjà oublié.

L'idée qu'elle oublie aussi facilement ses baisers le blessa.

— Vous avez raison, c'est la meilleure solution, admit-il avec un petit toussotement embarrassé.

— Vous avez mal à la gorge ? Simpy a un excellent remède, si vous voulez.

— Ma gorge va très bien, je vous remercie. Je suis simplement… un peu… mal à l'aise.

Elle voyait très bien ce qu'il voulait dire. Elle l'avait déçu, mais était-il déçu par leur baiser, ou par le fait qu'elle y ait mis fin ? Grand Dieu, pourvu qu'il ne la prenne pas pour une fille légère !

— Vous avez raison, mieux vaut oublier cette histoire. Je ne voudrais pas que vous vous imaginiez… Je veux dire, je ne suis pas le genre de femme qui…

— Cette idée ne m'a jamais effleuré, l'interrompit-il.

— Tant mieux, soupira-t-elle, soulagée. Je ne sais vraiment pas ce qui m'a pris.

— Ne vous inquiétez pas, coupa Dunford, qui comprenait parfaitement ce qui lui avait pris, et se savait seul responsable.

— Mais comment voulez-vous que je ne m'inquiète pas ? Je ne voudrais surtout pas que cet incident vienne gâcher notre amitié. Car nous sommes amis, n'est-ce pas ?

— Bien entendu !

— Je sais que je vais peut-être un peu loin, mais je ne veux pas vous perdre. Notre amitié compte beaucoup pour moi. En fait, vous êtes mon seul ami. À part Simpy, mais ce n'est pas tout à fait la même chose.

— Chut... Je serai toujours votre ami, quoi qu'il arrive, assura-t-il en passant un bras fraternel autour de ses épaules.

— C'est vrai ?

— Qu'est-ce qui pourrait m'en empêcher ?

— Je n'en sais rien. La plupart des gens trouvent toujours au moins une bonne raison.

— Ne vous inquiétez pas. Vous êtes une drôle de petite sauvageonne, mais vous avez bien plus de qualités que de défauts, et on peut trouver une foule de raisons de vous aimer. Votre passion pour les animaux, par exemple.

— Voilà un compliment charmant ! J'en suis on ne peut plus flattée.

— Et c'est pour ça que je vous aime tant ! conclut-il en éclatant de rire.

Dunford allait se mettre au lit lorsque Yates vint frapper à sa porte. D'ordinaire, les domestiques ne frappaient jamais avant d'entrer dans une pièce, mais Dunford trouvait cette pratique particulièrement désagréable, surtout quand la pièce en question était votre chambre à coucher, et il avait donné des instructions en ce sens au personnel de Stannage Park.

— C'est arrivé de Londres en fin de matinée, milord, annonça-t-il en lui tendant une grosse enveloppe. Je l'avais posée sur votre bureau, mais...

— Je ne suis pas entré dans le bureau aujour-
d'hui, et elle y est restée, compléta son maître.
Merci de l'avoir montée, Yates. Je pense qu'il s'agit
du testament du défunt lord Stannage. J'ai hâte de
le lire.

Dunford brisa le cachet et parcourut le document
en cherchant le nom de Henry. Le reste pouvait
attendre jusqu'au lendemain. Pour le moment, tout
ce qui l'intéressait, c'était de voir ce que Carlyle
avait prévu pour sa pupille.

Il dut patienter jusqu'à la troisième page pour
trouver mention de Mlle Henriette Barrett, suivie
de son nom à lui.

De stupéfaction, il faillit lâcher la liasse de papiers.

Son défunt parent le désignait comme tuteur de
Henry.

Elle était sous sa responsabilité et lui, après ce qui
venait de se passer dans l'après-midi, faisait désormais partie de ces horribles individus qui abusaient
de la candeur de leurs pupilles. La haute société
bruissait d'histoires de vieillards lubriques qui
séduisaient des orphelines sans défense ou les ven-
daient au plus offrant. Lui qui n'était déjà pas fier
de sa conduite se faisait maintenant l'effet du plus
vil des débauchés.

Pourquoi ne lui avait-elle rien dit ?

— Henry ! appela-t-il en passant en hâte sa robe
de chambre. Henry !

Elle se hâtait vers sa porte quand il arriva sur le
palier.

— Dunford ! Qu'est-ce qui ne va pas ? s'alarma-
t-elle.

— Ça ! hurla-t-il en brandissant le testament sous
son nez.

— Qu'est-ce que c'est ? Comment voulez-vous que je lise ces papiers si vous les agitez comme un chasse-mouches ?

— Ce sont les dernières volontés de Carlyle, ma chère demoiselle, qui me nomment votre tuteur !

— Et alors ?

— Cela veut dire que vous êtes ma pupille.

— Cela va généralement dans les deux sens, effectivement.

— Et pourquoi ne m'avez-vous rien dit ?

— Vous dire quoi ? Au fait, vous croyez que c'est vraiment l'endroit pour discuter de ce genre de choses ?

Il la prit par la main et l'entraîna vers sa chambre. Henry n'était pas convaincue que se retrouver seuls dans la chambre à coucher d'une jeune fille à une heure avancée de la nuit constituait la meilleure solution, mais il était visiblement inutile de tenter de le raisonner.

— Pourquoi ne m'avez-vous jamais dit que vous étiez ma pupille ?

— Je pensais que vous le saviez.

— Et comment voulez-vous que je le sache ?

— Exactement comme vous avez su que vous héritiez de Stannage Park, je suppose !

Toute la colère de Dunford tomba d'un coup. Elle avait entièrement raison : le notaire aurait dû le lui signaler.

— Tout de même, vous auriez pu m'en parler, ronchonna-t-il.

— Je l'aurais fait s'il m'était venu à l'idée que vous ne le saviez pas.

— Mon Dieu, vous vous rendez compte ? C'est un véritable désastre !

Elle grimaça.

— C'est très gentil pour moi. Merci beaucoup !

— Henry, expliqua-t-il excédé, cet après-midi, je vous ai embrassée ! Vous comprenez ce que cela veut dire ?

— Que vous m'avez embrassée.

— Mais enfin, cela frise l'inceste !

— Vous ne pensez pas que vous prenez toute cette affaire au tragique ? Il n'y a pas de quoi en faire un drame, à mon avis. Et puisque nous sommes d'accord et que cela ne se reproduira plus...

— Un peu de calme, je vous prie. J'essaie de réfléchir, l'interrompit-il.

Vexée, la jeune fille se détourna.

— Vous ne comprenez donc pas ? Maintenant, vous êtes sous ma responsabilité.

— Je vous remercie, je comprends parfaitement. Je crois que je m'y connais suffisamment en matière de responsabilités.

— Là n'est pas la question, Henry. Cela signifie...

À peine quelques heures plus tôt, il avait envisagé de l'emmener à Londres, de la présenter à ses amis, de lui montrer qu'il existait autre chose que Stannage Park. Maintenant, c'était devenu une obligation. Il devait lui faire faire ses débuts dans le monde et lui chercher un mari. Il devait la transformer en femme du monde...

Enfin, à condition de ne pas trop la changer. Il l'aimait telle qu'elle était !

Cette réflexion en amena une autre. Maintenant plus que jamais, il ne devait plus la toucher. Si quelqu'un apprenait qu'ils venaient de passer plus d'une semaine ensemble sans chaperon, elle était perdue !

— Qu'allons-nous faire ? soupira-t-il.

La question s'adressait à lui-même, Henry le comprit immédiatement, mais elle choisit pourtant d'y répondre.

— Vous, je ne sais pas, mais moi, je ne vais rien faire du tout ! Rien d'autre que ce que j'ai toujours fait, en tout cas. Vous avez vous-même reconnu que personne n'est mieux qualifié que moi pour gérer Stannage Park.

— Henry, nous ne pouvons pas rester seuls ici tous les deux !

— Et pourquoi donc ?

— Parce que ce n'est pas convenable !

— Je me moque des convenances, au cas où vous ne l'auriez pas remarqué.

— Je l'avais remarqué !

— Dans notre cas, cela n'a aucun sens. Vous êtes ici chez vous, vous n'avez donc aucune raison de vous en aller, et moi, puisque j'administre le domaine, je ne peux pas partir.

— Henry, votre réputation…

Elle éclata de rire.

— Oh, Dunford, vous êtes impayable ! Ma réputation !

— Je ne vois vraiment pas ce qu'il y a de drôle !

— Mais je n'ai pas de réputation, ni bonne ni mauvaise ! Les gens ne se préoccupent pas de moi.

— Eh bien, il serait peut-être temps de vous en faire une, et une bonne, tant qu'à faire !

— De toute façon, cette discussion est sans objet. Cela fait plus d'une semaine que vous vivez ici. Si jamais j'avais à me soucier de ma réputation, elle serait déjà perdue.

— Quoi qu'il en soit, dès demain, je vais m'installer à l'auberge du village.

— Mais enfin, c'est ridicule ! Jusqu'à maintenant, vous vous moquiez éperdument de ma réputation et de la soi-disant inconvenance de votre présence ici. Pourquoi lui accorder tant d'importance tout à coup ?

— Parce que maintenant, vous êtes sous ma responsabilité ! tempêta-t-il, irrité.

— C'est un raisonnement stupide. À mon avis...

— Je me moque de votre avis !

Henry en resta sans voix.

— Cette situation ne peut plus durer. Vous ne pouvez pas continuer à vivre comme un garçon manqué. Il va bien falloir que quelqu'un vous inculque les bonnes manières. Nous allons...

— Ah, mais c'est incroyable, ça ! Quel hypocrite ! Cela ne vous dérangeait pas du tout que je sois un phénomène de foire tant que nous étions de simples relations, mais maintenant que je suis sous votre responsabilité, comme vous dites...

— Si vous répétez encore une fois que vous êtes un phénomène de foire, coupa-t-il en la plaquant contre le mur, je ne réponds pas de ce dont je suis capable.

— Permettez-moi de trouver curieux que vous ne vous soyez jamais préoccupé de ma réputation jusqu'à ce soir, insista Henry, dont la prudence n'avait jamais été la qualité principale. À moins que vous ne vous intéressiez qu'à vos pupilles, et pas à vos amis ?

— Henry, je vous conseille vivement de vous taire !

— C'est un ordre, mon cher tuteur ?

— Même si j'espère bien être les deux pour vous, il y a une différence entre un tuteur et un ami.

— Je crois que je vous préférais comme ami.

136

— Je le conçois.

— Je le conçois ! répéta-t-elle en l'imitant, furieuse.

Dunford regarda autour de lui, prêt à la bâillonner, et son regard s'arrêta sur le lit défait. De quoi avait-il l'air, à discourir sur les convenances en plein milieu de la nuit, dans la chambre d'une jeune fille ? Il remarqua enfin que la robe de chambre de Henry s'était ouverte, que sa chemise de nuit était très fine, et de toute façon beaucoup trop courte.

Elle le défaisait en silence, les lèvres serrées, l'air buté, et il se rendit compte qu'il avait envie de l'embrasser, de prendre sa bouche, de... Affolé, il comprit à quel point la frontière entre la fureur et le désir pouvait se révéler ténue.

C'était exactement le même besoin de domination.

Écœuré, il la lâcha. Il fallait absolument qu'il quitte cette maison, et le plus tôt serait le mieux.

— Nous reprendrons cette discussion demain matin, lança-t-il près de la porte.

— J'y compte bien !

Il était déjà sorti, et il n'entendit probablement pas sa réponse. Cela valait sans doute mieux.

9

Les deux autres robes arrivèrent le lendemain matin, mais Henry préféra porter sa tenue habituelle, juste pour marquer sa mauvaise humeur et contrarier Dunford.

S'il s'imaginait qu'il réussirait à la changer, à faire d'elle une délicate petite poupée qui faisait des risettes, battait des cils et passait ses journées à faire de l'aquarelle, il en serait pour ses frais !

Elle serait incapable d'apprendre toutes ces sottises même si elle en avait envie.

Comme son estomac criait famine, elle se décida à descendre. À sa grande surprise, Dunford était déjà dans la salle à manger. Elle s'était pourtant levée un peu plus tôt que d'habitude.

— Du thé ? offrit-il d'un ton parfaitement neutre en prenant la théière.

Sans un mot, elle lui tendit sa tasse.

— Un toast ?

Elle en prit deux, qu'elle posa sur le bord de son assiette.

— De la confiture ?

Henry étendit une substance rouge sur le pain grillé, sans y prêter la moindre attention.

— Des œufs ?

— Vous allez continuer comme ça longtemps ? éclata-t-elle soudain.

— J'essayais simplement de me montrer aimable, rétorqua-t-il en s'essuyant délicatement la bouche.

— Je suis parfaitement capable de me nourrir toute seule, milord, répliqua-t-elle en se penchant pour se servir d'œufs et de bacon.

Visiblement, son attitude protectrice ne plaisait pas à la jeune femme, songea Dunford, mais lui s'amusait beaucoup à l'asticoter ainsi. Personne n'avait jamais dû lui donner d'ordres ni même de conseils depuis sa naissance. Carlyle lui avait certainement accordé beaucoup trop de liberté... Et, même si elle n'était pas prête à l'admettre, le fait qu'il ne se soit pas plus tôt préoccupé de sa réputation devait la contrarier, il en était convaincu.

Sur ce chapitre, il était bien obligé de plaider coupable. Il avait pris tellement de plaisir à sa compagnie et à ses leçons concernant le domaine, qu'il n'avait pas prêté la moindre attention aux convenances. Le comportement de Henry sortait tellement de l'ordinaire... Il ne lui était même pas venu à l'idée qu'il devait appliquer les mêmes règles et observer avec elle les mêmes contraintes qu'avec n'importe quelle jeune fille de sa connaissance.

— Henry, avança-t-il gentiment, je pense...

— C'est prodigieux !

— Henry... reprit-il d'un ton nettement moins affable.

— J'ai toujours admiré les hommes qui essaient de s'élargir l'esprit. Penser est un excellent début, même si...

— Henry !

Cette fois-ci, elle se résolut à garder le silence.

— Je pense que je vais partir pour Londres, annonça-t-il. Cet après-midi.

La jeune fille sentit son estomac se nouer. Il l'agaçait, elle était en colère contre lui, mais elle ne voulait pas qu'il s'en aille. Elle s'était habituée à sa présence et prenait plaisir à sa compagnie.

— Vous allez venir avec moi.

Jusqu'à la fin de ses jours, Dunford ne pourrait oublier l'expression de Henry à ce moment-là. « Choc » ou même « horreur » étaient des mots trop faibles, tout comme « détresse », « incompréhension », « exaspération » et « fureur », même s'il y avait un peu de tout cela.

— Vous êtes devenu fou ? articula-t-elle enfin.

— Ce n'est pas exclu.

— Je n'irai pas à Londres !

— Je vous dis que si.

— Et que voulez-vous que je fasse à Londres ? Qui va me remplacer ici ?

— Je suis sûr que nous allons trouver. Stannage Park ne manque pas de personnel qualifié. C'est vous qui les avez formés, après tout.

— Je n'irai pas à Londres ! martela Henry, sans se laisser attendrir par le compliment qu'il venait de lui faire.

— Vous n'avez pas le choix.

— Depuis quand ?

— Depuis que je suis votre tuteur. Je vous suggère de passer l'une de vos nouvelles robes avant notre départ.

— Je viens de vous le dire, je ne pars pas.

— Henry ! Ne me poussez pas à bout !

— Vous non plus, ne me poussez pas à bout ! s'emporta-t-elle. Pourquoi voulez-vous me traîner à Londres ? Je n'ai aucune envie d'y aller ! Cela ne compte donc pas pour vous ?

— Vous n'êtes jamais allée à Londres, voyons.

— Il y a en ce bas monde des millions de gens qui n'ont jamais mis les pieds dans notre capitale et qui ne s'en portent pas plus mal, milord ! Il se trouve que je suis l'une d'entre eux.

— Si cela ne vous plaît pas, vous serez libre de partir.

— M'emmener à Londres ne résoudra pas notre problème de chaperon, plaida-t-elle, préférant changer de tactique. En fait, la meilleure solution, c'est de me laisser ici. Tout redeviendra exactement comme avant.

— Henry, dites-moi pourquoi vous ne voulez pas venir avec moi à Londres.

— Il y a trop à faire ici.

— Non, ce que je vous demande, c'est la véritable raison.

— Je ne crois pas que la vie citadine me plairait. Les réceptions, les bals, tout ça n'est pas pour moi.

— Qu'en savez-vous ? Vous n'y êtes jamais allée.

— Mais enfin, regardez-moi ! s'exclama-t-elle en se levant. On se moquerait de moi ! Je serais la risée du salon le moins conventionnel !

— Une robe suffit pour arranger ça. Il me semble que les deux autres sont arrivées ce matin.

— Ne faites pas semblant de ne pas comprendre ! Il ne s'agit pas seulement de mes vêtements, mais de moi, de ma personne ! Vous voulez que j'amuse vos amis de la ville, c'est ça ? Je n'ai aucune envie de devenir une attraction pour vos belles dames et vos beaux messieurs ! Vous voudriez que...

— Je vous ai dit la nuit dernière de ne jamais parler de vous en ces termes ! lança-t-il en la rejoignant d'un bond.

— Mais c'est ce que je suis !

Elle tenta de se dégager pour fuir son regard car, malgré tous ses efforts, elle ne pouvait pas empêcher sa voix de trembler ni les larmes de couler sur son visage. S'il l'obligeait à se conduire en petite fille pleurnicharde, qu'il la laisse au moins le faire en privé.

— Mais voyons, Henry, c'est justement pour cette raison que je veux vous emmener à Londres, expliqua-t-il avec une tendresse indicible. Je veux vous démontrer que vous n'avez rien d'un phénomène de foire, que vous êtes une jeune fille ravissante et désirable, que n'importe quel homme serait fier de faire de vous son épouse et que n'importe quelle femme serait heureuse de vous appeler son amie.

— Je ne peux pas !

— Bien sûr que si ! Quelquefois, je me dis que vous êtes capable de réussir tout ce que vous entreprenez.

— Non, murmura-t-elle d'une voix étranglée.

— Je ne vous reconnais plus, constata Dunford. Est-ce la même personne qui dirige ce qui est sans doute le domaine le mieux tenu d'Angleterre ? Celle qui peut monter n'importe quel cheval de Cornouailles ? Celle qui m'a fait vieillir de dix ans en mettant la main dans un nid d'abeilles ? Après tout ça, j'ai du mal à comprendre que Londres puisse vous faire peur.

— Ce n'est pas la même chose.

— Pas tant que ça. Le jour où je vous ai rencontrée, j'ai tout de suite pensé que je n'avais jamais approché une femme possédant autant de sang-froid.

142

— Eh bien, vous voyez maintenant que ce n'est pas le cas.

— Alors expliquez-moi pourquoi, si vous êtes capable de superviser deux douzaines de domestiques et d'administrer un manoir et une exploitation agricole, vous ne pourriez pas affronter une saison londonienne.

— Parce que je sais faire tout ça ! s'enflamma-t-elle. Je sais monter à cheval, je sais comment construire une porcherie et gérer une ferme, mais je ne sais pas comment se conduit une fille !

Devant tant de véhémence, Dunford resta sans voix.

— Quand je fais quelque chose, je veux le faire bien, insista-t-elle.

— Je suis persuadé que tout ce qu'il vous manque, c'est un peu de pratique.

— N'essayez pas de me donner des leçons, s'il vous plaît !

— Je ne vous donne pas de leçons. J'étais le premier à penser que vous ne seriez pas à l'aise en robe, et regardez comme cet ensemble jaune vous va bien ! Et vous avez visiblement très bon goût. J'ai l'œil en matière de mode féminine, vous savez, et les robes que vous avez choisies sont ravissantes.

— Je ne sais pas danser, je ne sais pas flirter ni faire la coquette, et je ne vois pas qui voudrait être assis à côté de moi à un dîner ! Je ne connaissais même pas l'existence du porto !

— Enfin, Henry...

— Et je n'ai aucune intention d'aller me ridiculiser à Londres ! Je n'irai pas !

Pétrifié, il la regarda se ruer hors de la salle à manger.

Dunford recula d'une journée la date de leur départ. Il était impossible de poursuivre une discussion censée avec Henry dans l'état où elle était. Il monta plusieurs fois jusqu'à sa chambre, mais il régnait le plus parfait silence derrière sa porte.

Elle ne descendit pas pour le déjeuner, ce qui ne manqua pas de surprendre Dunford. La jeune fille avait un solide appétit, elle aurait dû être affamée. Elle avait à peine touché à son petit déjeuner. Quand on lui confirma à la cuisine qu'elle n'avait pas demandé qu'on lui monte un plateau, il décida que, si elle ne se montrait pas non plus au dîner, il irait la chercher lui-même, dût-il la traîner jusqu'à la salle à manger.

En fait, il n'eut pas besoin d'en venir à de telles extrémités. Henry le rejoignit comme d'habitude dans le salon à l'heure de l'apéritif, les yeux un peu rouges, mais secs. Elle lui sourit même aimablement lorsqu'il se leva pour l'accueillir.

— Je suis désolée, je me suis conduite comme une gamine ce matin. Je vous assure que je suis prête à reprendre cette conversation et à me conduire comme une adulte civilisée.

Elle ne ressemblait certainement à aucun des adultes civilisés de sa connaissance, et c'était justement pour cela qu'il l'aimait tant. Le langage châtié qu'elle employait ce soir ne lui plaisait qu'à moitié. Peut-être avait-il tort de l'emmener à Londres, peut-être le contact avec la bonne société lui ferait-il perdre sa fraîcheur et sa spontanéité. Non, il veillerait sur elle, et elle ne perdrait rien de son éclat.

— J'ai pensé que... Pourquoi tenez-vous à m'emmener à Londres ?

— Vous voulez dire que si je vous donne des raisons convaincantes, vous serez prête à changer d'avis ?

— En quelque sorte, concéda-t-elle en le gratifiant de l'ombre d'un sourire.

— Asseyez-vous, suggéra-t-il, désarmé par son honnêteté, et par son sourire. Demandez-moi tout ce que vous voulez savoir.

— Eh bien, pour commencer, je pense... Ne me regardez pas de cette façon, s'il vous plaît !

— De quelle façon ?

— Donc, je pensais... reprit-elle en évitant de répondre.

Elle ne pouvait tout de même pas lui révéler à quel point son charme et son physique avantageux la troublaient. Il était beaucoup trop séduisant. Et ses yeux...

— Vous disiez ?

— Je pensais... Ce que je voulais dire, c'est que j'aimerais savoir ce que vous espérez exactement en m'emmenant à Londres.

— Je vois.

— Eh bien ? insista Henry, comme il ne semblait pas décidé à en dire plus.

— D'abord et surtout, j'espère que vous vous y amuserez.

— Je peux très bien m'amuser ici.

— Je vous en prie, laissez-moi terminer. Vous aurez tout loisir de me répondre ensuite. Donc, j'aimerais que vous vous y amusiez. La saison est bien entamée, mais je pense que cela vous distrairait d'y participer. Vous avez également grand besoin de renouveler votre garde-robe, et ne vous avisez pas de venir me contredire sur ce chapitre, vous savez parfaitement que j'ai raison.

145

— C'est tout ?

— Non, j'avais simplement besoin de reprendre mon souffle. Il vous arrive bien de respirer de temps en temps vous aussi, non ?

Henry n'était pas d'humeur badine ce soir-là, et Dunford n'obtint même pas l'ombre d'un sourire.

— Très bien. Si vous préférez, donnez-moi maintenant vos objections, je continuerai ensuite.

— Entendu. Pour commencer, je m'amuse beaucoup ici, et je ne vois aucune raison de traverser tout le pays simplement pour voir si je m'y amuserais mieux. Ce serait terriblement égoïste de ma part.

— Égoïste ? Où êtes-vous allée chercher une idée pareille ?

— Je veux dire que j'ai des responsabilités ici, et que les mondanités ne me tentent pas du tout. Il y a des gens qui ont des choses plus importantes à faire que perdre leur temps à se chercher des distractions.

— Certainement. Avez-vous d'autres objections ?

— Oui. Je ne vais pas me battre avec vous pour savoir si j'ai ou non besoin de renouveler ma garde-robe. Vous n'oubliez qu'un tout petit détail : je n'ai pas un sou. Et si je n'ai pas les moyens de m'offrir des toilettes ici en Cornouailles, je ne vois pas comment je pourrais me le permettre à Londres, où tout est certainement plus cher.

— Je vous les offrirai.

— Cela ne se fait pas. Tout le monde le sait, même moi.

— C'était un peu osé la semaine dernière, quand nous sommes allés à Truro, mais maintenant que je suis votre tuteur, cela fait partie de mes attributions.

146

— Mais je ne peux pas vous laisser dépenser votre argent pour moi !

— Et si j'en ai envie ?

— C'est impossible !

— Il me semble que je suis mieux placé que vous pour savoir ce dont j'ai envie ou non.

— Si vous avez envie de dépenser de l'argent, je préférerais que vous l'investissiez dans Stannage Park. Quelques travaux aux écuries seraient bienvenus, et il y a au sud du domaine une parcelle que je lorgne depuis longtemps.

— Ce n'est pas à ce genre de choses que je songeais.

Les bras croisés, Henry, à court d'arguments, attendit la suite.

— Maintenant, si je peux continuer... reprit Dunford, qui avait deviné qu'elle cédait du terrain. Voyons, où en étais-je ? Des distractions, votre garde-robe... Et puis, cela ne vous ferait pas de mal d'acquérir des manières plus policées. Même, martela-t-il en la voyant prête à répliquer, si vous n'avez aucune intention de retourner à Londres ensuite. Il est toujours utile de pouvoir tenir la dragée haute à ce qui se fait de plus snob dans ce pays, et je ne vois pas comment vous pourriez y arriver si vous ignorez les usages. Le porto en est un bon exemple... Vous avez des objections ? s'enquit-il en la voyant rougir.

De la tête, elle fit signe que non. Elle n'avait jamais éprouvé le besoin d'acquérir un quelconque vernis mondain. Elle avait toujours ignoré la bonne société de Cornouailles, qui le lui rendait bien, et cela lui convenait parfaitement. Mais elle n'était pas insensible à son argument. Acquérir des connaissances n'était jamais du temps perdu, et cela ne lui ferait pas de mal d'apprendre à se comporter en société.

— Très bien ! J'ai toujours su que vous aviez beaucoup de bon sens, et je suis content que vous en fassiez la preuve. Et puis, cela ne peut pas vous faire de mal de rencontrer des gens de votre âge et de vous faire des amis.

— Vous n'avez pas besoin de me traiter comme une gamine désobéissante.

— Pardonnez-moi, j'aurais dû dire « des gens de notre âge ». Je ne suis pas beaucoup plus vieux que vous, et mes amies Arabelle et Emma ne doivent avoir qu'un ou deux ans de plus.

— Dunford, argumenta Henry, si je n'ai pas envie d'aller à Londres, c'est avant tout parce que je ne plairai pas aux Londoniens. Cela m'est égal d'être seule à Stannage Park, où je suis réellement toute seule. Cela me convient, en fait, tandis que je ne crois pas que j'aimerais me retrouver seule dans une salle de bal au milieu de centaines de gens.

— C'est ridicule ! se récria-t-il. Vous n'avez jamais eu d'occasion de vous faire des amis. Vos vêtements ne vous y ont pas aidée non plus. Je ne dis pas qu'il faut juger une personne sur sa garde-robe, mais je peux comprendre qu'on se montre... disons, un peu méfiant envers une jeune fille qui ne possède pas une seule robe.

— Et vous êtes bien décidé à m'en offrir des placards entiers, c'est ça ?

— Exactement ! confirma-t-il, ignorant le ton mordant. Et ne vous inquiétez pas, vous vous ferez rapidement des amis. Les miens vous adoreront, j'en suis sûr. Ils vous présenteront d'autres gens charmants, et ainsi de suite.

Ne trouvant rien à objecter, Henry laissa à sa mine renfrognée le soin de manifester sa mauvaise humeur.

— Enfin, conclut Dunford, même si vous adorez Stannage Park et souhaitez y passer toute votre vie, peut-être un jour voudrez-vous fonder une famille. Ce serait extrêmement égoïste de ma part de vous garder ici pour moi tout seul, même si je sais que je ne trouverai jamais un régisseur qui vous arrive à la cheville.

— Mais je ne demande qu'à rester !

— Vous n'avez jamais envisagé de vous marier et d'avoir des enfants ? Ce n'est pas en restant à Stannage Park que vous en aurez la possibilité. Comme vous l'avez fait remarquer, il n'y a au village personne qui puisse vous convenir. À Londres, vous pourriez rencontrer un homme qui vous plairait. Et, qui sait, il sera peut-être originaire de la Cornouailles ?

Mais elle avait rencontré l'homme qui lui plaisait ! Il était devant elle, en train de lui raconter des sornettes.

Jusqu'à cet instant, elle ne s'était pas avoué à quel point il l'attirait et, encore maintenant, elle se refusait à considérer ce penchant autrement que comme un caprice.

Il avait pourtant touché une corde sensible.

Elle avait toujours désiré des enfants, même si elle refusait de l'envisager sérieusement. La possibilité qu'un homme ait un jour envie de l'épouser était tellement mince que songer à la maternité lui était extrêmement douloureux. Et voilà qu'elle se voyait entourée d'une ribambelle de petits qui ressemblaient à Dunford comme deux gouttes d'eau, avec le même regard noisette et le même sourire ravageur. Cette vision l'anéantit. Si de tels angelots existaient un jour, ils seraient les enfants d'une autre, c'était l'évidence même.

— Henry ?... Henry !

— Pardon ? Excusez-moi. Je réfléchissais à ce que vous venez de dire.

— Vous êtes d'accord, alors ? Venez à Londres avec moi, même si ce n'est que pour quelque temps. Si vous ne rencontrez personne qui vous plaise, vous pourrez rentrer en Cornouailles, mais au moins, vous aurez essayé.

— Je pourrais vous épouser, vous ! lança-t-elle tout à trac, avant de porter la main à sa bouche, horrifiée.

— Moi ?

— Enfin, je veux dire... je veux dire que... si je vous épousais, je n'aurais plus besoin d'aller à Londres me chercher un mari... Je serais parfaitement heureuse et vous, vous n'auriez pas besoin de me payer pour m'occuper de Stannage Park. Nous serions tous les deux contents...

— Vous seriez prête à m'épouser ?

— Je comprends que vous soyez surpris. C'est une idée qui m'est venue tout à coup, je ne sais pas comment. Moi-même, je ne sais trop quoi en penser.

— Moi, je sais très bien comment elle vous est venue, suggéra gentiment Dunford.

Le cœur de Henry se mit à battre à tout rompre.

— Vous n'avez jamais eu l'occasion de rencontrer beaucoup d'hommes. Vous vous sentez à l'aise avec moi, et je constitue une perspective bien plus rassurante que de partir affronter des inconnus dans une ville étrangère.

Il n'y était pas du tout, mais elle se serait fait hacher menu plutôt que de l'avouer. Mieux valait lui laisser croire qu'elle avait peur de quitter Stannage Park.

— Le mariage est une affaire d'importance, reprit-il.

— Oh, moins qu'on ne veut bien le dire ! Bien sûr, il y a l'intimité conjugale et tout ça, et je n'ai aucune expérience dans ce domaine, il faut bien le reconnaître. À part... enfin, vous savez quoi. Mais j'ai grandi à la campagne, et je ne suis pas complètement ignorante. Nous avons toujours élevé des moutons et d'autres animaux, ça ne doit pas être si différent.

— Vous me comparez à un mouton ?

— Bien sûr que non ! Je...

— Oui ?

— Je... Je... Enfin, vous avez peut-être raison, je ferais peut-être bien d'aller à Londres avec vous, balbutia-t-elle, rouge de confusion, en se jurant de rentrer en Cornouailles le plus rapidement possible.

Personne ne pourrait jamais l'arracher à Stannage Park.

— Parfait ! Je vais dire à mon valet de faire immédiatement mes bagages. Il s'occupera des vôtres aussi. Vous n'avez pas besoin d'autres vêtements que les trois robes que nous avons achetées la semaine dernière à Truro, n'est-ce pas ?

Vaincue, Henry acquiesça d'un signe.

— Vous n'avez qu'à préparer vos affaires personnelles et ce que vous voulez emporter, il les emballera. Ah, au fait, Henry ?

— Oui ?

151

— Nous allons oublier cette petite conversation, voulez-vous ? Sa dernière partie du moins.

Au prix d'un effort surhumain, elle parvint à lui offrir un sourire contraint, alors qu'elle mourait d'envie de lui envoyer le flacon de whisky à la figure.

10

À dix heures précises le lendemain matin, habillée de pied en cap, Henry attendait Dunford sur le perron. Elle regrettait déjà d'avoir accepté de l'accompagner à Londres, mais elle n'avait pas l'intention de revenir sur sa parole et entendait se conduire avec dignité. Elle avait mis sa robe verte, avec le chapeau et le manteau assortis, complétés par une paire de gants qui avait appartenu à Viola. Ils étaient un peu usés, mais ils feraient parfaitement l'affaire, et elle aimait bien finalement sentir la douceur de la doublure de soie sur ses doigts.

Elle détestait par contre le chapeau. Il lui grattait les oreilles, lui bouchait la vue. Il lui fallait toute la patience dont elle était capable – ce qui ne faisait pas grand-chose, elle le reconnaissait volontiers – pour ne pas le jeter aux orties.

— Vous êtes ravissante, Henry, la complimenta Dunford lorsqu'il descendit quelques minutes plus tard.

Elle le remercia d'un sourire, tout en s'exhortant à ne pas accorder trop d'importance à ce compliment.

C'était le genre de politesse qu'il devait avoir pour toutes les femmes qu'il approchait.

— Tous vos bagages sont là ?

Elle n'en avait même pas suffisamment pour remplir une malle. À part ses robes neuves et ses deux costumes masculins les moins usés, elle n'avait que quelques objets de toilette. Elle n'aurait en principe pas besoin de pantalons et de vestes, mais comment en être sûre après tout ?

— Peu importe ! Nous arrangerons cela en arrivant.

Henry accrocha son chapeau en montant en voiture et ne put retenir un juron particulièrement mal sonnant, que Dunford feignit de ne pas entendre. Il se promit de lui rappeler la nécessité de surveiller son langage une fois qu'ils seraient à Londres, mais ne put cependant se retenir de la taquiner un peu.

— Vous avez une mouche sous votre chapeau ?

— C'est un véritable instrument de torture, et je n'en vois pas l'utilité ! s'emporta-t-elle en arrachant la capeline de sa tête.

— C'est censé vous protéger du soleil. Vous finirez par vous y faire, et peut-être même par aimer ça. La plupart des dames n'aiment pas avoir le soleil sur le visage.

— Je ne suis pas la plupart des dames. Et je me suis passée de chapeau pendant vingt ans sans m'en porter plus mal, merci.

— Et vous avez des taches de rousseur.

— Ce n'est pas vrai !

— Mais si ! Ici, par exemple, et ici aussi, rétorqua-t-il en touchant le nez de Henry, puis sa joue.

— Vous avez la berlue.

— Henry, vous n'imaginez pas à quel point cela me ravit de découvrir que vous avez une touche de coquetterie féminine, vous aussi. Ce doit être pour ça que vous n'avez jamais pu vous résoudre à vous couper les cheveux.

— Je n'ai rien de futile, protesta-t-elle.

— Loin de moi cette idée ! C'est au contraire un trait charmant de votre personnalité.

Il trouvait toujours le mot juste. Devant tant de gentillesse, comment ne pas être folle de lui ?

— Enfin, il est réconfortant de voir que vous partagez avec nous autres humains quelques-unes de nos faiblesses, même de façon anecdotique.

— Les hommes sont capables d'autant de futilité que les femmes, j'en suis certaine !

— Vous avez sans doute raison. Maintenant, vous ne voulez pas me donner ce chapeau ? Je vais le ranger là, pour qu'il ne soit pas abîmé.

— Ce genre d'oripeau est visiblement une invention des hommes pour rendre les femmes encore plus dépendantes d'eux, affirma-t-elle en lui tendant le couvre-chef. Comment une femme peut-elle faire quoi que ce soit si elle ne voit rien d'autre que ce qui est juste devant elle ?

— Je suis content d'être en route, reconnut Dunford après un long silence. J'avais peur d'être obligé de me battre avec vous à propos de Rufus.

— Et pourquoi donc ?

— Je pensais que vous voudriez l'emmener avec vous.

— Ce serait idiot.

— Il aurait probablement dévoré la moitié de ma maison.

— Il pourrait grignoter les bijoux de famille du prince-régent, ce serait le cadet de mes soucis ! Si je ne l'ai pas emmené, c'est parce que j'ai pensé qu'il serait en danger. Il ne manquerait plus qu'un de vos cuisiniers à la mode le fasse passer à la casserole !

— Henry, je vous en supplie, s'esclaffa Dunford, ne perdez surtout pas votre humour si personnel au cours de votre séjour à Londres – même s'il serait prudent, surtout de la part d'une personne du beau sexe, de ne pas faire de spéculations à propos des parties intimes du régent.

Henry ne put retenir un sourire. Elle aurait dû se douter qu'il ferait tout ce qui était en son pouvoir pour la distraire. Même si elle avait décidé de ne pas livrer un combat perdu d'avance et de se conduire avec dignité, cela ne signifiait pas qu'elle devait s'amuser. Il lui compliquait la tâche par ses facéties et compromettait le personnage de martyre qu'elle avait compté jouer.

Il devisa amicalement toute la journée, lui désignant les paysages intéressants, lui commentant les endroits qu'ils traversaient et lui en racontant les faits marquants. La jeune fille regardait et écoutait avec avidité. Depuis la mort de ses parents, elle n'avait jamais quitté la Cornouailles, sauf pour un bref séjour dans le Devon du vivant de Viola.

Dunford avait expliqué à sa compagne que s'ils allaient bon train, ils pourraient faire dans la journée plus de la moitié du chemin. À part une courte halte pour déjeuner, ils roulèrent donc sans s'arrêter jusqu'au soir. La voiture avait beau être bien suspendue, elle ne pouvait effacer toutes les ornières et les nids-de-poule de la route et, lorsqu'ils parvinrent à l'auberge où ils devaient passer la nuit, Henry était positivement épuisée.

— Je vais vous présenter comme ma sœur, prévint Dunford avant de sortir de voiture.

— Pourquoi donc ?

— Cela me paraît plus prudent. Nous ne sommes pas censés voyager seuls tous les deux, même si vous êtes ma pupille, et je ne voudrais pas susciter de commentaires désobligeants.

Henry comprit parfaitement. Elle n'avait du reste aucune envie de se trouver en butte aux assiduités du premier ivrogne venu qui la prendrait pour une femme de mauvaise vie.

— Nous ferons des frère et sœur parfaitement plausibles, nous avons tous les deux les cheveux bruns.

— Comme la moitié de la population anglaise, fit-elle remarquer.

Dunford était soulagé. Jusque-là, leur voyage était un succès complet. Même si elle n'avait probablement pas oublié ses objections, Henry n'avait émis aucune récrimination. Elle n'avait pas non plus fait allusion au baiser qu'ils avaient échangé dans la chaumière abandonnée, au grand soulagement du jeune homme. Tout indiquait d'ailleurs qu'il lui était complètement sorti de la tête.

Ce qui ennuyait beaucoup Dunford, et surtout le vexait profondément.

Et se savoir ennuyé et vexé l'ennuyait et le vexait encore plus. Au bord de la migraine, le jeune homme jugea préférable d'attendre pour tirer ses sentiments au clair.

L'auberge paraissait bien tenue, au grand soulagement de Henry, qui s'était toujours montrée particulièrement exigeante sur la propreté à Stannage Park. Elle se rendit compte à ce moment-là à quel point elle avait toujours contrôlé le plus petit détail de son existence. Londres représentait décidément un saut dans l'inconnu, qu'elle aurait trouvé excitant si la peur de la haute société ne l'avait pas paralysée.

— Nous voudrions deux chambres, une pour ma sœur et une pour moi, demanda Dunford à l'aubergiste qui, reconnaissant des visiteurs de qualité, s'était précipité pour les accueillir.

— Mon Dieu, moi qui espérais que vous étiez mariés ! Il ne m'en reste plus qu'une seule, et…

— Vous en êtes bien sûr ?

— Oh, milord, si je pouvais en libérer une pour vous, je le ferais de grand cœur, mais la duchesse douairière de Beresford s'est arrêtée ici avec toute une suite. Elle est avec ses petits-enfants, et ils ont pris huit chambres !

Dunford connaissait de loin la duchesse, une vieille femme acariâtre qui ne serait certainement pas prête à leur céder une chambre. Elle avait une vingtaine de petits-enfants, et Dieu seul savait combien l'accompagnaient ce soir-là.

Henry, quant à elle, ignorait tout de la fécondité des Beresford et du goût de la duchesse douairière pour les commérages. Elle était d'ailleurs trop occupée à lutter contre la panique qui l'étouffait pour s'y intéresser.

— Mais vous avez certainement une autre chambre, même petite, même peu confortable ! insista-t-elle d'un ton suppliant.

— Hélas, non, mademoiselle, soupira l'aubergiste. J'ai même cédé la mienne à un voyageur, et je vais dormir aux écuries cette nuit. Comme vous êtes frère et sœur, vous pouvez partager celle qui reste, qui est grande. Cela manque un peu d'intimité, mais je n'ai rien d'autre à vous proposer.

— Mais je tiens beaucoup à mon intimité ! protesta Henry.

158

— Henriette, s'il n'a plus de chambre, il ne peut pas en inventer et il va falloir s'en arranger.

Pour prendre la chose aussi calmement, il devait avoir une idée en tête. On pouvait lui faire confiance pour toujours trouver une solution.

— Tu as raison, D... Daniel, improvisa-t-elle, se rendant compte qu'elle ignorait son prénom. Ce serait ridicule d'en faire un drame.

— Vos domestiques pourront dormir aux écuries, milord. Ils seront un peu serrés, mais je pense qu'il y aura de la place pour tout le monde, annonça l'hôtelier en tendant une clef à Dunford.

Après l'avoir remercié, le jeune homme se retourna vers Henry. Elle était blanche comme un linge. Heureusement, ce maudit chapeau lui cachait la moitié du visage, mais il ne fallait pas être grand clerc pour deviner que la solution adoptée pour la nuit ne lui convenait pas du tout.

Elle ne lui convenait pas à lui non plus, d'ailleurs. La seule idée de passer une nuit dans la même chambre qu'elle suffisait à susciter en lui des émotions parfaitement incongrues chez le tuteur d'une jeune fille. Il avait déjà eu le plus grand mal, pendant le voyage, à ne pas lui prendre la main et l'embrasser à la folie.

Tout allait bien quand ils bavardaient, mais dès que le silence s'installait entre eux, il lui suffisait de lever les yeux vers Henry, de la regarder contempler le paysage, les yeux brillants comme des escarboucles, la bouche entrouverte, pour que toutes les idées qu'il s'était donné le plus grand mal à chasser reviennent à la charge. Et pour peu qu'elle passe la langue sur ses lèvres, il lui fallait s'agripper aux coussins afin de ne pas se jeter sur elle.

À présent, ces lèvres adorables restaient obstinément serrées dans une moue de mauvais augure tandis que, les mains sur les hanches, elle inspectait la chambre et le grand lit qui trônait au milieu.

— Qui est donc Daniel ? questionna-t-il, histoire de détendre l'atmosphère.

— Qui voulez-vous que ce soit ? Il fallait bien que je trouve quelque chose, puisque vous ne m'avez jamais dit votre prénom.

— Je suis muet comme une tombe, plaisanta-t-il.

— Sérieusement, comment vous appelez-vous ?

— C'est un secret.

— Oh, je vous en prie, cessez de faire des manières !

— Je suis on ne peut plus sérieux. C'est un secret d'État, chuchota-t-il en jetant un regard mélodramatique vers la porte. La survie de la monarchie en dépend. S'il venait à être divulgué, cela pourrait compromettre nos intérêts aux Indes, sans compter...

— Vous êtes incorrigible, pouffa Henry en arrachant son chapeau pour lui donner des coups avec. Pour en revenir aux choses sérieuses, quel est votre plan ?

— Quel plan ?

— Vous en avez un, n'est-ce pas ?

— Je ne vois pas de quoi vous parlez.

— Qu'allons-nous faire pour la nuit ? s'impatienta-t-elle.

— Je n'y ai pas vraiment réfléchi.

— Pardon ? Nous ne pouvons pas dormir tous les deux... là, compléta-t-elle en désignant le lit.

— Non, admit-il.

Qu'il soit mort de fatigue constituait une garantie contre les fantasmes érotiques que la jeune fille

160

éveillait en lui, mais le rendait d'autant plus exigeant sur son confort. Il inspecta la chambre à son tour et avisa un grand fauteuil au très haut dossier. Ce genre de siège n'était déjà pas confortable pour s'asseoir, mais pour dormir…

— Je crois que je vais dormir dans ce fauteuil.

— Celui-ci ?

— Avec un coussin, je m'en accommoderai.

— Mais il est… il est là.

— S'il n'était pas là, je ne pourrais pas dormir dedans.

— Et moi aussi, je serai là.

— Cela me paraît une évidence.

— Nous ne pouvons pas dormir tous les deux ici.

— Je ne vois pas d'autre solution, à part dormir aux écuries, ce qui ne me tente pas du tout, même si je pourrais au moins m'y allonger. L'hôtelier nous a dit qu'elles étaient encore plus surpeuplées que l'auberge et, pour ne rien vous cacher, après mon expérience de la porcherie, le délicat fumet des animaux domestiques flottera à jamais dans mon esprit, ou plutôt dans mes narines. L'idée de dormir au milieu du crottin de cheval ne me dit rien du tout, voyez-vous.

— Ils viennent peut-être de nettoyer les écuries ?

— Rien n'empêchera jamais un cheval de faire ses besoins en plein milieu de la nuit.

— Bien, soupira-t-elle, incapable de trouver une autre suggestion. Mais il faut que je me change.

— Je vais attendre dans le couloir.

Une fois dehors, il tendit l'oreille pour déchiffrer les bruits qui lui parvenaient. Elle devait dégrafer sa robe… la laissait tomber à ses pieds. Il se mordit les lèvres. Il était décidément l'homme le plus héroïque et le plus stupide d'Angleterre. Le pire, c'était qu'elle le désirait aussi, il le savait. Oh, pas de la même façon et certainement pas avec la même intensité. Malgré son esprit caustique, Henry faisait preuve d'une candeur rare, et elle était incapable de dissimuler le trouble qui l'envahissait dès qu'il l'effleurait. Quant à leur baiser...

Elle y avait répondu avec ardeur, jusqu'à ce qu'il ne se contrôle plus et qu'elle prenne peur. Rétrospectivement, il remerciait le ciel de l'avoir effrayée. Sinon, il ne savait pas de quoi il aurait été capable.

Malgré la puissance du désir qui le taraudait, il n'entrait pas dans ses intentions de séduire Henry. Il voulait lui faire faire son entrée dans le monde, comme elle le méritait. Il voulait qu'elle se fasse des amies de son âge, qu'elle rencontre des jeunes gens et... Cette partie du programme l'enthousiasmait nettement moins, mais il devait s'y résigner.

Quant à lui, il reprendrait le cours normal de son existence. Il rendrait visite à sa maîtresse, se distrairait avec ses amis, se rendrait aux réceptions où il faut se montrer et retrouverait sa vie de célibataire sans soucis.

— Dunford ? Vous pouvez entrer, je suis prête, chuchota Henry dans l'entrebâillement de la porte.

— Je vous ai déjà vue en robe de chambre, fit-il gentiment remarquer comme elle serrait autour de son cou le vêtement usé.

— Oui, je sais... Voulez-vous que j'aille attendre dehors ?

— Dans cette tenue ? Certainement pas ! Ce n'est pas parce je vous ai déjà vue en robe de chambre que j'ai envie de partager ce privilège avec tous les pensionnaires de l'auberge.

— Je n'y avais pas pensé.

162

— Surtout si ce vieux dragon de Beresford rôde avec sa tribu. Ils rentrent probablement à Londres pour la saison, et elle n'hésiterait pas à clamer aux quatre vents qu'elle vous a vue vous promener à moitié nue dans une auberge de campagne. Ce ne sera pas facile, mais mieux vaudrait les éviter demain matin.

— Je peux toujours fermer les yeux, ou tourner le dos.

Le moment était peut-être mal choisi pour informer sa compagne qu'il dormait généralement nu comme au jour de sa naissance. Mais s'il gardait ses vêtements, il serait encore plus mal à l'aise. Peut-être sa robe de chambre ferait-elle l'affaire ?

— Je peux me cacher sous les couvertures, proposa Henry. De cette façon, vous serez tranquille.

Aussi amusé qu'étonné, Dunford la regarda plonger sous les draps et s'y rouler en boule.

— Comme ça, ça va ? questionna-t-elle d'une voix étouffée.

— C'est parfait.

— Dites-moi quand vous aurez fini.

Dunford se débarrassa prestement de ses vêtements. Quand il se retrouva nu, il ne put retenir un regard plein d'envie vers la grosse boule qui gonflait les couvertures. Mais Henry méritait mieux, elle méritait de connaître d'autres admirateurs, et de choisir parmi eux. Les dents serrées, il passa sa robe de chambre.

Il aurait sans doute mieux fait de garder ses sous-vêtements, mais passer la nuit entière sur cet abominable fauteuil n'était déjà pas une perspective réjouissante... Pourvu que le vêtement ne s'ouvre pas au cours de la nuit ! La pauvre Henry tomberait

probablement en syncope devant ce spectacle, surtout s'il avait une érection.

— Je suis prêt, vous pouvez sortir.

La jeune fille émergea de sous les couvertures.
Dunford avait soufflé les chandelles, mais le clair
de lune filtrait à travers les rideaux et dessinait
en ombre chinoise sa mâle silhouette. Elle craignait
par-dessus tout les ravages de son sourire. Bien
entendu, dans l'obscurité, elle ne pourrait pas
le voir, mais elle était persuadée qu'elle pourrait
le deviner même à travers le plus épais des murs.

Elle se blottit au creux des oreillers en s'efforçant
de penser à autre chose.

— Bonne nuit, Henry.

— Bonne nuit, Dunford.

Pourvu qu'il ne sourie pas ! Pour en être certaine,
elle risqua un œil prudent dans sa direction. Elle ne
pouvait pas distinguer son expression, mais c'était
une excellente excuse pour l'observer. Il essayait de
s'installer dans le fauteuil et s'agita dans tous les
sens avant de s'immobiliser enfin.

— Vous êtes bien installé ? chuchota-t-elle.

— Très bien.

Il n'y avait aucune trace d'ironie dans sa voix, il
semblait plutôt essayer de s'en persuader, et c'est
précisément ce qui éveilla l'attention de la jeune
fille et lui indiqua qu'il mentait.

— Ce n'est pas vrai.

— Non, admit-il.

— Nous pourrions peut-être… Il y a bien quelque
chose à faire…

— Vous avez une suggestion ?

— Je n'ai pas besoin de toutes ces couvertures.

164

— Je n'ai pas froid.

— Mais vous pourriez en plier une ou deux sur le sol et en faire un matelas.

— Ne vous inquiétez pas, je suis très bien.

Encore un mensonge…

— Si vous êtes mal, et je vois bien que vous l'êtes, je ne peux pas rester confortablement dans ce lit sans rien faire !

— Fermez les yeux et dormez, vous ne verrez plus rien.

Henry lui obéit et parvint à rester tranquille pendant deux ou trois minutes.

— C'est impossible, je ne peux pas ! éclata-t-elle soudain en s'asseyant dans le lit.

— Qu'est-ce que vous ne pouvez pas ? s'enquit Dunford avec un soupir à fendre l'âme.

— Je ne peux pas dormir en vous sachant si mal installé.

— Le seul endroit confortable dans cette pièce, c'est le lit.

— Je pourrai le faire si vous le pouvez, articula-t-elle enfin après un long silence.

Le jeune homme préféra ne pas s'aventurer dans des spéculations hasardeuses sur l'interprétation de l'article « le ».

— Je me pousserai tout au bout, risqua-t-elle. Très loin.

Malgré ses bonnes résolutions, il risqua un coup d'œil en direction du lit. Elle était effectivement tout au bout du lit, à tel point qu'une de ses jambes pendait dans le vide.

— Vous pouvez dormir de l'autre côté, suggéra-t-elle.

— Écoutez, Henry…

— Si vous voulez venir, faites-le tout de suite, parce que dans un instant j'aurai sûrement réfléchi et retiré ma proposition, intima-t-elle d'une traite.

Dunford regarda le lit et le grand espace qu'elle laissait vide, puis il baissa les yeux sur son sexe dressé au garde-à-vous. Ce n'était pas possible, il ne pouvait pas faire ça ! De nouveau, il coula un regard vers le lit. Il paraissait si confortable ! S'il était bien installé, peut-être parviendrait-il à se détendre et du même coup à calmer ses ardeurs.

Henry, toujours assise dans le lit, attendait sa décision. Elle avait rassemblé pour la nuit sa longue chevelure brune en une épaisse natte qui lui parut extrêmement érotique. Il aurait juré qu'au clair de lune, ses yeux luisaient doucement avec des reflets d'argent.

— Je vous remercie, le fauteuil me convient très bien, je vous assure.

— Si je vous sais mal installé, je ne pourrai pas fermer l'œil, se plaignit-elle comme s'il s'agissait d'une question de vie ou de mort.

Dunford, qui n'avait jamais pu se retenir de jouer les héros, se leva et se dirigea vers le grand lit.

Affronter les épreuves les plus difficiles n'était-il pas le lot des héros ?

11

Il était mal, vraiment très mal.

On ne pouvait plus mal...

Une heure plus tard, incapable de fermer l'œil, raide comme un piquet de peur d'effleurer involontairement la jeune fille, Dunford s'efforçait de passer le temps en comptant des moutons. Le seul moyen de ne pas respirer le parfum citronné tellement caractéristique de Henry, c'était de rester allongé sur le dos.

Qu'avait-elle eu besoin de changer de côté ? Elle s'était poussée pour lui faire de la place et maintenant, tous les oreillers étaient imprégnés de son parfum. Et elle s'agitait tellement en dormant que même en se recroquevillant tout au bord du lit, il n'était pas complètement à l'abri.

« Pense à autre chose, pense à autre chose... »

Avec un petit soupir, Henry se retourna.

« N'écoute pas. »

De drôles de petits claquements de langue, et voilà qu'elle se retournait de nouveau.

Dunford tenta désespérément de se persuader que sa voisine n'était en rien responsable de l'état d'excitation érotique qui était le sien, qu'il en eût été de même auprès de n'importe quelle femme, mais il était illusoire de vouloir se cacher derrière son petit doigt. Il la désirait.

Il désirait Henry de toutes ses forces.

Il ferma les yeux et prit une profonde inspiration avant d'adresser une prière au dieu du sommeil.

Mais le dieu du sommeil devait s'être endormi, lui.

Bien au chaud sous les couvertures, Henry faisait un rêve merveilleux. Elle ne comprenait pas très bien ce qu'il se passait mais en tout cas, c'était extrêmement agréable, voluptueux même. Elle se retourna avec un soupir de satisfaction. Elle adorait cet arôme boisé de cuir et d'ambre qui venait chatouiller ses narines. Un peu comme le parfum de Dunford. Il sentait toujours le cuir et l'ambre.

Pourquoi respirait-elle le même parfum dans son lit ?

Henry ouvrit les yeux.

Que faisait-il dans son lit ?

Il lui fallut quelques instants pour se rappeler qu'elle se trouvait dans une auberge de campagne sur la route de Londres, et qu'elle avait fait ce qu'aucune jeune fille convenable ne devait jamais faire. Elle avait proposé à un monsieur de partager son lit.

Mais il était si mal installé sur cet horrible fauteuil, comment ne pas le prendre en pitié ? Ils ne s'étaient pas touchés, de toute façon.

Pourvu que cette aventure n'aille pas ruiner sa réputation avant même qu'elle ait eu le temps d'en acquérir une ! Ce serait tout de même un comble, alors qu'elle n'avait rien fait de répréhensible – à part désirer l'homme qui dormait à son côté, mais cela, personne ne pouvait s'en douter.

Car elle avait renoncé à se mentir. Cette étrange sensation qu'il provoquait en elle, c'était du désir, rien de plus. Bien entendu, l'idée n'était pas forcément agréable. Elle ne pourrait jamais satisfaire ce désir, puisqu'il ne l'aimait pas et ne l'aimerait jamais. S'il l'emmenait à Londres, c'était pour lui trouver un mari, il le lui avait expliqué.

Si seulement il n'était pas aussi gentil !

C'était un homme d'honneur, et un homme de cœur. Bref, un homme difficile à haïr.

D'une main hésitante, elle repoussa une mèche de cheveux qui retombait sur le front de Dunford. Dans son sommeil, il marmonna quelques mots incompréhensibles et bâilla. Henry se hâta de retirer sa main.

Il bâilla de nouveau, et ouvrit les yeux.

— Je suis désolée de vous avoir réveillé !

— Je dormais ?

— Mais oui, très bien, apparemment.

— Alors il y a vraiment un dieu !

— Pardon ?

— Rien, juste une petite prière matinale.

— Je ne vous savais pas si pieux.

— Je ne l'étais pas, jusqu'à ce matin. Il s'agit d'une conversion foudroyante.

— En effet, acquiesça Henry, tirant la conclusion qu'il avait des réveils difficiles.

Dunford se tourna pour contempler la jeune fille. Elle était ravissante au réveil. De petites mèches échappées de la natte encadraient son visage, et les premiers rayons de soleil nimbaient sa chevelure noisette de reflets dorés. Il retint sa respiration, espérant étouffer ainsi toute réaction intempestive de son propre corps.

Cet espoir se révéla parfaitement vain, bien entendu.

— Oh, c'est vraiment ennuyeux ! gémit Henry en s'apercevant que ses vêtements étaient posés sur une chaise, hors de portée de sa main.

— Vous n'avez pas idée à quel point !

— J'ai besoin de mes vêtements, et il faudrait que je me lève pour les prendre.

— Et ?

— Je ne pense pas que ce soit une bonne idée de me lever en chemise de nuit, même si nous venons de passer la nuit ensemble. Enfin, je veux dire que nous avons dormi dans le même lit, ce qui n'est pas beaucoup mieux. Je ne peux pas me lever pour prendre mes vêtements, et ma robe de chambre est hors d'atteinte, elle aussi. Je ne sais pas comment cela se fait, mais vous feriez aussi bien de vous lever le premier, puisque je vous ai déjà vu…

— Henry ? interrompit Dunford, assommé par ce flot de paroles.

— Oui ?

— Taisez-vous.

Dunford ferma les yeux. Il se demandait comment se lever sans provoquer un mouvement de panique chez sa compagne.

— Dunford ? hasarda Henry, qui commençait à trouver le temps long.

— Oui ?

— Qu'allons-nous faire ?

— Vous allez vous cacher sous les couvertures comme vous l'avez fait hier soir, et c'est moi qui m'habillerai le premier.

Elle lui obéit sans discuter et il se leva en grommelant.

— Mon valet va avoir une attaque.

— Qu'est-ce que vous dites ? lança-t-elle de dessous les couvertures.

— Je dis que mon valet de chambre va avoir une attaque.

— Oh, non ! gémit-elle.

— Qu'est-ce qu'il y a ?

— Vous avez besoin de votre valet de chambre, et je l'empêche de venir ! Je suis réellement désolée !

— Il n'y a pas de quoi.

— Nous serons à Londres avant ce soir, et vous devez être impeccable pour vos amis, pour les gens que vous auriez envie de voir.

— Cela n'a rien de dramatique, je vous assure.

— C'est différent pour moi. Comme je n'ai jamais eu de femme de chambre, personne ne pourra voir la différence tandis que vous, vous êtes toujours tellement soigné ! Il faut que vous vous remettiez au lit !

— Ça ne me paraît pas une bonne idée.

— Faites-moi confiance. Remettez-vous au lit et cachez-vous sous les couvertures. C'est moi qui vais me lever et m'habiller, expliqua-t-elle patiemment. Comme ça, je pourrai descendre et prévenir Hastings. Ce serait dommage d'arriver chez vous négligé, vous êtes si beau garçon.

Beaucoup de femmes le lui avaient déjà dit, mais jamais cela ne lui avait fait tant de plaisir.

— Si vous insistez...

Il se recoucha, et elle se leva.

— Ne regardez pas ! intima Henry en passant sa robe.

171

C'était la même que la veille, mais elle l'avait soigneusement étendue sur une chaise, et elle devait être moins froissée que les autres dans ses bagages.

— Cela ne me serait jamais venu à l'idée, mentit-il avec aplomb.

— Je vais appeler votre valet.

Le bruit de la porte informa Dunford qu'il pouvait désormais se montrer sans danger.

Après avoir envoyé Hastings s'occuper de son maître, Henry alla voir dans la salle à manger si elle pouvait commander leur petit déjeuner. Elle avait vaguement conscience qu'elle n'aurait pas dû s'aventurer là sans escorte, mais elle ne voyait pas d'autre moyen. Dès qu'il l'aperçut, l'aubergiste accourut à sa rencontre. Elle en avait terminé avec lui lorsqu'elle vit une petite femme aux cheveux blancs, à l'allure hautaine et au visage peu amène, se diriger dans leur direction. La duchesse de Beresford, à n'en pas douter. Il ne fallait surtout pas que la douairière la voie, Dunford avait insisté là-dessus.

— Nous voudrions être servis dans notre chambre, ajouta-t-elle en hâte à l'intention de l'aubergiste, avant de s'éclipser en priant le ciel que la duchesse ne l'ait pas remarquée.

Elle grimpa l'escalier quatre à quatre et fit irruption dans la chambre sans se donner la peine de frapper. Horrifiée, elle s'aperçut trop tard que Dunford n'était qu'à moitié habillé.

— Oh, mon Dieu ! Je suis désolée ! balbutia-t-elle sans pouvoir détacher les yeux de son torse athlétique.

— Henry ! Que se passe-t-il ? s'écria-t-il sans se soucier de la lame de rasoir appuyée sur sa joue.

— Excusez-moi. Je... je vais me mettre dans un coin et tourner le dos...

— Mais enfin, Henry, qu'y a-t-il ?

Elle ne pouvait détacher les yeux de sa poitrine nue. C'est à ce moment-là seulement qu'elle remarqua la présence du valet.

— Je... J'ai dû me tromper de chambre, improvisa-t-elle. La mienne est juste à côté. C'est simplement que... j'ai vu la duchesse, et...

— Henry, pourquoi n'allez-vous pas attendre dans le couloir ? Nous avons presque fini.

Trop émue pour répondre, elle obéit. Un instant plus tard, la porte se rouvrit sur Dunford, tiré à quatre épingles comme à son habitude, et elle sentit son cœur bondir dans sa poitrine.

— J'ai demandé le petit déjeuner. Il ne va plus tarder, je pense.

— Merci. Je suis désolé que l'incongruité de notre séjour ici vous ait bouleversée à ce point.

— Mais non, cela ne m'a pas dérangée, mais je pensais à ma réputation et à tout ça...

— Et vous avez raison ! Je crains qu'à Londres, vous ne puissiez pas jouir de la même liberté qu'en Cornouailles.

— Je le sais. Simplement...

Elle attendit que Hastings soit sorti pour poursuivre :

— Je sais que je ne devrais pas vous regarder torse nu, même si vous êtes extrêmement séduisant, parce que ensuite je me sens toute drôle. Je ne devrais pas non plus vous encourager après...

— Ça suffit ! murmura-t-il d'une voix étranglée.

— Mais...

— Ça suffit, vous dis-je !

L'arrivée d'un valet avec leur petit déjeuner interrompit cette discussion, et ils attendirent en silence
pendant qu'il dressait la table.

— Est-ce que vous vous rendez compte… reprit-
elle une fois qu'il eut quitté la pièce.

— Henry ? coupa-t-il, affolé par ce qu'elle allait
dire, quelque chose de délicieusement incongru, à
n'en pas douter.

Dans ce cas, il ne répondait pas de sa réaction.

— Oui ?

— Asseyez-vous et buvez votre thé !

Lorsque, bien des heures plus tard, ils parvinrent
à Londres, Henry était tellement excitée qu'elle ne
pouvait détacher le nez de la vitre de la voiture.
Dunford lui énuméra les principaux monuments
devant lesquels ils passèrent. Elle aurait tout le
temps de visiter la ville, promit-il. Il la lui montre-
rait dès qu'ils auraient engagé une femme de chambre pour leur servir de chaperon et, en attendant, il
déléguerait cette mission à une de ses amies.

Cette perspective n'était pas faite pour rassurer
Henry. Les amies de Dunford étaient certainement
des femmes de la bonne société, aux manières policées et toujours à la pointe de la mode, alors qu'elle
n'était qu'une sauvageonne sans éducation.

En face de ces belles dames, elle ne saurait pas
comment se comporter, et encore moins quoi leur
dire, ce qui était particulièrement vexant pour une
jeune personne qui avait toujours tiré fierté de son
esprit de repartie.

— Je vous en prie, dites-moi que vous ne
vivez pas dans une de ces immenses demeures,

174

lança-t-elle tandis que la voiture traversait Mayfair et que les habitations se faisaient de plus en plus imposantes.

— Moi non. Mais vous, vous y résiderez, sourit-il.

— Comment ça ?

— Vous ne pensiez tout de même pas que nous pourrions habiter sous le même toit ?

— À vrai dire, je n'y avais pas réfléchi.

— Vous séjournerez chez une de mes amies. Je vais vous déposer chez moi pendant que j'irai prendre les arrangements nécessaires.

— Mais je ne vais pas la déranger ? s'inquiéta Henry, qui avait l'impression d'être un colis encombrant.

— Dans une maison de ce genre ? Vous pourriez y passer des semaines sans que personne remarque votre présence.

— Comme c'est encourageant !

— Ne vous inquiétez pas, je n'ai nullement l'intention de vous établir chez une vieille fille ou une douairière gâteuse. Je vous garantis que vous y serez très bien.

Il lui parlait avec tant de chaleur et de conviction que la jeune fille se laissa convaincre.

— C'est ici que j'habite, annonça fièrement Dunford tandis qu'ils s'arrêtaient devant une charmante maison de ville.

— Oh, mais c'est ravissant ! s'exclama Henry, soulagée que sa résidence n'ait rien d'ostentatoire ou de tapageur.

— Ce n'est pas à moi, c'est un endroit que je loue. Ce serait ridicule d'acheter quoi que ce soit, alors que ma famille possède une immense demeure.

— Et pourquoi n'y logez-vous pas ?

— Je suis trop paresseux pour déménager, et elle est pratiquement toujours restée vide depuis la mort de mon père.

— Sérieusement, attaqua Henry une fois installée dans un joli salon, clair et chaleureux, si personne n'utilise votre maison familiale, vous feriez peut-être mieux d'y déménager. C'est joli ici, mais je suis sûre que le loyer est très lourd. Vous pourriez investir cet argent dans...

Elle s'arrêta net en le voyant éclater de rire.

— Oh, Henry ! Je vous en prie, ne changez pas !

— Je n'en ai aucunement l'intention, rassurez-vous, répliqua-t-elle sèchement.

— Je ne connais pas beaucoup de femmes qui possèdent autant de sens pratique que vous, ni surtout votre sens des affaires, la taquina-t-il.

— C'est que la plupart des hommes n'en ont aucun. Quant à moi, il me semble que le sens pratique constitue une qualité précieuse, et que le sens des affaires n'a rien d'un défaut.

— C'est parfaitement exact. Mais il vaudrait mieux ne pas évoquer ce genre de sujets avec les dames de la bonne société. Les questions d'argent sont considérées comme vulgaires.

— De quoi peut-on parler, au juste ?

— Je n'en sais rien.

— Exactement comme vous ne savez pas de quoi parlent les dames quand elles se retirent après le dîner. Ce doit être prodigieusement ennuyeux.

— Comme je ne suis pas une dame, je n'ai jamais été invité à participer à leurs conversations, mais vous pourrez demander à Arabelle. Vous allez probablement la rencontrer dès cet après-midi.

— Qui est Arabelle ?

— Une amie très chère.

Immédiatement, Henry se sentit prête à détester cordialement cette « amie très chère ».

— Elle vient de se marier. Elle s'appelait Arabelle Blydon et c'est maintenant Arabelle Blackwood, ou plutôt lady Blackwood.

— Et avant, c'était lady Blydon ? s'enquit Henry, soulagée par le statut conjugal de l'intéressée.

— Absolument, mais ne vous laissez pas impressionner par tout ce sang bleu. Arabelle n'a aucune prétention et de toute façon, je suis certain que d'ici peu, vos manières n'auront rien à envier aux siennes. Bientôt, vous pourrez rivaliser avec les meilleures représentantes de l'aristocratie.

— Ou les pires, marmonna-t-elle entre ses dents.

Dunford fit comme s'il n'avait rien entendu et passa dans la pièce voisine, où une pile de papiers l'attendait sur un bureau.

— Qu'est-ce que vous regardez ? questionna Henry tandis qu'il feuilletait rapidement l'épaisse liasse.

— Petite fouineuse ! Il s'agit de la correspondance qui s'est accumulée pendant mon séjour en Cornouailles. Et d'un certain nombre d'invitations. Je veux choisir soigneusement vos premières soirées.

— Vous avez peur que je vous fasse honte ?

— Certaines sont de véritables pensums, expliqua-t-il, soulagé de voir qu'elle plaisantait. Je ne voudrais surtout pas que vous vous ennuyiez lors de vos premières sorties. Tenez, celle-ci par exemple, une soirée musicale...

— Mais j'aimerais bien assister à une soirée musicale !

La grande qualité d'une soirée musicale, selon Henry, c'était qu'on n'avait pas besoin de faire beaucoup d'efforts de conversation.

— Pas quand ce sont mes cousines Smythe-Smith qui jouent, croyez-moi ! Je suis allé les écouter deux fois l'année dernière, uniquement pour faire plaisir à ma mère. Une fois que vous avez écouté Mozart joué par ces chères Philippa, Marie, Charlotte et Éléonore, vous regrettez de ne pas être sourd !

Henry ramassa le bristol qu'il venait de froisser et le lança dans la corbeille à papier, avec un cri de triomphe quand il atteignit son but, tandis que Dunford levait les yeux au ciel.

— Ah, mais vous ne pouvez tout de même pas me demander de changer toutes mes manières d'un seul coup, comme par enchantement ?

— Non, effectivement.

Et ce qu'il se garda bien de lui dire, c'est qu'il ne tenait pas du tout à ce qu'elle change, pas complètement du moins.

— Et tu ignorais que tu étais son tuteur jusqu'à ce que le testament de Carlyle arrive à Stannage Park la semaine dernière ? s'étonna Arabelle Blackwood lorsque Dunford lui eut raconté ses mésaventures.

— Je n'en avais pas la moindre idée, je t'assure.

— Ne m'en veux pas, mais te voir le tuteur d'une jeune personne m'amuse prodigieusement. Te voir bombardé protecteur de la pureté virginale est cocasse, avoue-le.

— Je peux tout de même patronner une jeune fille pour ses débuts dans la bonne société. Je ne suis pas un tel viveur ! Et cela m'amène où je voulais en venir. Tout d'abord, Henry est une jeune fille un peu particulière. Ensuite, j'ai besoin de ton aide, et je ne parle pas de quelques manifestations de sympathie. Il faut que je lui trouve un endroit où habiter, elle ne peut pas loger chez un célibataire comme moi.

— Ne t'inquiète pas, je vous aiderai, bien entendu. Mais d'abord, je veux savoir ce qu'elle a de si particulier. Tu l'as appelée « Henry » ?

— C'est un diminutif de Henriette, mais je ne crois pas que qui que ce soit l'ait appelée par son prénom depuis qu'elle est en âge de parler.

— Cela donne un certain style, admit Arabelle. Si elle est de taille à le supporter.

— Elle est parfaitement de taille, mais elle a besoin d'un mentor. C'est la première fois qu'elle quitte la Cornouailles depuis son enfance, et la femme de Carlyle, qui l'a élevée, est morte quand elle avait quatorze ans. Personne n'a appris à Henry comment doit se comporter une dame comme il faut. Elle ignore la plupart des usages de la société.

— Si elle n'est pas complètement demeurée, elle les apprendra vite. Et si tu l'aimes tant, je suis sûre que je m'entendrai bien avec elle.

— Oh, je pense que vous vous entendrez à merveille.

— De quoi a-t-elle l'air ?

— Eh bien, hésita Dunford, elle a les cheveux châtains... Enfin, ils sont châtains, mais avec des mèches dorées. Ou plutôt, pas exactement des mèches, mais dès qu'elle est au soleil, cela lui fait comme une auréole d'or. Des cheveux uniques.

Pour un peu, Arabelle se serait mise à danser. Son pari était en bonne voie mais, en bon stratège, elle demeura impassible.

— Je vois très bien, assura-t-elle sans rire. Et ses yeux ?

— Ses yeux ? Ils sont gris-vert. Enfin, plutôt argentés que gris. Comme de l'argent en fusion.

— Tu en es sûr ?

Dunford s'apprêtait à expliquer qu'ils étaient plutôt argentés avec des reflets gris-vert, lorsqu'il perçut une note légèrement ironique dans la voix de son amie.

— Je serai ravie de la recevoir ici ou, mieux encore, de l'installer chez mes parents. Personne n'osera dire un seul mot contre elle si elle est protégée par ma mère.

— Ce serait l'idéal, effectivement. Quand puis-je l'amener ?

— Le plus tôt sera le mieux. Je vais aller prévenir maman, tu n'as qu'à me retrouver chez elle.

— Parfait !

Arabelle attendit qu'il soit sorti pour donner libre cours à sa gaieté. Les mille livres étaient à elle, elle en était certaine maintenant.

12

Comme on pouvait s'y attendre, la mère d'Arabelle prit Henry sous son aile avec son énergie coutumière. Elle ne put cependant se résoudre à l'appeler par son surnom, auquel elle préférait « Henriette ».

— Ne vous méprenez pas, avait-elle expliqué à sa protégée, ce n'est pas que je désapprouve ce diminutif, mais mon mari s'appelle Henry, lui aussi, et cela me ferait un curieux effet d'utiliser le même nom.

Henry avait répondu que cela n'avait aucune importance. Si Caroline avait décidé de l'appeler Esméralda, elle n'y aurait vu aucun inconvénient. Cela faisait si longtemps que personne ne s'était occupé d'elle !

À l'origine, la jeune fille s'était résolue à endurer son séjour dans la capitale comme une corvée jusqu'à ce que Dunford accepte de la renvoyer en Cornouailles, mais Arabelle et sa mère avaient rendu la chose trop difficile. À force de gentillesse, elles avaient apaisé ses craintes et, à force d'humour, elles avaient vaincu son manque de confiance en elle.

Cela faisait longtemps qu'elle avait oublié ce qu'une famille représentait.

Caroline avait immédiatement conçu de grands projets pour sa protégée et, en une semaine, Henry s'était rendue chez la couturière, chez la modiste, chez la couturière, chez le libraire, chez la couturière, chez le bottier, chez le gantier et, bien entendu, chez la couturière. Caroline n'avait jamais vu une jeune fille aussi démunie de tout, avait-elle coutume de répéter.

Les trois femmes se trouvaient donc, pour la septième fois de la semaine, chez la couturière. Les deux premières visites avaient amusé la jeune fille mais, depuis quelques jours, elle n'en pouvait plus.

— En général, nous faisons les choses petit à petit mais avec vous, il faut tout faire en même temps, avait expliqué Caroline.

— Allons, Henry, ne prenez pas cet air de martyre ! pouffa Arabelle.

— Mais Mme Lambert vient de me piquer jusqu'au sang ! protesta l'intéressée.

La couturière manqua s'étrangler d'indignation. Caroline, comtesse de Worth, eut un peu de mal à dissimuler son amusement.

— Décidément, j'aime beaucoup cette petite, confia-t-elle à sa fille pendant que Henry se rhabillait.

— Je l'aime beaucoup, moi aussi, renchérit Arabelle. Et je ne parle pas de Dunford.

— Tu veux dire qu'il s'intéresse à elle ?

— Oui, mais il ne s'en est sans doute pas encore rendu compte. Et s'il le sait, il ne veut pas l'admettre.

— Il serait pourtant grand temps que ce garçon s'établisse !

— Il y a quelque temps, j'ai parié mille livres qu'il convolerait avant la fin de l'année.

— Dans ce cas, il va falloir mettre les bouchées doubles pour faire de notre petite Henriette une véritable déesse. Je ne voudrais surtout pas que ma fille unique perde une somme aussi importante !

Le lendemain, tôt le matin, Arabelle et son mari, lord Blackwood, passèrent chez les Blydon. Henry constata avec surprise que John, un bel homme au regard noisette et à l'épaisse chevelure brune, boitait.

— Voici donc la jeune personne avec qui ma femme passe le plus clair de son temps depuis quelques jours ! s'écria-t-il aimablement en se penchant pour baiser la main de Henry.

— Je vous promets de vous la rendre bientôt. J'ai presque terminé ma période de préparation au grand monde.

— Vous m'en direz tant ! Et qu'avez-vous donc appris ?

— Des tas de choses de la plus haute importance ! Par exemple que, pour descendre un escalier, je dois suivre un monsieur mais que, pour le monter, au contraire c'est moi qui dois le précéder.

— C'est effectivement bon à savoir, assura-t-il sans rire.

— Mais certainement ! Depuis des années je faisais tout de travers, et je ne le savais même pas !

— Mais dans quel sens vous trompiez-vous ?

— Pour descendre, bien sûr. Je ne suis pas d'un naturel très patient, voyez-vous, confia-t-elle en baissant la voix, et je ne me vois pas attendre le bon vouloir d'un monsieur pour descendre un escalier.

— Eh bien, je constate que vous avez réussi au-delà de toute espérance ! complimenta John en éclatant de rire.

— J'ai réussi à placer « un naturel », vous avez remarqué ? Ce n'était pourtant pas facile. Et qu'est-ce que vous pensez de mon badinage ? Je regrette d'avoir dû essayer sur votre mari, Arabelle, mais je n'avais pas d'autre homme sous la main.

Une toux légère à l'autre bout de la table la rappela à l'ordre.

— Pardonnez-moi, lord Worth, mais je ne peux tout de même pas flirter avec vous, expliqua-t-elle avec un sourire innocent au père d'Arabelle. Lady Caroline me tuerait.

— Et vous n'avez pas peur que j'en fasse autant ? s'amusa Arabelle.

— Oh, non ! Vous êtes bien trop gentille.

— Et pas moi ? la taquina Caroline.

— Je crois que je viens de dire un monceau de sottises et que je me suis mise dans un beau guêpier !

— Quel genre de guêpier ? intervint une voix familière.

Le cœur de la jeune fille bondit dans sa poitrine.

— J'ai eu envie de voir si Henry faisait des progrès, annonça Dunford, beau comme un dieu avec ses culottes chamois et son manteau vert bouteille.

— Elle fait des progrès remarquables, assura lady Worth, et nous sommes ravis de l'avoir avec nous. Cela faisait des années que je n'avais autant ri.

— Je suis très distrayante, vous voyez, sourit Henry.

— Cela vous dirait de venir vous promener au parc avec moi cet après-midi ? proposa Dunford.

— Oh, rien au monde ne me ferait plus plaisir !

Ce bel enthousiasme alla droit au cœur de Dunford, qui se rengorgeait déjà, mais sa pupille eut tôt fait de le ramener à plus de modestie.

— Vous voyez, observa-t-elle à l'adresse d'Arabelle, je suis parvenue à utiliser « rien au monde ». C'est une expression un peu ridicule, mais je crois que je commence à parler comme une véritable débutante.

Cette fois-ci, personne ne chercha à dissimuler son sourire.

— C'est parfait. Je passerai vous prendre à deux heures, convint Dunford avant de saluer le comte et la comtesse.

— Je vais vous quitter, moi aussi. J'ai beaucoup à faire ce matin, déclara John en déposant un baiser sur les cheveux de sa femme.

Arabelle et sa protégée se retirèrent dans le salon pour étudier les titres et les règles de préséance, ce qui était loin de passionner Henry.

— Que pensez-vous de mon mari ?

— C'est un homme charmant, et certainement d'une grande gentillesse et d'une grande droiture, cela se voit tout de suite.

— Je sais, rougit Arabelle.

— Il est aussi très bel homme. Qu'il boite légère-ment le rend encore plus séduisant.

— C'est ce que j'ai toujours pensé. Il en était très complexé autrefois mais il me semble que mainte-nant, il n'y attache plus d'importance.

— Il a été blessé à la guerre ?

— Oui. C'est un miracle qu'il ait gardé sa jambe.

— Il me rappelle un peu Dunford, remarqua Henry après un moment de silence.

— Ah bon ? Dans quel sens ? s'étonna Arabelle.

— Ils ont les mêmes yeux et les mêmes cheveux bruns, même si ceux de Dunford sont un peu plus bouclés. Je crois aussi qu'il a les épaules plus larges...

— Vous croyez ?

— Il me semble. Et il est remarquablement beau garçon…

— Qui ? Dunford, ou mon mari ?

— Les deux, se hâta de rectifier Henry.

Elle ne pouvait tout de même pas vexer son amie en disant que Dunford était de loin le plus séduisant.

Dès que deux heures sonnèrent, Arabelle eut fort à faire pour dissuader Henry de guetter sur le pas de la porte. Elle tenta bien de lui expliquer qu'en général, les dames préféraient rester dans leurs appartements et faire attendre un peu leurs visiteurs, tout ce qu'elle put obtenir, ce fut que la jeune fille s'installe au salon.

L'amitié d'Arabelle et de sa mère et le fait qu'elles étaient visiblement respectées dans la bonne société avaient donné un peu d'assurance à Henry. Et même si le perfectionnisme de Caroline pour tout ce qui touchait à sa coiffure et à sa toilette lui pesait parfois, la jeune fille se prenait à espérer être un jour suffisamment jolie pour plaire à Dunford. Bien entendu, elle ne serait jamais aussi séduisante qu'Arabelle, dont la chevelure d'or et le regard d'azur auraient inspiré les poètes, mais peut-être deviendrait-elle raisonnablement attirante…

Dunford avait de l'affection pour elle, elle le savait, et c'était sans doute la moitié du chemin. Elle n'avait qu'une vague idée de la façon d'accomplir un tel miracle mais, pour y arriver, elle devait passer le plus de temps possible avec lui.

Voilà pourquoi, bien avant l'heure fatidique, son cœur avait commencé à battre follement.

Dunford arriva avec quelques interminables minutes de retard et trouva les deux jeunes femmes plongées dans l'étude du *Debrett's Peerage*. Pour être tout à fait exact, Arabelle faisait de son mieux pour obliger Henry à l'étudier et l'empêcher de jeter le volume par la fenêtre.

— Je vois que vous vous entendez à merveille, toutes les deux !

— À merveille ! confirma Arabelle.

— Absolument, milord, renchérit Henry. Je viens d'apprendre que je suis censée vous appeler « milord ».

— Si seulement c'était vrai ! soupira-t-il, doutant fort que sa pupille n'atteigne jamais pareil degré de sophistication.

— Et non pas « monsieur le baron », ni « baron Stannage », poursuivit-elle. Apparemment, on n'utilise jamais le mot « baron », sauf quand on parle de quelqu'un. C'est un titre bigrement inutile, si personne ne sait que vous l'avez.

— Henry, je vous conseille de bannir de votre langage les mots « bigre » et « bigrement », la reprit Arabelle. Et tout le monde sait qu'il a le titre de baron, puisque c'est pour cette raison qu'on l'appelle « milord ».

— D'accord. Et ne vous inquiétez pas, je ne dirai ni « bigre » ni « bigrement » en public, pas plus que « fichtre » ou « bougre ». Je vous le promets.

— Je vais l'emmener avant qu'elle ne nous montre toute l'étendue de son vocabulaire, lança Dunford à Arabelle.

Ils sortirent.

— C'est une sensation assez déplaisante, chuchota Henry comme ils approchaient du parc, une femme de chambre à quelques pas derrière eux. J'ai l'impression d'être suivie.

— Vous vous y ferez. Êtes-vous contente d'être à Londres ?

— Vous aviez raison au moins sur un point. C'est bien d'avoir des amis. J'adore Arabelle, et lord et lady Worth sont charmants avec moi.

— Tant mieux !

— Mais la Cornouailles me manque. Surtout le grand air et le domaine.

— Et Rufus ?

— Et Rufus, bien sûr.

— Mais vous êtes heureuse d'être venue ?

Dunford retint son souffle. Jamais il ne s'était rendu compte jusqu'à présent à quel point sa réponse comptait pour lui.

— Oui, je pense.

— Vous pensez ?

— J'ai peur.

— Mais de quoi ?

— De me ridiculiser. De commettre un impair sans même m'en rendre compte.

— Vous ferez un sans-faute !

— Qu'en savez-vous ?

— Caroline et Arabelle m'ont dit que vous progressiez à pas de géant. Elles connaissent la société et ses usages sur le bout du doigt, et si elles disent que vous êtes prête à faire votre entrée dans le monde, c'est que vous l'êtes.

— Je sais qu'elles m'ont énormément appris, mais elles ne peuvent pas tout m'apprendre en quinze jours. Et je ne suis pas sûre d'être à la hauteur...

Dunford aurait aimé la prendre dans ses bras, poser les lèvres sur ses cheveux et la convaincre que

188

tout irait bien, mais ils se trouvaient dans un jardin public, sous la surveillance d'une soubrette prête à colporter tout manquement aux usages.

— Vous êtes parfaitement à la hauteur. Et si jamais vous commettiez un impair, ce ne serait pas la fin du monde. La Terre ne s'arrêterait pas de tourner.

— Je vous en prie, ne prenez pas ça à la légère !

— Je prends la question très au sérieux, je vous assure. Tout ce que je voulais dire...

— Je sais bien, mais je ne suis pas très douée pour me conduire comme une femme du monde et si je commets une erreur, cela vous fera du tort, à vous, à lady Worth, à Belle et à leur famille ! Elles ont été tellement gentilles, je ne voudrais surtout pas leur faire honte.

— Henry, ça suffit ! Contentez-vous d'être vous-même, et tout ira bien.

— Si vous le dites, admit-elle enfin. Je vous fais confiance.

Perdu dans les profondeurs argentées de ce regard limpide, Dunford sentit son cœur chavirer. Sans même s'en rendre compte, il s'était rapproché d'elle. Il n'avait qu'une envie : poser le doigt sur ses lèvres roses, les réchauffer avec un baiser...

— Dunford ?

La voix de sa compagne le ramena à la réalité, et il reprit sa marche d'un pas si pressé que Henry dut pratiquement courir pour le rattraper. Il n'avait pas amené sa pupille à Londres pour recommencer ses tentatives de séduction.

— Je vois que vous portez une des tenues que nous avons achetées à Truro. Où en est la confection de votre garde-robe ?

— Mme Lambert termine les dernières retouches. Pratiquement tout devrait être prêt en début de semaine prochaine.

— Et vos leçons ?

— Je ne sais pas si on peut appeler cela des leçons. Mémoriser les ordres de préséance n'est tout de même pas d'une grande complexité. Mais j'ai encore tellement de choses à apprendre, remarqua-t-elle avec un regard en coin.

— Quoi, par exemple ?

— Arabelle dit que je dois apprendre à badiner et à flirter.

— Ça ne m'étonne pas d'elle, grommela-t-il.

— Je me suis un peu entraînée sur son mari ce matin.

— Pardon ?

— Oh, rassurez-vous, je ne l'aurais pas fait si je n'avais pas su qu'il est éperdument amoureux d'Arabelle. Cela m'a paru un choix sans risque pour un début.

— Évitez les hommes mariés, s'il vous plaît.

— Mais vous, vous n'êtes pas marié.

— Qu'est-ce que j'ai à voir là-dedans ?

— Je devrais peut-être m'entraîner sur vous, lança-t-elle d'un air détaché.

— Vous parlez sérieusement ?

— Allons, soyez gentil ! Apprenez-moi à flirter !

— Vous y arrivez très bien toute seule, il me semble.

— Vous trouvez ? releva-t-elle, enthousiaste.

La virilité de Dunford s'enthousiasma également devant le visage radieux de Henry, et il se promit de ne plus jamais la regarder, sous quelque prétexte que ce soit.

Le seul ennui, c'était qu'elle s'accrochait à son bras d'un air suppliant.

— Vous voulez bien m'apprendre ? Je vous en prie !

— C'est bon, soupira-t-il en sachant pertinemment qu'il faisait une sottise.

— Oh, merci ! Par quoi commençons-nous ?

— Il fait un temps magnifique aujourd'hui.

— C'est exact, mais je pensais que nous allions nous mettre tout de suite au flirt.

— La plupart des badinages commencent par un échange de banalités, comme n'importe quelle conversation.

— Ah, je vois ! Alors recommençons, voulez-vous.

— Il fait beau aujourd'hui.

— Très beau. Cela donne envie d'aller se promener, vous ne trouvez pas ?

— Nous sommes justement en train de nous promener, Henry.

Elle grimaça.

— Mais je fais comme si nous étions au bal. Et si nous allions nous asseoir sur un banc ? Nous serions plus à l'aise pour bavarder. Maintenant, reprenons depuis le début.

— Nous ne sommes pas allés bien loin, il me semble.

— Ne vous inquiétez pas, nous allons y arriver dès que nous nous y mettrons sérieusement. Je disais donc que cela donne envie d'aller se promener.

— Certainement.

— Dunford, vous ne me facilitez pas la tâche, vous savez ! se plaignit-elle en prenant place sur un banc, tandis que la servante s'installait tranquillement sous un arbre à quelques pas de là.

— Mais je n'ai aucune envie de vous faciliter la tâche. Je n'ai aucune envie de me livrer à ce jeu stupide !

— Mais vous comprenez la nécessité pour moi de savoir converser avec les messieurs, tout de même ? Alors s'il vous plaît, aidez-moi, et essayez d'y mettre un peu de conviction !

La moutarde commençait à monter au nez de Dunford. Eh bien, si elle voulait flirter, elle allait être servie !

— Très bien. Alors, je recommence depuis le début.

Aux anges, Henry lui adressa un sourire radieux.

— Vous êtes ravissante quand vous souriez.

Muette de saisissement, la jeune fille sentit ses jambes mollir et son cœur s'emballer.

— Il faut être deux pour flirter, marmonna-t-il. Si vous ne trouvez rien à dire, on vous prendra pour une bécasse.

— Je vous remercie, milord. De votre part, c'est effectivement un compliment.

— Qu'entendez-vous par là, s'il vous plaît ?

— Nul n'ignore que vous êtes un fin connaisseur en matière de femmes.

— Vous vous êtes donc livrée à des commérages sur mon compte ?

— Certainement pas, mais si votre conduite fait de vous un sujet de conversation plus que courant, ce n'est pas ma faute !

— Je vous demande pardon ?

— Toutes les femmes se jettent à votre cou. Je me demande pourquoi vous n'en avez épousé aucune.

— Cela ne vous regarde pas, ma belle.

— Mais je ne peux empêcher mon esprit de s'égarer... La question s'impose d'elle-même.

— Ne laissez jamais un homme vous appeler « ma belle ».

— Mais avec vous, ça n'a pas d'importance, voyons !

Si elle le prenait pour un vieillard tout juste bon à faire la conversation aux douairières, il allait lui montrer à qui elle avait affaire !

— Je suis aussi dangereux que n'importe quel homme.

— Pas avec moi. Vous êtes mon tuteur.

S'ils ne s'étaient pas trouvés en plein milieu d'un jardin public, il se serait fait un plaisir de lui montrer ses capacités en la matière. Décidément, elle avait le don de le provoquer. Il essayait de prendre son rôle de tuteur au sérieux mais, très rapidement, il devait se retenir pour ne pas la prendre dans ses bras.

— Très bien, concéda Henry qui avait remarqué son changement d'expression et jugeait préférable de ne pas poursuivre sur ce terrain glissant. Mais enfin, monsieur, vous n'êtes pas autorisé à m'appeler « ma belle » ! Que pensez-vous de cela ?

— C'est un bon début et si vous avez un éventail, je vous conseille vivement de lui en assener un bon coup sur l'œil.

— Pour le moment, je n'en ai pas sous la main. Que suis-je censée faire si le monsieur ne tient pas compte de mon avertissement ?

— Partir en courant dans la direction opposée, et vite !

— Mais disons que je suis acculée dans un coin, ou que je me trouve en plein milieu d'une salle de bal bondée et que je ne veux pas provoquer un scandale. Si vous étiez en train de flirter avec une jeune

personne qui vient de vous dire de ne pas l'appeler
« ma belle », que feriez-vous ?

— Je ferais ce qu'elle me demande et lui souhaiterais bonne nuit, affirma-t-il sèchement.

— Je ne vous crois pas, rétorqua-t-elle d'un air
mutin. Vous êtes un séducteur invétéré, d'après ce
que m'a raconté Arabelle.

— Arabelle parle trop.

— Elle me nommait les messieurs dont je devais
me méfier, et vous étiez tout en haut de sa liste de
noceurs, je dois dire.

— Comme c'est aimable à elle !

— Mais bien entendu, puisque vous êtes mon
tuteur, je peux parfaitement me montrer avec vous
sans compromettre ma réputation, et c'est heureux.
Je prends tellement plaisir à votre compagnie !

— À mon avis, Henry, vous n'avez vraiment pas
besoin de leçons sur l'art du flirt...

— De la part d'un maître en séduction comme
vous, je prends cela comme un compliment !
déclara-t-elle avec un sourire resplendissant.

Cette remarque, et surtout ce sourire eurent le
don d'agacer prodigieusement Dunford.

— Pourtant, reprit-elle, je vous trouve exagéré-
ment optimiste. J'ai besoin d'un peu plus d'entraî-
nement pour avoir confiance en moi et affronter la
bonne société. Remarquez, je pourrais m'entraîner
avec le frère d'Arabelle, ajouta-t-elle de l'air le plus
innocent du monde. Il a fini ses études à Oxford et
va revenir à Londres.

Selon Dunford, Ned Blydon était encore un peu
inexpérimenté, mais il promettait de devenir rapidement un homme à femmes patenté. Doté de la
royale stature et du même regard d'azur que son
aînée, il était extrêmement beau garçon – ce qui,

toujours aux yeux de Dunford, constituait son principal défaut. Et il allait résider sous le même toit que Henry, ce qui n'arrangeait pas son cas.

— Voyez-vous, avertit Dunford avec un calme qui ne présageait rien de bon, je ne pense pas qu'exercer votre charme féminin sur Ned soit une bonne idée...

— Mais pourquoi donc ? Il me paraît le candidat idéal, au contraire.

— Ce serait extrêmement périlleux pour votre santé.

— Je ne comprends pas ce que vous voulez dire. Vous croyez que le frère d'Arabelle me frapperait ?

— Lui, sans doute pas, mais moi, oui !

— Vous ? Et que feriez-vous ?

— Si vous vous imaginez que je vais répondre à une question pareille, vous vous trompez lourdement !

— C'est inimaginable !

— Effectivement ! Écoutez-moi, maintenant. Vous allez éviter Ned Blydon, vous allez éviter les hommes mariés, et vous allez éviter tous les hommes à femmes qu'Arabelle vous a désignés !

— Vous compris ?

— Bien sûr que non ! Je suis votre tuteur, nom de Dieu !

Il s'interrompit, atterré de s'être laissé emporter au point de jurer en présence d'une jeune fille, mais Henry ne releva pas cet écart de langage.

— Tous les hommes à femmes de la liste ?

— Tous, du premier au dernier !

— Mais à qui puis-je parler, alors ?

Dunford s'aperçut que pas un seul nom ne lui venait à l'esprit.

— Il doit bien y avoir quelques hommes fréquentables à Londres, insista-t-elle. Vous n'allez tout de même pas me dire que je vais devoir passer toute la saison avec vous pour seul compagnon ?

Elle s'était donné beaucoup de mal, mais elle avait réussi à dissimuler l'espoir qui l'habitait.

— Nous trouverons quelqu'un ! aboya Dunford. En attendant, rentrons à la maison.

Ils n'avaient pas fait trois pas qu'une voix féminine appelait Dunford. Henry vit une femme extrêmement élégante, extrêmement gracieuse et extrêmement séduisante, se diriger de leur côté.

— Une amie à vous ?

— Lady Sarah-Jane Wolcott.

— Une de vos conquêtes ?

— Non.

— Elle a des vues sur vous, en tout cas, assura Henry, à qui le regard de prédatrice de la belle n'avait pas échappé.

— Je vous demande pardon ?

L'arrivée de la dame lui épargna de répondre. Dunford salua lady Wolcott, avant de lui présenter Henry.

— Votre pupille ? Mais c'est charmant ! s'exclama la coquette en posant la main sur le bras de Dunford.

À peine avait-elle ouvert la bouche qu'elle agaçait déjà prodigieusement Henry, qui eut pourtant la prudence de garder le silence.

— Je ne sais pas si c'est charmant, mais c'est une expérience nouvelle pour moi, répliqua froidement Dunford.

— Je n'en doute pas. Ce n'est pas du tout votre genre d'occupations habituel. Vous avez généralement des activités plus sportives et plus viriles.

196

Les mains de Henry se crispèrent comme des serres, qu'elle aurait du reste volontiers plantées dans le visage de leur interlocutrice, mais elle parvint, au prix d'un effort surhumain, à se retenir.

— Vous pouvez être assurée, lady Wolcott, que je trouve mon rôle de tuteur aussi instructif qu'enrichissant sur le plan humain.

— Instructif ? Cela ne durera pas ! Vous n'allez pas tarder à vous ennuyer, j'en suis sûre. Venez me voir à ce moment-là. Je suis certaine que nous trouverons le moyen de vous distraire.

D'ordinaire, Dunford aurait saisi l'occasion et accepté les avances de Sarah-Jane mais, devant Henry, il ne pouvait que se poser en défenseur de la morale.

— Et comment se porte lord Wolcott en ce moment ?

— Oh, il baguenaude dans le Dorset, comme à son habitude. Il n'a vraiment rien à faire à Londres...

Et, après un autre sourire enjôleur à l'adresse de Dunford et un petit signe de tête à Henry, la belle se mit en route vers de nouvelles aventures.

— C'est de cette façon que je suis censée me comporter ? s'étonna Henry.

— Certainement pas !

— Mais comment...

— Restez vous-même ! Restez vous-même et évitez les...

— Oui, je sais. Les hommes mariés, le frère d'Arabelle et toutes les variétés possibles de séducteurs. Et si vous pensez à quelqu'un à ajouter à cette liste, ayez la gentillesse de m'en informer.

Dunford en resta sans voix.

Tout au long du chemin, un sourire plein de malice flotta sur les lèvres de Henry...

13

Une semaine plus tard, Henry était fin prête pour son entrée dans le monde. Caroline avait décidé que sa protégée ferait ses débuts au bal des Lindworthy. Il y avait toujours énormément de monde, avait-elle expliqué, et de cette façon, si la jeune fille remportait un succès éclatant, tout le monde le saurait immédiatement.

— Et si je rencontre un échec retentissant ?

— Eh bien, vous aurez toujours la possibilité de vous fondre au milieu des invités, avait-elle rétorqué tout en écartant du geste et du sourire cette éventualité.

Le soir du bal, Arabelle vint l'aider à s'habiller. Elles avaient choisi ensemble une robe de soie blanche rehaussée de fils d'argent particulièrement élégante.

— Vous avez de la chance, vous savez. Toutes les débutantes sont censées porter du blanc, même si cette couleur ne leur va pas du tout.

— Et à moi ?

Elle avait tellement envie d'être parfaite ! Enfin, dans la limite de ses possibilités, bien entendu. Il lui fallait absolument montrer à Dunford qu'elle était le genre de femme qu'il pouvait souhaiter à ses côtés, même dans la capitale. Elle voulait lui prouver – et se prouver à elle aussi – qu'elle était autre chose qu'un garçon manqué ou une sauvageonne échappée d'une ferme.

— Cette robe vous va à merveille ! la rassura Arabelle. Sinon, nous ne vous aurions jamais laissée l'acheter, maman et moi. Ma cousine Emma a fait ses débuts en mauve. Cela en a choqué beaucoup mais, comme avait déclaré maman, le blanc lui faisait un teint d'hépatique. Mieux valait braver les traditions que de ressembler à un pot de moutarde !

Arabelle finit de boutonner la robe et l'empêcha de se tourner pour se regarder dans le miroir.

— Attendez d'être prête ! À ce moment-là, vous pourrez juger de l'effet.

La femme de chambre passa une heure à la coiffer, et Henry endura patiemment ce qu'elle aurait considéré comme une torture quelques semaines plus tôt. Pour terminer, Arabelle lui passa au cou un collier de diamants, avec les boucles d'oreilles assorties.

— Mais à qui sont ces superbes bijoux ?

— À moi, bien entendu.

— Et si je les perdais ? s'inquiéta Henry en faisant mine de les enlever.

— Pourquoi voudriez-vous les perdre ?

— Je ne sais pas. Cela peut arriver, il me semble.

— Eh bien, ce serait ma faute pour vous les avoir prêtés ! Maintenant, venez voir notre travail, conclut-elle en entraînant la jeune fille vers le miroir.

— C'est bien moi ? balbutia Henry, incrédule.

Mary, la femme de chambre, avait relevé sa chevelure en une élégante torsade, laissant juste quelques petites boucles encadrer son visage.

— On dirait une princesse de conte de fées ! s'émerveilla Arabelle.

Henry avait encore du mal à admettre que c'était bien son reflet qu'elle voyait. Le brocart accrochait la lumière au moindre de ses mouvements. À chaque pas, elle étincelait de mille feux, comme une créature céleste, et paraissait trop précieuse pour qu'on ose la toucher.

Jamais elle n'avait imaginé qu'elle possédait le moindre attrait et, tout à coup, elle se sentait la plus belle femme du monde, capable de mettre la terre entière à ses pieds d'un seul sourire ! Ce soir, elle allait conquérir Londres ! Elle se déplacerait avec plus de légèreté que toutes ces élégantes qui l'impressionnaient tant, elle rirait, danserait et s'amuserait jusqu'à l'aube.

Le monde lui appartenait !

Elle se sentait même de taille à se faire aimer de Dunford, et c'était bien là le plus enivrant.

L'homme qui occupait ses pensées attendait justement en bas, avec le mari d'Arabelle et leur ami Alexandre Ridgely, duc d'Ashbourne.

— Dis-moi donc qui est exactement cette jeune personne que je suis censé parrainer ce soir, et comment tu as fait ton compte pour hériter d'une pupille, réclama celui-ci.

— J'en ai hérité en même temps que du titre, et le choc a été plus grand que pour le titre, je te le garantis. Merci d'être venu m'aider, au fait. Henry

200

n'a jamais quitté la Cornouailles depuis son enfance, et la perspective de faire ses débuts à Londres la terrifiait.

— Je ferai de mon mieux, assura Alex, qui imaginait une petite demoiselle timide et effacée.

— Elle me fait penser à Emma, intervint John. Je suis certain que vous allez très bien vous entendre tous les deux.

— Je t'en prie, elle ne ressemble pas du tout à Emma ! protesta Dunford.

— Tant pis pour elle, alors, commenta Alex.

— Tu ne trouves pas qu'elle ressemble à Emma ? reprit John. Et pourquoi donc ?

— Si tu l'avais vue en Cornouailles, tu ne me poserais pas cette question. Elle ne portait que des culottes de cheval et s'occupait de diriger l'exploitation agricole.

— J'ai du mal à voir où tu veux en venir, déclara Alex. Tu cherches à provoquer notre admiration ou notre dédain ?

— Contente-toi de lui accorder quelques sourires pleins d'approbation et de danser une fois ou deux avec elle, grogna Dunford. Malgré tout mon mépris pour la façon dont les gens se pâment devant ton titre, je n'ai aucun scrupule à m'en servir si cela peut être utile à Henry.

— Tu fais bien. Mais je ne fais pas cela uniquement pour toi. Emma m'a prévenu que si je n'aidais pas Arabelle et sa nouvelle protégée, elle ne m'adresserait plus la parole.

— Moi non plus ! lança Arabelle en faisant son entrée dans un nuage de soie azurée.

— Où est Henry ? s'alarma Dunford.

— Mais ici !

Arabelle s'effaça, et les regards des trois hommes se portèrent vers la jeune fille qui venait de s'arrêter sur le seuil de la pièce.

Et chacun découvrit alors une femme différente.

Alex vit une jeune personne plutôt attirante, au sourire éclatant, au regard pétillant de vie et d'intelligence.

John vit la jeune fille qu'il avait appris à apprécier ces derniers jours, particulièrement à son avantage ce soir-là, avec cette robe ravissante et cette nouvelle coiffure.

Dunford, lui, se trouva face à une apparition céleste.

— Mon Dieu, Henry ! Que vous est-il arrivé ? bredouilla-t-il.

— Cela ne vous plaît pas ? Arabelle dit... s'affola Henry, décomposée.

— Mais non ! Enfin, je veux dire, si ! Vous êtes belle comme un ange, s'enthousiasma-t-il en lui prenant la main.

— Vous êtes sûr ? Sinon, je peux aller me...

— Surtout, ne changez rien !

Le cœur battant à tout rompre, la jeune fille scruta son beau visage viril. Elle savait qu'il pouvait lire dans son regard tout ce que son cœur renfermait, mais elle n'en avait cure. C'est finalement Arabelle qui se porta à son secours.

— Henry, laissez-moi vous présenter mon cousin, intervint-elle.

La jeune fille se tourna vers l'inconnu debout à côté de John. Il était très bel homme, avec son abondante chevelure d'ébène et son regard d'émeraude, mais elle ne l'avait même pas remarqué lorsqu'elle était entrée dans la pièce. Elle n'avait eu d'yeux que pour Dunford.

— Henry, permettez-moi de vous présenter le duc d'Ashbourne. Alex, voici Mlle Henriette Barrett.

— Je suis ravi de faire votre connaissance, mademoiselle, déclara-t-il en s'inclinant sur sa main. Peut-être pas autant que notre ami Dunford, mais enchanté néanmoins, ajouta-t-il malicieusement.

— Je vous en prie, appelez-moi Henry, Votre Grâce...

— ... comme tout le monde ! termina Dunford, qui avait à cœur de faire oublier la façon dont il s'était ridiculisé.

— Tout le monde, sauf lady Worth.

— Henry... cela vous va bien, commenta Alex. Mieux que Henriette, en tout cas.

— Je ne sais pas à qui Henriette pourrait aller, sourit Henry.

Devant ce sourire radieux, Alex comprit immédiatement pourquoi Dunford était fou de cette petite. Elle avait de l'esprit et, même si elle ne le savait pas encore, elle était plus que jolie.

— Vous avez certainement raison. Ma femme attend notre premier enfant dans deux mois et si c'est une fille, je veillerai à ce qu'on ne l'appelle pas Henriette.

— Mais oui, vous êtes marié à la cousine d'Arabelle ! C'est une très jolie femme, m'a-t-on dit.

— Elle l'est, vous pouvez me croire ! J'espère que vous aurez l'occasion de la rencontrer. Vous vous entendrez bien, je pense.

— Oh, j'en suis certaine puisqu'elle a eu la bonne idée de vous épouser. Je vous en prie, oubliez ce que je viens de dire, Votre Grâce. Dunford m'a bien recommandé d'éviter les hommes mariés.

— Ashbourne est un cas à part, coupa sèchement Dunford tandis qu'Alex éclatait de rire.

— J'espère que moi aussi, intervint John, narquois.

— John aussi, concéda Dunford d'un ton rogue.

— Toutes mes félicitations, Dunford. Je te prédis un beau succès. Les prétendants vont se bousculer à ta porte, promit Alex, hilare.

Si cette prédiction réjouit l'intéressé, il le cacha bien.

— Vous le pensez vraiment ? Vous ne dites pas ça pour me faire plaisir ? Vous comprenez, je ne connais rien à la bonne société, et Caroline dit que je suis parfois trop candide.

— C'est précisément ce qui va faire votre succès.

— Il est grand temps de se mettre en route, lança Arabelle. Papa et maman sont déjà partis, et je leur ai dit que nous ne tarderions pas. Je pense que nous pouvons tous tenir dans une seule voiture.

— Je vais prendre la mienne avec Henry ! Il y a deux ou trois choses dont je voudrais discuter avec elle, trancha Dunford en entraînant prestement sa pupille, ce qui lui évita de voir les sourires ironiques de ses trois amis.

— De quoi vouliez-vous me parler ? questionna Henry une fois en voiture.

— De rien en particulier. Je me suis dit que vous apprécieriez un moment de tranquillité avant d'arriver à la réception.

— C'est très gentil de votre part, milord.

— Cessez de m'appeler milord, bon sang !

— Je voulais simplement m'entraîner.

— Vous êtes nerveuse ?

— Un peu. Mais vos amis sont charmants, et ils m'ont tout de suite mise à l'aise.

— Parfait !

Il lui tapota gentiment la main, et la jeune fille sentit son cœur s'emballer dans sa poitrine. Elle aurait voulu prolonger ce contact, mais ne savait comment faire. Comme à son habitude quand elle ne voulait pas se laisser emporter par ses émotions, elle choisit la contre-attaque et, avec un sourire diabolique, elle fit mine de l'imiter en lui tapotant négligemment la main.

Démonté, Dunford admira le calme de sa pupille, capable de le taquiner sans sourciller sur le chemin de son premier bal. Puis, comme elle s'absorbait dans le spectacle des rues de Londres, il en profita pour étudier son profil et remarqua que toute la belle assurance qu'elle montrait quelques instants auparavant avait disparu. Il s'apprêtait à l'interroger lorsqu'elle passa la langue sur ses lèvres.

Le cœur de Dunford chavira.

Jamais il n'aurait imaginé qu'une quinzaine de jours transformeraient Henry à ce point, jamais il n'aurait imaginé que la petite campagnarde insolente qu'il avait rencontrée à Stannage Park deviendrait cette femme ravissante, mais toujours aussi insolente. Il aurait tout donné pour caresser la ligne voluptueuse de sa gorge, pour passer la main dans ce décolleté modeste mais charmant…

Il avait laissé son esprit s'égarer, et son corps réagissait de façon plutôt embarrassante. La jeune fille avait pris dans ses pensées et dans sa vie une place qu'il n'avait jamais songé lui accorder. Il s'était profondément attaché à elle, et certainement pas de la façon dont un tuteur est censé s'attacher à sa pupille.

Il serait tellement facile de la séduire ! Il ne la laissait pas insensible, il le savait, et même s'il l'avait effrayée avec leur baiser dans la chaumière, il ne pensait pas qu'elle le repousserait.

Combien de fois avait-il dû se le répéter ces dernières semaines : il ne l'avait pas amenée dans la capitale pour la séduire ! Elle avait le droit de faire son choix et, pour cela, de rencontrer tout ce que Londres comptait de jeunes gens intéressants. Il lui fallait maintenant s'écarter et la laisser découvrir par elle-même l'homme qui saurait lui plaire.

Il avait toujours eu un côté chevaleresque, et il le regrettait maintenant. S'il n'avait possédé ni morale ni sens de l'honneur, sa vie eût été beaucoup plus simple.

— Quelque chose ne va pas ? s'inquiéta Henry devant sa mine préoccupée.

— Pas du tout.

— Vous êtes fâché contre moi ?

— Pourquoi donc voulez-vous que je sois fâché contre vous ? aboya-t-il.

— Je vois bien que vous êtes fâché contre moi, sinon vous ne me parleriez pas de cette façon !

— Je suis fâché contre moi, soupira-t-il.

— Et pourquoi donc ?

Dunford avait beau chercher, il ne voyait pas comment se tirer de ce mauvais pas. Il ne pouvait tout de même pas lui avouer qu'il se consumait de désir pour elle et mourait d'envie de la séduire ! Il ne pouvait pas lui dire que son parfum citronné l'enivrait...

— Vous n'êtes pas obligé de répondre. Laissez-moi simplement vous distraire. Vous ne croirez jamais ce qui nous est arrivé hier avec Arabelle ! C'était très amusant. Mais je vois que cela ne vous intéresse pas.

— Mais si !

206

— Eh bien, nous étions chez Hardiman, ce grand salon de thé, et... Vous ne m'écoutez pas.

— Mais si !

— Une dame est entrée et figurez-vous qu'elle avait les cheveux... Vous ne m'écoutez toujours pas !

— Mais si ! Effectivement, j'étais distrait, admit-il devant son air sceptique.

Elle lui rendit son sourire, pas le sourire insolent qu'il connaissait bien, mais un sourire plein de gaieté, un sourire innocent, sans arrière-pensée.

Un sourire qui enflamma ses sens.

Sans vraiment savoir ce qu'il faisait, il se pencha vers elle.

— Vous avez envie de m'embrasser, murmura-t-elle.

De la tête, il fit signe que non.

— Mais si, je le lis dans vos yeux. Vous me regardez exactement de la façon dont j'ai envie de vous regarder. Mais comme je n'ose pas...

— Chut ! supplia-t-il en posant le doigt sur ses lèvres.

— Je n'y verrais pas d'inconvénient, vous savez, souffla-t-elle.

Le pouls de Dunford s'accéléra. Ils étaient à quelques centimètres l'un de l'autre, et elle lui donnait la permission de l'embrasser, la permission de faire tout ce qu'il rêvait de faire...

— Je vous en prie, chuchota-t-elle tandis que le doigt de Dunford suivait le contour de sa bouche.

— Mais alors, il ne faut pas y attacher d'importance.

— Aucune !

— Vous allez assister à votre premier bal, rencontrer un jeune homme charmant...

— Si vous voulez...

— Il va vous faire la cour. Peut-être tomberez-vous amoureuse de lui...

Cette fois-ci, elle ne répondit pas.

— Et vous vivrez heureux...

— Je l'espère, répliqua-t-elle, mais les mots se perdirent dans un baiser si tendre et si intense qu'elle se sentit fondre.

Il l'embrassa encore et encore. Dans un gémissement, Henry répéta son nom et, incapable de résister plus longtemps, il explora de la langue les profondeurs de sa bouche.

Devant cette intimité nouvelle, il perdit le peu de contrôle qu'il avait encore sur lui-même. Tout ce qu'il savait, c'était qu'il ne devait pas déranger sa coiffure. Sa main descendit le long du dos de la jeune fille, il la serra contre lui, et s'enflamma à la chaleur de ce corps si frêle et si vigoureux.

— Henry, gémit-il, Henry !

Dunford savait qu'elle le réclamait de chaque fibre de son être et, s'ils n'avaient pas été en route pour son premier bal, il n'aurait probablement pas eu la force de se contenir. Mais il ne voulait pas la déshonorer, il voulait lui donner ce qu'elle pouvait désirer de mieux...

Pas une seconde il ne lui vint à l'esprit que, justement, Henry ne désirait rien de mieux.

Et lorsque, au prix d'un effort surhumain, il parvint à s'arracher aux lèvres si tendres, ce fut pour rencontrer la chair douce de son cou. Enfin, il trouva le courage de se dégager. Il se maudissait d'avoir osé profiter de son innocence. Il avait posé les mains sur ses épaules, pour être sûr de garder ses distances, mais le moindre contact entre eux, si léger fût-il, était source de danger. Il s'écarta donc puis, pour plus de sûreté, décida d'aller s'asseoir sur le siège en face d'elle.

Henry porta la main à ses lèvres brûlantes. Pourquoi s'éloignait-il d'elle ? Il avait eu raison d'interrompre leur étreinte, elle le savait, mais il aurait pu rester à son côté, prendre sa main, lui murmurer des mots doux…

— Il ne faut pas y attacher d'importance, articula-t-elle.

— Pour votre bien, ce serait effectivement préférable.

Que voulait-il dire ? Henry n'eut pas le courage de le lui demander et maudit sa lâcheté.

— Je dois être toute décoiffée, reprit-elle d'une voix blanche.

— Votre coiffure est parfaite, j'y ai pris garde.

L'idée que, pendant qu'elle s'offrait totalement à lui, il pouvait faire preuve d'un tel détachement lui fit l'effet d'une douche glacée.

— Bien entendu. Vous tenez à ce que mes débuts soient un succès et vous ne voudriez pas entacher ma réputation, surtout ce soir.

C'était pourtant son plus vif désir, s'il voulait être sincère. Si cela n'avait tenu qu'à lui, il aurait mis plus qu'un coup de canif dans sa réputation. Il n'avait que ce qu'il méritait, après tout. Il avait passé deux ans à courir les femmes et ensuite, pendant toute une décade, c'étaient elles qui avaient couru après lui. Et voilà que, à peine arrivée de sa Cornouailles, un petit bout de femme tout juste sortie de l'enfance, qu'il se devait de protéger, le mettait à genoux. En tant que tuteur, il était de son devoir sacré de la garder chaste et pure pour son futur mari, qu'il était d'ailleurs censé l'aider à choisir.

Henry prit ce silence pour une marque de détachement et d'indifférence.

— Je ne dois rien faire qui pourrait entacher ma
précieuse réputation. Cela pourrait m'empêcher de
trouver un époux, alors que c'est précisément le but
de l'opération, n'est-ce pas ?

Dunford allait lui répondre, mais elle ne lui en
laissa pas le temps.

— Faire faire son entrée dans le monde à une
demoiselle n'a qu'un seul but, si je ne m'abuse : lui
trouver un mari pour ne plus l'avoir sur les bras.

— Calmez-vous, Henry...

— À vos ordres, milord. Je vais montrer beaucoup de calme. Je vais me conduire en jeune fille
comme il faut, ne vous inquiétez pas. Tout ce que je
souhaite, c'est d'être la parfaite débutante. Pour
rien au monde je ne voudrais ruiner mes chances de
faire un beau mariage. Pensez, je pourrais peut-être
attraper un vicomte !

— Avec un peu de chance, effectivement, riposta-
t-il sur un ton cinglant.

Henry se figea comme s'il l'avait giflée. Elle avait
beau savoir qu'il comptait la marier, l'entendre le
dire était particulièrement douloureux.

— Peut-être ne me marierai-je jamais, le défia-
t-elle. Rien ne m'y oblige, après tout.

— J'espère que vous n'allez pas ruiner toutes vos
chances de trouver un mari uniquement pour me
contrarier.

— Ne vous donnez donc pas tant d'importance.
On peut avoir d'autres buts dans la vie que vous
contrarier, figurez-vous !

— Quelle chance pour moi !

— Vous êtes odieux ! Odieux et... odieux, vraiment odieux !

— Quel vocabulaire !

— Vous êtes un véritable monstre ! Jamais je n'aurais imaginé pareille cruauté ! Je me demande pourquoi vous m'avez embrassée. Qu'ai-je fait pour que vous me haïssiez à ce point ? De quoi vouliez-vous me punir, enfin ? s'enflamma-t-elle, rouge de fureur.

Ce n'était pas elle qu'il aurait voulu punir, c'était lui.

— Henry, je ne vous déteste pas, loin de là ! se défendit-il.

Comme si cela pouvait suffire à la jeune fille ! Il ne l'aimait pas, et c'était cela qui la déchirait ! Était-elle donc si peu attirante ? Pourquoi l'humilier en l'embrassant avec tant d'ardeur pour ensuite la rejeter ?

Elle tourna la tête pour lui cacher ses larmes et les essuyer discrètement. Et tant pis si elle tachait ses gants de chevreau blanc.

— Je vous en prie, Henry, ne…

— Ne *quoi* ? s'emporta-t-elle. Ne pleurez pas ? Comment osez-vous me dire une chose pareille ?

Elle prit sur elle pour refouler ses larmes et retrouver un peu de calme.

Il était temps, car la voiture s'arrêtait déjà.

— Nous sommes arrivés, annonça Dunford, incapable de supporter ce silence.

Elle ne l'entendit même pas. Tout ce que souhaitait la jeune fille, c'était rentrer à la maison.

Rentrer chez elle, en Cornouailles.

14

Le cœur lourd, Henry accepta la main que Dunford lui tendait et descendit de voiture la tête haute. Ces derniers jours, elle avait appris à cacher ses émotions, et si jamais son tuteur l'observait, elle ne lui offrirait qu'un visage parfaitement calme, sans le moindre signe de colère ou de chagrin.

Sans la moindre trace de joie non plus...

La voiture des Blackwood était arrivée en même temps qu'eux. À peine eut-elle mis pied à terre qu'Arabelle se précipita vers sa jeune amie, sans attendre John et Alex.

— Quelque chose ne va pas ? chuchota-t-elle.

— Mais non !

— Visiblement, si...

— Tout va bien, je vous assure. Je suis un peu nerveuse, c'est tout !

Arabelle se demanda ce qui avait pu rendre Henry aussi nerveuse au cours de ce bref trajet. Elle jeta un coup d'œil interrogateur à Dunford, qui fit semblant de ne pas comprendre et se détourna pour bavarder avec Alex et John.

— Qu'est-ce qu'il vous a dit ? s'inquiéta-t-elle auprès de Henry.

— Mais rien du tout !

— Bon. Composez-vous un visage plus serein pour faire votre entrée.

— Mais je suis sereine ! Je n'ai jamais été aussi sereine de ma vie, je vous assure !

— Alors, soyez moins sereine ! Henry, poursuivit Arabelle en prenant la main de son amie, je ne vous ai jamais vu un regard aussi froid et inexpressif... Vous n'avez aucune raison d'avoir peur. Tout le monde va vous trouver charmante et vous apprécier. Contentez-vous d'être vous-même !

L'ombre d'un sourire, encore un peu tremblant, se dessina sur les lèvres de la jeune fille.

— Et surtout, oubliez tout ce qui concerne l'agriculture ou l'élevage. Particulièrement celui des porcs.

— Oh, Arabelle, je vous adore ! s'écria Henry, dont le visage commençait à retrouver son animation habituelle. Vous êtes une amie merveilleuse !

— Avec vous, ce n'est pas difficile. Vous êtes prête ? Parfait. Dunford et Alex vont vous escorter tous les deux. Comme ça, vous êtes assurée de ne pas passer inaperçue. Avant le mariage d'Alex, c'étaient les deux célibataires les plus courus de toute l'Angleterre.

— Pourtant, Dunford n'avait pas encore de titre.

— Cela n'avait aucune importance. Toutes les femmes étaient folles de lui.

Henry les comprenait parfaitement. Mais lui ne voulait pas d'elle. Pas pour de bon, en tout cas. De nouveau, l'humiliation qu'elle avait ressentie pendant le trajet la submergea. Eh bien, elle lui prouverait et se prouverait à elle-même qu'elle était digne d'intérêt et digne d'amour, quoi qu'il en pense !

— Je suis prête, et je compte bien passer une soirée merveilleuse ! assura-t-elle avec un sourire éblouissant.

— Dans ce cas, allons-y. Dunford ! Alex ! John ! appela Arabelle. Nous sommes prêtes.

À regret, les trois messieurs interrompirent leur conversation, et Henry se retrouva flanquée d'Alex et de Dunford. Les deux hommes étaient grands et bien bâtis, et elle se sentit soudain toute petite. Elle allait se trouver enviée de l'ensemble de la gent féminine, elle en avait conscience. Même si elle avait encore rencontré peu de représentants de la bonne société, elle doutait fort qu'ils offrent la même beauté virile que les trois hommes de leur groupe.

Ils attendirent patiemment que le valet les annonce. Sans même s'en rendre compte, Henry s'écarta de Dunford pour se rapprocher insensiblement d'Alex.

— Ça va ? C'est bientôt notre tour, prévint Alex.

— Tout va très bien, Votre Grâce, le rassura-t-elle avec le sourire radieux dont elle avait gratifié Arabelle. Je vais mettre Londres et toute son aristocratie à mes pieds.

— Soyez prudente, Henry, avertit Dunford d'un ton cassant en la tirant de son côté. Vous ne pouvez pas faire votre entrée pendue au bras d'Ashbourne. Tout le monde sait qu'il est follement amoureux de sa femme.

— Ne vous inquiétez pas, je ne vous causerai aucun embarras. Et je vous promets de faire de mon mieux pour avoir une douzaine de demandes en mariage et vous débarrasser de moi le plus rapidement possible. Dès la semaine prochaine, si je peux !

Alex, qui commençait à comprendre ce qui s'était passé, dissimula un sourire narquois. Dunford avait beau être son meilleur ami, il n'avait que ce qu'il méritait.

— Lord et lady Blackwood ! annonça le valet.

Henry retint son souffle. Ils venaient immédiatement après.

— Sa Grâce, le duc d'Ashbourne ! Lord Stannage ! Mlle Henriette Barrett !

Immédiatement, le silence se fit dans l'immense salle. Henry n'était pas suffisamment naïve pour s'imaginer que toute l'assistance restait sans voix devant son incomparable beauté. Elle avait parfaitement compris qu'ils avaient hâte de voir la débutante qui était parvenue à faire son entrée escortée par deux des hommes les plus en vue de la haute société.

Les cinq amis se frayèrent un chemin pour rejoindre Caroline, et cette affirmation aux yeux de tous que l'influente comtesse de Worth parrainait la jeune fille acheva d'asseoir le succès de Henry.

En quelques minutes, elle se retrouva entourée d'un essaim de jeunes gens et de jeunes filles qui avaient hâte de faire sa connaissance. Les hommes se consumaient de curiosité. Pourquoi et comment cette inconnue avait-elle attiré l'attention du duc d'Ashbourne et de Dunford ? En effet, la rumeur qu'elle était la pupille du nouveau lord Stannage ne s'était pas encore répandue. Quant aux femmes, elles étaient encore plus curieuses, pour les mêmes raisons.

Henry riait, flirtait, plaisantait et brillait de tous ses feux. Au prix d'un effort de volonté surhumain, elle parvint à chasser Dunford de son esprit. Elle se conduisit comme si tous les hommes étaient John ou Alex, et toutes les femmes Arabelle ou Caroline. Ce stratagème mental lui permit de se sentir à l'aise et de rester elle-même, ce qui lui attira une sympathie immédiate.

— Cette petite est une véritable brise de printemps ! s'émerveilla théâtralement lady Jersey, une commère à qui on pouvait faire confiance pour colporter urbi et orbi son opinion.

Dunford ne perdait pas un seul de ces commentaires élogieux. Il aurait voulu se montrer fier de sa pupille, mais il était trop possessif pour ne pas s'irriter chaque fois qu'un jeune homme baisait la main de Henry. Et encore, ce n'était rien à côté de la jalousie féroce qui lui broyait le cœur dès qu'un homme un peu plus âgé venait papillonner autour d'elle.

Caroline présentait justement à sa protégée le comte de Billington, un homme qu'il aimait bien et qu'il respectait. Grand Dieu, voilà qu'elle lui adressait le même sourire un peu ironique qu'elle lui réservait d'ordinaire ! Il se promit aussitôt de ne pas vendre au comte le pur-sang arabe que celui-ci convoitait.

— Votre pupille fait des ravages, à ce que je vois.

Dunford salua froidement lady Sarah-Jane Wolcott.

— Elle remporte un succès sans précédent, insista la dame.

— Effectivement.

— Vous devez être extrêmement fier. Je ne m'y serais pas attendue, je l'avoue. Elle ne manque pas de charme, ce n'est pas ce que je veux dire, mais elle a un style disons… inhabituel.

— Par son allure ou sa personnalité ? questionna-t-il avec un regard menaçant.

— Les deux, il me semble, déclara Sarah-Jane, par sottise ou parce qu'elle n'avait pas compris l'avertissement de Dunford. Elle est un peu audacieuse, vous ne trouvez pas ?

— Non, je ne trouve pas.

— Vraiment ? Mais je suis certaine que tout le monde va bientôt s'en rendre compte.

Dunford reporta son attention sur Henry. Montrait-elle trop d'audace ? Elle avait un rire plutôt sonore, ce qu'il avait toujours considéré comme la marque d'un heureux naturel, mais un autre homme pouvait y voir une invitation. Il alla rejoindre Alex, d'où il pourrait mieux la surveiller.

L'intéressée, quant à elle, avait réussi à se persuader qu'elle s'amusait comme une petite folle. Tout le monde paraissait la trouver immensément attirante et spirituelle et, pour une jeune fille qui avait passé la plus grande partie de sa vie sans un seul ami, c'était un sentiment aussi étrange qu'enivrant.

Le comte de Billington lui accordait une attention toute particulière et, aux regards envieux que cette assiduité lui attirait, elle devinait qu'il n'était pas dans ses habitudes de porter beaucoup d'attention aux débutantes. Henry le trouvait plutôt séduisant et commençait à se dire que, s'il y avait beaucoup d'hommes comme lui, elle finirait peut-être par en trouver un avec qui elle pourrait vivre heureuse. Et pourquoi pas le comte, d'ailleurs ? Il était visiblement intelligent et, même si ses cheveux châtains tiraient un peu trop sur le roux, ses yeux noisette lui rappelaient ceux de Dunford.

— Montez-vous à cheval, mademoiselle ? s'enquit-il.

217

— Bien sûr ! J'ai grandi dans une ferme, expliqua Henry, provoquant chez Arabelle une discrète quinte de toux.

— Vraiment ? Je ne m'en serais jamais douté...

— En Cornouailles. Mais je ne vais pas vous ennuyer avec mes histoires de campagne. Et vous, vous montez ?

Elle avait mis dans sa question une touche de coquetterie, une invitation en quelque sorte, pour bien montrer qu'elle connaissait parfaitement la réponse. Tout homme bien né se devait de monter à cheval.

— Pourrais-je avoir bientôt le plaisir de vous escorter lors d'une promenade à Hyde Park ?

— C'est malheureusement impossible.

— Vous me crucifiez, mademoiselle.

— Je ne sais même pas votre nom, reprit malicieusement Henry. Je ne peux pas aller me promener avec un homme que je connais uniquement par son titre.

— Charles Wycombe, mademoiselle, pour vous servir, s'inclina le comte.

— Je serai ravie de faire une promenade avec vous, milord.

— Voulez-vous dire que je me suis donné la peine de me présenter pour que vous continuiez à m'appeler « milord » ?

— Nous ne sommes pas encore de vieux amis, milord. Pas suffisamment pour vous appeler Charles, en tout cas. Vous partagez mon avis, j'espère ?

— Non, pas du tout, sourit le comte.

Le même trouble qu'elle éprouvait lorsque Dunford lui souriait s'empara de Henry, de façon beaucoup moins intense cependant. C'était préférable, d'ailleurs. Avec le comte, elle pouvait savourer

cette émotion délicieuse de se sentir admirée, désirée, aimée peut-être, sans en perdre la tête. Tandis
qu'avec Dunford...

Il n'était pas loin, elle le sentait. Elle se tourna
légèrement et le vit qui l'observait d'un air ironique. Un instant, elle oublia de respirer, mais bien
vite elle retrouva le contrôle d'elle-même et revint
vers lord Billington.

— Je suis très heureuse de savoir votre nom,
même si je n'ai pas l'intention de l'utiliser. Je trou-
vais difficile de penser « le comte » en songeant à
vous...

— Voulez-vous dire que lorsque vous penserez à
moi, vous m'appellerez Charles ?

Elle lui répondit par un sourire mutin et un geste
évasif.

C'est à ce moment-là que Dunford décida d'inter-
venir. Visiblement, Billington ne désirait qu'une
seule chose : prendre Henry par la main, l'entraîner
dans le jardin et l'embrasser à en perdre le souffle.
Si Dunford comprenait parfaitement ce souhait, il
n'était pas prêt à laisser faire le comte. En trois pas,
il fut au côté de sa pupille, dont il saisit le bras d'un
geste possessif.

— Billington ! salua-t-il en s'efforçant, sans
grand succès, de paraître aimable.

— Bonsoir, Dunford. Si je comprends bien, c'est
vous que nous devons remercier pour la présence
de cette délicieuse créature.

— Effectivement. Je suis son tuteur.

L'orchestre attaqua une valse.

— Me ferez-vous l'honneur de cette danse, mademoiselle ? demanda Billington.

Henry s'apprêtait à répondre affirmativement,
mais Dunford ne lui en laissa pas le temps.

— Mlle Barrett m'a déjà promis cette danse.

— Bien entendu, puisque vous êtes son tuteur...

L'ironie du comte donna à Dunford une envie irrésistible de lui tordre le cou. Et Billington était un ami. Qu'aurait-il envie de faire le jour où des jeunes gens qui n'étaient pas ses amis viendraient tourner autour de Henry ?

— Enfin... protesta la jeune fille, irritée.

La main de Dunford se referma de façon impérieuse autour de sa taille, et elle estima que le silence s'imposait.

— J'ai été ravie de faire votre connaissance, milord, déclara-t-elle avec un enthousiasme qui n'était pas feint.

— Tout le plaisir fut pour moi, s'inclina-t-il poliment.

— Si vous voulez bien nous excuser... coupa Dunford en entraînant sa pupille.

— Êtes-vous bien certain que j'ai envie de danser avec vous ? chuchota-t-elle d'un ton véhément.

— Vous croyez que vous avez le choix ?

— Pour un homme tellement pressé de me voir mariée, je vous trouve particulièrement efficace pour éloigner d'éventuels prétendants !

— Je n'ai absolument pas éloigné Billington. Croyez-moi, dès demain matin, vous le trouverez à votre porte, un bouquet de fleurs dans une main, une boîte de chocolats dans l'autre.

Henry se composa une mine rêveuse et un sourire extasié tout à fait aptes à irriter Dunford.

La valse était une danse relativement nouvelle, encore considérée comme osée, et les jeunes filles n'avaient l'autorisation de valser qu'une fois acquis l'accord du petit groupe de douairières qui donnait le ton.

— Je ne peux pas vous accorder cette valse sans la permission de Caroline !

— Caroline n'a aucune objection.

— Qu'en savez-vous ?

— Si vous refusez de danser avec moi, je vous emmènerai de force sur la piste et provoquerai un scandale !

— Je ne vous comprendrai décidément jamais, ironisa-t-elle en posant la main sur l'épaule de son partenaire.

Il n'avait aucun mal à la croire. Depuis quelque temps, il ne se comprenait plus lui-même.

— Tout le monde nous regarde. Je ne vois pas pourquoi, s'étonna Henry tandis qu'il resserrait son étreinte.

— Parce que, ma chère, vous êtes en passe de devenir la coqueluche de tout ce qui compte à Londres, la reine de la saison. Vous vous en rendez compte, j'espère ?

— Vous pourriez au moins essayer d'avoir l'air content pour moi. Je croyais que le but de ce voyage était de me permettre d'acquérir un vernis mondain, et maintenant que je suis une jeune fille comme il faut, vous ne me supportez plus.

— Jamais vous ne vous êtes plus lourdement trompée.

— Dans ce cas, pourquoi… ?

À quoi bon ? Elle n'avait pas de mots pour exprimer ce qu'elle ressentait.

— Billington est un homme très recherché, vous savez, remarqua-t-il pour changer de sujet.

— Encore plus que vous ?

— Beaucoup plus, je pense. Mais je ne vous conseille pas de jouer les coquettes avec lui. Ce n'est pas un de ces petits gandins que vous pouvez faire tourner en bourrique d'un sourire.

— C'est précisément pour cela qu'il me plaît.

— Si vous essayez de vous moquer de lui, vous trouverez à qui parler.

— Je n'ai aucune intention de me moquer de lui, et vous le savez parfaitement.

— Les commérages doivent déjà aller bon train…

— Certainement pas ! Arabelle m'aurait prévenue.

— Quand ? Avant ou après que vous ayez suggéré de l'appeler par son prénom ?

— Vous êtes épouvantable !

— J'ai bien vu la façon dont vous le regardiez. Comme j'ai eu droit aux mêmes chatteries, j'en devine la signification. Il s'imagine que vous vous intéressez à lui, et pas seulement parce qu'il est un bon parti.

— Ordure ! lança-t-elle en tentant de se dégager.

— Ne vous avisez pas de me planter là, au beau milieu de la piste !

— Je serais ravie de vous planter là en plein milieu de l'enfer, figurez-vous !

— Je n'en doute pas. Ne vous inquiétez pas, j'irai retrouver Lucifer quand mon heure viendra. Mais tant que je serai sur terre, vous devrez danser avec moi, et avec le sourire encore !

— Là, vous en demandez trop ! Le sourire n'est pas compris dans le marché, s'emporta-t-elle.

— Et qu'est-ce qui est compris dans le marché, s'il vous plaît ?

— Un de ces jours, il faudra bien que vous décidiez si vous m'aimez ou non ! Je ne peux pas lire dans le marc de café vos dispositions envers moi. Un jour vous êtes l'homme le plus gentil du monde et le lendemain, l'incarnation de la méchanceté !

222

— « Gentil » n'est pas forcément un compliment.

— Ne vous inquiétez pas, il n'y a aucun danger que j'emploie cet adjectif pour vous qualifier avant longtemps !

— Cela ne me donnera pas des palpitations, je vous assure.

— Enfin, Dunford, qu'est-ce qui vous rend tellement odieux à intervalles réguliers ? Vous étiez absolument adorable tout à l'heure, quand vous m'avez complimentée sur ma robe.

Ce n'était pas seulement une question de vêtement, malheureusement… Et c'était précisément le nœud du problème.

— Grâce à vous, je me faisais l'impression d'une véritable princesse, comme dans un conte de fées !

— Et maintenant ?

— Maintenant, lança-t-elle en le défiant du regard, vous essayez de me faire croire que j'ai l'air d'une putain.

Dunford connaissait la franchise de Henry mais cette fois-ci, il en resta un instant sans voix. Il l'avait pourtant bien mérité, après tout.

— N'y voyez que la frustration d'un désir insatisfait, admit-il enfin.

Le souffle coupé, Henry fit un faux pas.

— Pardon ?

— Vous m'avez parfaitement entendu. Que je vous désire ardemment n'a pu vous échapper, tout de même.

— Il y a une grande différence entre le désir et l'amour, milord, et pour moi, il n'est pas question d'accepter l'un sans l'autre, observa-t-elle enfin, en espérant qu'aucune des cinq cents personnes présentes ne remarquerait sa détresse.

— Si vous le dites.

La musique s'arrêta et Dunford, après l'avoir froidement saluée, se fondit dans la foule sans même prendre la peine de la raccompagner auprès de leurs amis.

Henry se frayait un chemin vers les toilettes, où elle pourrait retrouver ses esprits, lorsque Arabelle l'arrêta.

— Venez, ma chère, j'aimerais vous présenter quelques personnes.

— Cela ne peut pas attendre un moment ? J'ai besoin de m'isoler un instant. Je crois que j'ai fait un accroc à ma robe...

— Je vous accompagne, déclara Arabelle qui, sachant parfaitement avec qui la jeune fille venait de danser, avait deviné que quelque chose n'allait pas.

— J'aimerais bien comprendre pourquoi les dames vont toujours aux toilettes par deux ! se moqua John.

— Cela restera pour moi un des grands mystères de la vie, mon vieux ! D'ailleurs, peut-être vaut-il mieux ne pas savoir ce qui se passe chez ces dames, ironisa Alex.

— C'est là qu'on cache le meilleur champagne, leur révéla Arabelle.

— Ceci explique tout ! Au fait, où est passé Dunford ? J'ai quelque chose à lui demander. Vous dansiez avec lui, savez-vous où il est ?

— Je n'en ai pas la moindre idée.

Voyant son amie pâlir, Arabelle se dépêcha de l'entraîner.

— Tenez, nous en aurons besoin, dit-elle en prenant au passage deux coupes de champagne.

— Aux toilettes ?

224

— Justement, on ne risque pas d'être dérangées par les hommes. C'est l'endroit idéal pour porter un toast.

— Je n'ai pas tellement le cœur à porter des toasts, pour ne rien vous cacher.

— C'est bien ce qu'il me semblait, mais un peu de champagne ne fait jamais de mal.

Elle conduisit Henry dans un boudoir orné de miroirs et ferma la porte à clef.

— Maintenant, expliquez-moi ce qui s'est passé. Et ne me racontez pas que tout va bien, je ne vous croirai pas.

— Je vous assure...

— Vous feriez mieux de me le dire tout de suite. J'ai un naturel fouineur, et je finirai par trouver de toute façon.

— Toutes ces émotions m'ont un peu tourné la tête. J'ai besoin de reprendre mes esprits, c'est tout.

— Il s'agit de Dunford. Pas besoin d'être grand clerc pour comprendre que vous êtes plus qu'à moitié amoureuse de lui, reprit Arabelle tandis que Henry se détournait pour cacher son désarroi.

— Tout le monde le sait, alors ?

— Non, je ne pense pas. Et si quelques-uns s'en doutent, ils ne peuvent que s'en réjouir.

— Cela ne sert à rien, il ne veut pas de moi !

— Oh, moi, je suis sûre que si.

— Enfin, ce que je veux dire, c'est qu'il ne m'aime pas.

— Ça, ça reste à prouver, objecta pensivement Arabelle. Il vous a déjà embrassée ?

La confusion de Henry, rouge jusqu'aux oreilles, était éloquente.

— C'est bien ce que je pensais ! triompha Arabelle. C'est très bon signe...

— Je ne crois pas, balbutia Henry. Il… enfin…

— Il a quoi ?

— Il est si froid ensuite ! Il est allé s'asseoir à l'autre bout de la voiture, comme s'il ne voulait surtout pas m'approcher. Il ne m'a même pas pris la main.

Lady Blackwood, qui avait plus d'expérience que sa jeune amie, comprit immédiatement que Dunford avait eu peur de ne plus pouvoir se contrôler, mais elle saisissait mal pourquoi il se montrait tellement à cheval sur les principes. Il fallait être aveugle pour ne pas voir qu'ils formaient un couple parfaitement assorti, et un léger accroc avant le mariage n'était qu'un péché véniel.

— Les hommes se conduisent souvent comme des idiots, déclara-t-elle.

— Comment cela ?

— Je ne comprendrai jamais pourquoi les gens persistent à considérer les femmes comme inférieures. Il est pourtant clair que les hommes sont moins sensés !

— Quel rapport avec Dunford ?

— Vous allez voir. Alex a essayé de se convaincre qu'il n'était pas amoureux de ma cousine uniquement parce qu'il avait décidé qu'il ne voulait pas se marier. Quant à John, c'est encore plus absurde. Il me repoussait parce qu'il s'était mis dans la tête qu'un événement vieux de plusieurs années le rendait indigne de moi. Dunford s'est visiblement trouvé un prétexte tout aussi ridicule pour vous tenir à distance.

— Mais lequel ?

— Si je le savais ! La femme qui parviendra à comprendre les hommes pourra diriger le monde, j'en suis convaincue. À moins que…

226

— Que quoi ?

— Ce n'est tout de même pas ce pari...

— Quel pari ?

— Il y a quelques mois, j'ai parié avec Dunford qu'il serait marié dans l'année. Je lui ai dit qu'il se retrouverait pieds et poings liés, et qu'il en redemanderait, confessa Arabelle, plutôt gênée.

— Et s'il me rend si malheureuse, c'est à cause d'un pari ?

— Ce n'est peut-être pas la véritable raison, se hâta de corriger Arabelle.

— Oh, j'aimerais lui tordre le cou ! s'écria Henry en vidant sa coupe de champagne.

— Attendez d'être rentrée à la maison, alors.

— Ne vous inquiétez pas. Je ne veux surtout pas lui laisser voir qu'il ne me laisse pas indifférente, il serait trop heureux.

Arabelle suivit Henry, préoccupée. Dunford était loin de laisser son amie indifférente, c'était évident.

15

Dunford s'était réfugié dans la salle de jeu, où il gagnait des sommes prodigieuses sans vraiment savoir comment. Il avait pourtant d'autres préoccupations que les cartes !

— Puis-je me joindre à vous ? demanda Alex.

— Mais bien sûr.

— Qui gagne ?

— Dunford, à chaque pli, se plaignit lord Tarryton.

— Ta petite Henry remporte un grand succès, remarqua le duc en prenant ses cartes.

— Ce n'est pas « ma petite Henry » ! se défendit-il.

— On m'avait dit que Mlle Barrett était votre pupille, s'étonna Tarryton.

— Voulez-vous me donner une autre carte ? demanda Dunford avec la plus grande courtoisie.

— Je ne serais pas surpris que Billington en soit mordu, reprit Tarryton en lui tendant une carte.

— Billington, Farnsworth et quelques autres, renchérit Alex.

— Ashbourne ? l'interpella Dunford, glacial.

— Oui ?

— Ferme-la.

Alex réprima un sourire.

— Ce que je ne comprends pas, affirma lord Symington, un homme grisonnant d'une cinquantaine d'années, c'est comment personne n'en a jamais entendu parler. Qui est sa famille ?

— Je pense que Dunford est tout ce qui lui sert de famille, intervint Alex.

— Elle vient de Cornouailles, précisa froidement Dunford, et elle a passé sa petite enfance à Manchester.

— A-t-elle une dot ? s'enquit Symington.

Curieusement, Dunford ne s'était jamais posé la question. Il serait tellement facile de répondre non. Ce ne serait que la vérité, après tout. Carlyle ne lui avait pas laissé un sou, elle n'avait donc pas de dot.

Il surprit le regard d'Alex. S'il révélait la vérité, cela réduirait considérablement les chances de Henry de faire un beau mariage. Elle risquait même de dépendre de lui jusqu'à la fin de ses jours.

Cette perspective n'était pas pour lui déplaire…

— Oui, soupira-t-il, excédé. Elle a une dot.

— Eh bien, cela vaut mieux pour elle ! Bien entendu, elle n'aurait sans doute pas trop de mal à trouver chaussure à son pied, même sans dot. Tout de même, c'est une chance pour vous, Dunford. Une pupille peut s'avérer une charge très lourde. Cela fait trois ans que j'essaie d'en caser une. Ce qui a pris au Bon Dieu d'inventer les parentes pauvres, je me le demande !

— Vingt et un ! annonça Dunford, ignorant ces considérations, en abattant ses cartes.

— C'est décidément ton jour de chance, commenta Alex.

— Le plus beau jour de ma vie ! grommela Dunford en empochant les mises.

Henry avait décidé de s'attacher encore trois cœurs avant la fin de la soirée, et elle y réussit sans problème. C'était tellement facile ! Les hommes n'étaient décidément pas difficiles à gouverner, et elle se demandait comment elle ne s'en était jamais rendu compte plus tôt.

Enfin, cette découverte s'appliquait à la plupart des représentants du sexe fort. À ceux qui ne l'intéressaient pas...

Elle tournoyait dans les bras du vicomte Haverly lorsqu'elle aperçut Dunford. Son cœur bondit dans sa poitrine et elle fit un faux pas, avant de se souvenir qu'elle était fâchée contre lui.

Chaque fois que le rythme de la danse la ramenait de son côté, elle le voyait, appuyé contre une colonne, les bras croisés, la mine sombre, qui ne la quittait pas des yeux. Il était extrêmement élégant dans son habit noir, et terriblement viril.

— Voulez-vous que je vous raccompagne auprès de votre tuteur ? proposa Haverly une fois la danse finie.

Henry aurait facilement pu trouver une excuse mais, finalement, elle se contenta d'acquiescer d'un signe de tête.

— Je vous rends votre protégée, Dunford, annonça aimablement Haverly. Je devrais peut-être dire Stannage, d'ailleurs. On m'a dit que vous aviez hérité d'un titre...

— Dunford va très bien, précisa le nouveau lord Stannage avec une politesse glacée qui fit immédiatement prendre le large à l'intéressé.

— Vous n'aviez pas besoin de lui faire peur, protesta Henry.

— Toutes mes félicitations ! Si vous comptez commencer une collection de bellâtres, vous me paraissez bien partie.

— Je n'ai commis aucun écart, et vous le savez parfaitement ! s'emporta-t-elle.

— Doucement ! Vous allez attirer l'attention.

— Je m'en moque éperdument ! Tout ce dont j'ai besoin…

— De quoi avez-vous besoin, au juste ?

— Je n'en sais rien.

— Vous n'avez pas besoin de susciter les commérages, en tout cas. Cela pourrait compromettre vos chances de devenir la reine de la saison.

— C'est vous qui les compromettez en éloignant mes soupirants !

— Il va falloir que je répare mes torts, alors ?

— Que voulez-vous dire ? s'inquiéta Henry.

— Une danse avec vous, c'est tout. Ne serait-ce que pour faire taire les ragots qui prétendent que nous ne nous entendons pas bien.

— Mais nous ne nous entendons pas bien ! Plus maintenant, en tout cas.

— C'est exact, mais personne n'a besoin de le savoir.

Il avait eu tort de réclamer cette danse, il s'en rendit compte dès qu'il la prit dans ses bras. Il ferait bien de se garder de tout contact avec elle, s'il ne voulait pas devenir fou de désir.

Mais comment résister ? Lorsqu'il la tenait dans ses bras, il pouvait humer ce délicat parfum citronné qu'il aimait tant, et il ne souhaitait rien d'autre que de s'en enivrer, comme s'il en allait de sa vie.

Non seulement il la désirait, mais il était amoureux d'elle, il devait l'admettre. Il la voulait à son bras et non en train de papillonner avec le premier freluquet venu, sous prétexte qu'il était de bonne famille et célibataire. Il voulait arpenter à son côté, main dans la main, les chemins de Stannage Park. Il voulait la prendre dans ses bras et l'embrasser à en perdre le souffle, jusqu'à ce qu'elle s'abandonne, pantelante.

Il aurait dû la séduire avant de lui faire faire son entrée dans le monde. Maintenant qu'elle avait goûté aux succès mondains, elle voudrait savourer son triomphe. Les jeunes gens bourdonnaient autour d'elle comme un essaim d'abeilles autour d'une rose à peine éclose, et elle avait certainement compris qu'elle pourrait faire son choix parmi eux.

C'était exactement ce qu'il lui avait fait miroiter pour la décider à venir à Londres. Il n'avait plus qu'à lui laisser sa chance et la voir courtisée par des douzaines de gandins avant de pouvoir se mettre sur les rangs lui aussi.

Il n'avait pas l'habitude de se refuser quoi que ce soit, surtout ce qu'il désirait ardemment. Il désirait Henry de tout son être, comme jamais il n'avait désiré rien ni personne.

Sa partenaire observait avec une inquiétude grandissante les émotions contradictoires qui se reflétaient sur son visage. Il semblait furieux, comme si l'avoir dans ses bras constituait un véritable supplice pour lui.

— Je sais pourquoi vous agissez ainsi, risqua-t-elle enfin, prenant son courage à deux mains.

— Pourquoi j'agis comment ?

— Pourquoi vous me traitez de cette façon.

La musique venait de s'arrêter, et il la conduisit jusqu'à une sorte d'alcôve où ils pourraient parler à peu près tranquillement.

— Et je vous traite comment ?

— Mal ! Horriblement mal ! Maintenant, je sais pourquoi.

— Ah bon ? Et pourquoi donc ? s'enquit-il sans se donner la peine de dissimuler son ironie.

— C'est à cause de ce satané pari.

— Quel pari ?

— Vous le savez parfaitement. Vous avez parié mille livres que vous ne vous marieriez pas ! éclata-t-elle.

— Et ?

— Et vous ne voulez pas perdre mille livres en m'épousant !

— C'est donc ça ? Vous croyez qu'il s'agit d'argent ? s'exclama Dunford, sidéré.

Il aurait voulu lui expliquer qu'il paierait ces mille livres de bon cœur, qu'il était prêt à en donner des dizaines, des centaines de milliers pour l'avoir toute à lui. Qu'il avait complètement oublié ce pari depuis qu'elle avait mis sa vie sens dessus dessous. Atterré, il cherchait ses mots, sans bien savoir quoi dire pour sauver cette soirée catastrophique.

Malade de colère et d'humiliation, Henry avait du mal à retenir ses larmes. Même leur belle amitié n'était plus qu'un lointain souvenir. Devant sa stupéfaction, elle avait compris qu'il ne l'aimait pas. Ce n'étaient pas les mille livres qui le rendaient si distant. Comment avait-elle pu s'imaginer un seul instant qu'il la repoussait à cause d'un pari ?

S'il la repoussait, c'était tout simplement parce qu'il ne l'aimait pas. Tout ce qu'il voulait, c'était la marier et se débarrasser d'elle, qu'elle sorte de sa vie le plus rapidement possible.

— Si vous voulez bien m'excuser, balbutia-t-elle d'une voix blanche, j'ai encore quelques jeunes gens à séduire pour arriver à la douzaine.

Désemparé, Dunford la regarda se fondre dans la foule. Il ne devina pas qu'elle se dirigeait droit vers les toilettes des dames et qu'elle allait s'y enfermer pendant une demi-heure.

Les premiers bouquets arrivèrent tôt le lendemain matin. Des roses de toutes les nuances, des iris, des tulipes chatoyantes envahirent les salons, la salle à manger, et même le hall des Blydon. Leur parfum était tellement entêtant que la cuisinière se plaignit qu'elle ne sentait plus l'arôme des plats qu'elle préparait.

Décidément, Henry avait connu un véritable triomphe.

L'objet de tant de sollicitudes se réveilla tôt, comparativement au reste de la famille. Il était tout de même onze heures passées lorsqu'elle gagna la salle du petit déjeuner. Elle s'arrêta sur le seuil, étonnée d'y trouver un inconnu à l'abondante chevelure brune. Quand il leva sur elle le même regard d'azur qu'Arabelle et Caroline, elle comprit qu'il s'agissait du cadet de la famille.

— Vous êtes Ned, si je ne me trompe !

— J'ai bien peur que vous n'ayez un avantage sur moi, s'étonna le jeune homme en se dressant.

— Pardonnez-moi. Je suis Mlle Henriette Barrett.

— Je suis ravi de faire votre connaissance, mademoiselle, même si je dois vous avouer que je suis quelque peu surpris de votre présence à cette heure matinale.

— Je séjourne chez vos parents, expliqua-t-elle. Votre mère me parraine pour mes débuts dans le monde.

— Je suis certain que vous allez remporter un grand succès, assura-t-il galamment en lui avançant une chaise.

— Peut-être… admit-elle d'un air mutin.

— Je comprends maintenant la présence de tous ces bouquets qui s'entassent dans le hall.

— Je suis surprise que ni votre mère ni Arabelle ne vous aient informé de ma présence. Votre sœur m'a tellement parlé de vous !

— Vous êtes amie avec Arabelle ? s'inquiéta Ned, désolé de voir s'évanouir toute possibilité de flirt.

— Elle est devenue ma meilleure amie.

— Qu'est-ce qu'elle vous a dit de moi ?

— Que vous étiez charmant, la plupart du temps du moins, et que vous faisiez des efforts méritoires pour vous bâtir une réputation de coureur de jupons.

Ned s'étrangla sur ses toasts.

— Vous ne vous sentez pas bien ? ajouta-t-elle. Voulez-vous un peu plus de thé ?

— Tout va bien, je vous remercie. Elle a osé vous dire ça ?

— C'est exactement le genre de choses qu'une sœur dit de son frère, il me semble.

— Tout de même…

— J'espère que je ne viens pas de ruiner votre plan de bataille pour faire ma conquête. Ne vous méprenez pas, je ne me fais pas une très haute idée de ma beauté ou de mon charme, et je ne suis pas suffisamment vaniteuse pour m'imaginer que les jeunes gens n'ont pas d'autre idée en tête que me conquérir. Mais, dans votre cas, vous auriez pu y penser dans un souci de commodité.

— Je vous demande pardon ?

— Vous m'avez sous la main, puisque j'habite sous le même toit.

— Si je comprends bien, mademoiselle...

— Henry. Appelez-moi Henry, comme tout le monde.

— Henry...

— Cela me va tout de même mieux que Henriette, vous ne trouvez pas ?

— Indubitablement, concéda-t-il.

— Votre mère tient absolument à m'appeler Henriette, mais c'est parce que votre père s'appelle déjà Henry. Mais vous disiez ?

— Je disais quelque chose ?

— Oui. Il me semble que vous disiez « Si je comprends bien, mademoiselle... » quand je vous ai interrompu pour vous demander de m'appeler Henry.

— Ah, oui ! Je me souviens. Vous a-t-on déjà dit que vous étiez d'une très grande franchise ?

— Tout le monde me le dit ! s'amusa-t-elle.

— Cela ne me surprend pas.

— Cela ne m'a jamais surprise non plus. Dunford n'arrête pas de me vanter les avantages de la subtilité, mais j'avoue que je ne les ai jamais perçus.

Il était trop tard pour se rattraper. S'il y avait une personne au monde dont elle n'avait pas envie de parler, c'était bien son tuteur.

— Vous connaissez Dunford ?

— C'est mon tuteur.

— Votre quoi ? Je vous demande pardon...

236

— C'est étrange, tout le monde à Londres a la même réaction. Je suppose qu'il ne correspond pas à l'image qu'on se fait du tuteur idéal.

— C'est le moins qu'on puisse dire.

— C'est un séducteur invétéré, paraît-il.

— Voilà encore une litote polie.

— Arabelle m'a dit que vous entendiez vous bâtir le même genre de réputation, suggéra-t-elle sur le ton de la confidence.

— Arabelle parle trop.

— C'est amusant, Dunford m'a dit exactement la même chose.

— Cela ne me surprend pas.

— Vous voulez savoir ce que je pense, Ned ? Vous me permettez de vous appeler Ned, n'est-ce pas ?

— Bien entendu.

— Je ne crois pas que vous gagnerez une telle réputation.

— Vraiment ?

— Oui. Vous vous donnez beaucoup de mal mais vous n'y arriverez pas, même si vous avez dit « Vraiment » avec juste ce qu'il faut de condescendance ennuyée mais polie.

— Je suis ravi de correspondre à vos attentes.

— Oh, mais ce n'est pas du tout le cas !

— Vraiment ? répéta Ned en retenant un fou rire.

— C'est encore mieux cette fois-ci, pouffa Henry. Voulez-vous savoir pourquoi, selon moi, vous ne serez jamais un séducteur patenté ?

— J'en meurs d'impatience.

— Vous êtes trop gentil !

— Et ça, dois-je le prendre comme un compliment ?

— Bien entendu.

— Je ne saurais vous exprimer la profondeur de ma gratitude.

— Franchement, je commence à penser que les bruns ténébreux sont largement surestimés. J'en ai rencontré quelques-uns hier soir, et je crois que je vais faire de mon mieux pour les éviter s'ils passent me voir aujourd'hui.

— Vous allez les conduire au suicide !

— Je vais me mettre en quête d'un gentil garçon, poursuivit-elle, ignorant la remarque de Ned.

— Je me retrouverai en haut de votre liste, dans ce cas !

À sa grande surprise, Ned s'aperçut que cette perspective était loin de lui déplaire.

— Nous n'irions pas ensemble.

— Et pourquoi donc ?

— Parce que vous n'avez aucune envie d'être gentil, milord. Vous avez besoin d'un peu de temps pour abandonner vos illusions et vos velléités de séduction.

Cette fois-ci, Ned éclata de rire.

— Mais votre Dunford est un incorrigible séducteur, et c'est la gentillesse même. Un peu autoritaire par moments, mais extrêmement gentil tout de même.

— Pour commencer, ce n'est pas « mon Dunford ». Ensuite, il n'est absolument pas gentil, rétorqua sèchement Henry.

Ned n'avait encore jamais rencontré une seule personne qui n'aimait pas Dunford. C'était la raison de son succès, d'ailleurs. Il était absolument charmant, à moins qu'on le pousse à bout. Et alors, il devenait impitoyable.

Il se demanda comment avait fait ce petit bout de femme pour pousser Dunford à bout.

— Dites-moi, Henry, que faites-vous aujourd'hui ?

— Je devrais rester à la maison pour recevoir mes admirateurs.

— Au contraire ! Ils seront encore plus assidus s'ils vous trouvent moins disponible.

— Si je rencontrais un gentil garçon, je n'aurais pas besoin de toutes ces coquetteries.

— Peut-être... Nous ne le saurons jamais, puisque je ne crois pas que vous puissiez trouver un homme aussi gentil.

Sauf Dunford, avant qu'il soit devenu tellement odieux, songea-t-elle. Quand il l'avait emmenée à Truro, par exemple, qu'il l'avait mise en confiance et avait pris toutes les précautions pour lui offrir ces robes sans la vexer.

Décidément, elle ne le comprendrait jamais.

— Henry ?

— Oui ? Oh, je vous demande pardon. J'étais distraite.

— Voulez-vous venir vous promener avec moi ? Nous pourrions faire un peu de lèche-vitrines, si cela vous tente.

Les yeux brillants, il lui souriait comme un gamin à la veille des vacances. Ned l'aimait bien, il avait envie de passer du temps en sa compagnie. Pourquoi ne plaisait-elle pas à Dunford ?

Allons, il ne fallait surtout pas penser à Dunford. Ce n'était pas parce qu'une seule personne la rejetait qu'elle ne pouvait pas être aimée. Elle plaisait à Ned. Ils avaient pris le petit déjeuner ensemble, elle n'avait fait aucun effort particulier, et elle lui avait plu en restant elle-même. Et la veille, elle ne s'était donné aucun mal pour plaire à Billington. Arabelle et ses parents l'aimaient beaucoup, eux aussi...

— Henry ?

— Je serais ravie de passer un moment avec vous, Ned. Quand voulez-vous partir ?

— Pourquoi pas tout de suite ? Vous n'avez qu'à prévenir votre camériste et me retrouver au salon dans un quart d'heure.

— Dans dix minutes !

— À vos ordres.

Henry monta l'escalier quatre à quatre. Peut-être ce voyage à Londres ne serait-il pas un complet désastre, après tout.

Quelques pâtés de maisons plus loin, Dunford, allongé sur son lit, soignait une épouvantable migraine. Au grand dam de son valet de chambre, il avait passé la nuit dans ses habits de soirée. Il avait très peu bu pendant le bal, mais une fois de retour à la maison, il avait vidé pratiquement une bouteille de whisky, comme s'il voulait chasser la soirée de sa mémoire.

Sans succès.

Et maintenant, il empestait l'alcool, sa tête résonnait comme le carillon de Westminster, et il avait l'impression que toute la cavalerie de Sa Gracieuse Majesté lui était passée dessus.

Tout cela à cause d'une femme…

Il avait vu ses amis tomber un par un amoureux et se laisser emprisonner dans le piège du mariage. Ils étaient fous de leurs épouses, restaient bouche bée devant elles et faisaient leurs quatre volontés. Bref, ils étaient ridicules.

Jamais il n'aurait pensé qu'il pourrait un jour lui arriver la même chose…

Bien entendu, cela ne l'avait pas empêché de se poser la question. Pourquoi pas lui ? Pourquoi ne ferait-il pas sa vie avec une jeune fille qu'il aimerait vraiment ? C'est à ce moment-là que Henry était entrée dans sa vie. Il aurait dû comprendre, le jour où il avait croisé ce regard d'argent, qu'il était vaincu d'avance.

Pourtant, il n'avait pas véritablement eu le coup de foudre. Ses sentiments étaient nés un peu plus tard, après l'épisode de la porcherie. À Truro, peut-être, quand il lui avait offert ces robes. C'était peut-être là que tout avait commencé.

Qu'importait, après tout ?

Il se leva d'un pas incertain pour s'asseoir près de la fenêtre et observer les passants dans la rue. Que pouvait-il faire ? Elle le détestait, maintenant, et il avait tout fait pour cela. Si seulement il ne s'était pas mis en tête de jouer les héros, il aurait eu le temps de l'épouser une douzaine de fois ! Mais non, il avait tenu à l'amener à Londres, il avait insisté pour lui faire rencontrer les meilleurs partis de Londres, afin de la laisser choisir celui qu'elle aimerait.

Et il l'avait repoussée encore et encore parce qu'il avait peur de perdre le contrôle de lui-même.

Il aurait mieux fait de la séduire et de la conduire à l'autel avant qu'elle ait le temps de réfléchir. Voilà ce qu'un véritable héros aurait fait.

Peut-être n'était-il pas trop tard ? Peut-être était-il encore temps de regagner ses faveurs… Il lui suffisait de ne plus se conduire comme un mufle malade de jalousie et de lui témoigner sa gentillesse habituelle, de lui montrer enfin ses véritables sentiments.

Mais cela suffirait-il ?

16

Apparemment pas.

Dunford s'était mis en quête d'un bouquet de fleurs pour Henry et il remontait Bond Street lorsqu'il les aperçut.

Bon sang, il avait pourtant bien dit à sa pupille d'éviter Ned Blydon ! C'était exactement le genre de gandin propre à fasciner une petite provinciale fraîchement arrivée de sa campagne. Quant à Henry, elle constituait une proie idéale pour un aspirant séducteur.

Ils s'étaient arrêtés devant la vitrine d'un libraire et avaient l'air en excellents termes. Ned riait de bon cœur à une remarque de Henry, qui lui tapotait le bras amicalement. Ils paraissaient les meilleurs amis du monde, au grand dam de Dunford.

C'était parfaitement logique, d'ailleurs. Ned, vicomte Burwick de son état, était à peine plus âgé que Henry. Il était beau, sympathique, avenant, et riche. Et surtout, c'était le frère de celle qui était rapidement devenue la meilleure amie de sa pupille. Quant au comte et à la comtesse de Worth, ils seraient enchantés d'accueillir la jeune fille au sein de leur famille, Dunford le savait parfaitement.

L'attention dont Henry avait été l'objet la veille l'avait profondément irrité, mais jamais il n'avait éprouvé un sentiment aussi violent que la jalousie dévorante qui l'étreignit et lui fit perdre tout discernement lorsqu'elle se pencha pour murmurer quelque chose à l'oreille de Ned.

— Bonjour, Henry ! s'écria-t-il en s'interposant entre les deux jeunes gens. Ravi de vous voir rentré de l'université, Ned, ajouta-t-il sans même accorder un regard au jeune homme.

— Je suis heureux de pouvoir tenir compagnie à Henry.

— Je vous suis extrêmement reconnaissant de votre obligeance, mais elle n'est plus nécessaire maintenant.

— Je pense que si ! riposta Henry.

— J'ai besoin d'avoir une conversation particulière avec ma pupille, précisa Dunford en toisant le jeune homme.

— En pleine rue ? s'étonna Ned avec une feinte innocence. Dans ce cas, il est préférable que je la raccompagne à la maison, où vous pourrez parler tranquillement autour d'une tasse de thé.

— Edward...

La voix de Dunford était aussi tranchante qu'une lame.

— Oui ?

— Vous souvenez-vous de la dernière fois où nous nous sommes disputés ?

— Oui, mais je suis plus âgé et beaucoup plus réfléchi, maintenant.

— Pas aussi âgé et réfléchi que moi.

— Peut-être, mais je suis jeune et vigoureux, tandis que vous vous avancez à grands pas vers la vieillesse et la sénilité.

— À quoi jouez-vous exactement ? interrompit Henry.

— Mêlez-vous de ce qui vous regarde ! aboya Dunford.

— Je vous demande pardon ?

Effarée par tant de toupet, déçue de voir Ned se laisser prendre au jeu de Dunford et passer dans la catégorie des mâles stupides et arrogants, elle les planta là tous les deux. Ils ne s'apercevraient probablement pas de son absence avant qu'elle soit arrivée à l'autre bout de la rue : ils étaient bien trop occupés à se chamailler, dressés sur leurs ergots comme des coqs de basse-cour.

Elle se trompait.

Elle n'avait pas fait trois pas qu'une main de fer la rattrapait par l'épaule et la faisait pivoter.

— Vous, vous restez ici ! gronda Dunford. Et vous, par contre, ajouta-t-il à l'adresse de Ned, vous débarrassez les lieux. Bonne journée !

Ned regarda la jeune fille, lui signifiant qu'elle n'avait qu'un mot à dire pour qu'il la ramène à la maison sans se préoccuper de son tuteur. Henry doutait que le vicomte ait le dessus si les deux hommes en venaient aux mains, mais de toute façon, Dunford n'avait certainement pas l'intention de provoquer un scandale en pleine rue, et elle ne se gêna pas pour le lui dire.

— Vous me connaissez mal, Henry ! Je suis en colère, très en colère…

L'avertissement qu'il lui avait donné à Stannage Park lui revint en mémoire :

« Ne me mettez pas en colère, ce serait une grave erreur. »

Il avait même jugé bon de préciser que, lorsqu'il serait en colère, elle s'en apercevrait…

— Peut-être vaudrait-il mieux que vous nous laissiez, Ned, hasarda-t-elle enfin.

— Vous êtes sûre ?

— Personne ne vous a demandé de jouer les chevaliers sans peur et sans reproche ! lança Dunford.

— Ne vous inquiétez pas pour moi, tout ira bien, assura-t-elle.

Le jeune homme n'était visiblement qu'à moitié convaincu, mais il lui obéit et s'éloigna, drapé dans sa dignité.

— Maintenant, vous allez m'expliquer ce qui vous prend ! s'insurgea-t-elle. Vous avez fait preuve d'une grossièreté inqualifiable !

— Doucement ! Nous allons nous faire remarquer, si ce n'est déjà fait.

— Vous venez de dire que cela vous était égal de provoquer un scandale en pleine rue.

— Je n'ai jamais dit que cela m'était égal. J'ai dit que j'étais prêt à en causer un pour obtenir ce que je voulais. Ce n'est pas la même chose. Venez, maintenant, nous avons à parler.

— Mais, ma femme de chambre…

— Où est-elle ?

— Là-bas.

Dunford alla dire quelques mots à la jeune fille, qui s'éloigna sans protester.

— Que lui avez-vous raconté ?

— Que je suis votre tuteur et que vous êtes en sécurité avec moi.

— Je n'en suis pas si sûre…

Dunford ne pouvait pas lui donner tort. Il l'aurait volontiers emmenée chez lui et entraînée jusqu'à sa chambre à coucher pour réaliser tous les fantasmes qui hantaient ses jours et ses nuits.

— Où allons-nous ?

— Faire une promenade en voiture.

— Et où est votre voiture ?

— À la maison. Nous allons passer la chercher pour faire un petit tour. Une voiture est à peu près le seul endroit où je peux parler seul à seule avec vous sans ruiner votre réputation.

Un instant, Henry oublia les humiliations de la nuit précédente et sa fureur contre lui. Elle était tellement heureuse qu'il veuille se retrouver seul avec elle ! Puis elle se souvint de sa froideur, de cette incrédulité et de cette indifférence qui l'avaient tant blessée.

Il n'était pas amoureux d'elle, elle n'avait donc aucune raison de se réjouir qu'il veuille l'entretenir en privé. Il voulait sans doute lui faire la morale, tenter de la culpabiliser à cause de ses soi-disant audaces de la veille. Henry savait qu'elle n'avait rien fait de mal et n'avait jamais dépassé les limites imposées par les usages mais, pour une raison connue de lui seul, Dunford s'imaginait qu'elle n'avait pas agi comme il fallait, et il allait sans doute lui expliquer pourquoi.

C'est le cœur plein d'appréhension qu'elle entra chez lui, et encore plus inquiète qu'elle en ressortit quelques minutes plus tard pour monter en voiture.

— Allez où vous voulez, l'entendit-elle ordonner au cocher. Je frapperai quand nous serons prêts à raccompagner mademoiselle à Grosvenor Square.

Henry se rencogna sur les coussins en maudissant sa lâcheté inhabituelle. Ce qu'elle redoutait, ce n'était pas tant une altercation que la fin de leur amitié. Le lien qui s'était tissé entre eux à Stannage Park ne tenait plus qu'à un fil.

— Je vous avais bien précisé de ne pas fréquenter Ned Blydon ! tempêta-t-il en s'asseyant face à elle.

— Et j'ai préféré ne pas suivre votre conseil. Ned est un garçon charmant. Il est séduisant, bien élevé et plein d'esprit. Bref, un parfait cavalier.

— C'est justement pour cela que je vous avais demandé de l'éviter.

— Vous voulez dire que je ne peux pas me faire d'amis ?

— Ce que je veux dire, c'est que je ne tiens pas à vous voir fréquenter des jeunes gens qui font tout ce qu'ils peuvent pour se tailler une réputation de noceur patenté.

— Si je comprends bien, je ne peux pas être amie avec un homme qui serait un tout petit peu moins coureur que vous ?

— Ce que je suis, ou ce que vous croyez que je suis, n'a rien à voir avec ce que je suis en train de vous dire. Je ne suis pas l'un de vos soupirants.

— Non, effectivement.

Elle n'avait pu retenir une pointe de tristesse dans sa voix et, tout à coup, Dunford se sentit dévoré d'envie de la prendre dans ses bras. Pas pour l'embrasser, mais pour la réconforter. Il ne se faisait aucune illusion sur la façon dont il serait accueilli.

— Je n'avais pas l'intention de me conduire aussi grossièrement tout à l'heure, vous savez.

— Eh bien...

— Je sais. Il n'y a pas grand-chose à répondre.

— Non, effectivement.

— Je vous avais dit d'éviter Ned, et je me suis mis en colère lorsque j'ai vu que vous aviez fait sa conquête, comme vous l'avez fait de Billington, de Haverly, et même de Tarryton. J'aurais dû m'en rendre compte quand celui-ci a commencé à me poser toutes ces questions.

— Mais je ne sais même pas qui est Tarryton ! se récria-t-elle, médusée.

— C'est la marque d'un succès indiscutable. Seules les incomparables ignorent le nom de leurs admirateurs, persifla-t-il.

Sans répondre, elle se pencha vers lui, visiblement plongée dans un abîme de perplexité.

— Qu'y a-t-il ? s'impatienta-t-il enfin.

— Vous êtes jaloux, annonça-t-elle, incrédule.

— Ne vous faites pas d'illusions ! Je veux votre bien, tout simplement, protesta-t-il, même s'il savait qu'elle ne faisait qu'énoncer la stricte vérité.

— Mais si, vous êtes jaloux !

— Enfin, Henry, ça vous étonne ? Vous flirtez outrageusement avec tous les hommes de moins de trente ans et une bonne moitié des autres, vous chuchotez je ne sais quoi à l'oreille de votre petit Ned chéri...

— Vous êtes vraiment jaloux ! assena-t-elle encore une fois.

— Ce n'est pas ce que vous cherchiez ? fulmina-t-il, furieux contre elle, contre lui et contre le monde entier.

— Bien sûr que non ! Je voulais simplement...

— Mais qu'est-ce que vous vouliez, à la fin ? grommela-t-il.

— Je voulais qu'on me regarde, qu'on fasse attention à moi ! Je voulais être désirée, c'est tout. Vous ne m'aimez plus...

— Bon Dieu ! Comment pouvez-vous croire une chose pareille ? s'enflamma-t-il en la prenant dans ses bras pour la serrer contre lui. Je ne peux plus fermer l'œil, je ne peux plus lire un livre, je ne sors plus car je pense à vous jour et nuit. Je reste allongé sur mon lit à regarder le plafond en vous imaginant à mes côtés. Je suis malade de désir…

— Alors pourquoi n'arrêtez-vous pas de m'humilier et de m'insulter ? Pourquoi me repoussez-vous sans cesse ?

— Je vous avais promis de mettre le monde à vos pieds. Je vous avais promis de vous faire rencontrer les jeunes gens les plus en vue de Londres, et voilà que tout à coup je n'ai plus qu'une envie : vous mettre sous clef et vous garder pour moi ! Vous ne comprenez pas ? Je voulais vous dégoûter du monde et ruiner vos débuts. Je voulais qu'il ne vous reste plus qu'un seul homme…

— Oh, Dunford ! soupira-t-elle en lui prenant la main.

— Vous n'étiez pas en sécurité avec moi. Vous n'êtes pas en sécurité à l'heure qu'il est, s'entêta-t-il en s'accrochant à sa main comme un noyé à une planche de salut.

— Mais si, le rassura-t-elle. Je sais bien que si.

— Henry, je vous avais promis…

— Je me moque de tous ces jeunes gens, je me moque de leurs fleurs et de leurs compliments, et je n'ai aucune envie de danser avec eux !

— Vous ne savez pas ce que vous dites. Ce ne serait pas juste… Je dois vous laisser le choix.

— Dunford, intervint-elle, ce n'est pas la peine de courir les volières quand on a trouvé l'oiseau rare.

— Henry, je ne suis qu'un idiot ! s'écria-t-il, se laissant aller à l'émotion qui le submergeait.

— Mais non, protesta-t-elle machinalement, avant de se rattraper. Enfin, un petit peu. Un tout petit peu seulement.

— Ce n'est pas étonnant que je ne puisse me passer de vous ! Vous avez le chic pour deviner quand j'ai besoin d'être remis à ma place, sourit-il en effleurant ses lèvres. Ou quand j'ai besoin d'un peu de flatteries, ou quand j'ai besoin de caresses, conclut-il en déposant un baiser sur sa bouche.

— Comme en ce moment ? souffla-t-elle.

— Surtout en ce moment.

Il l'embrassa de nouveau, avec une ardeur renouvelée. Elle passa les bras autour de son cou et se pressa contre lui.

Sa langue explora la bouche de la jeune fille, en savoura les profondeurs et le goût délicat, tandis que sa main descendait le long de son dos pour retrouver la forme et la chaleur de son corps à travers les vêtements.

— Henry, gémit-il en mordillant son oreille. Henry, je te désire tellement ! Je ne veux que toi.

Maintenant, la jeune fille savait qu'il l'aimait. Elle le lisait dans ses yeux, le devinait dans ses mains, sur ses lèvres. Il ne le lui avait pas encore dit, mais il vibrait d'amour et désormais, elle aussi pouvait l'aimer sans arrière-pensée. Elle n'avait plus besoin de lui dissimuler ses sentiments, puisqu'il les partageait.

Elle leva la tête pour lui mordiller l'oreille comme il l'avait fait de la sienne, et il frémit quand sa langue en dessina les contours. Elle s'écarta un peu.

— J'ai fait quelque chose qui t'a déplu ? Je suis désolée ! Comme j'avais trouvé cela très agréable, j'ai pensé que tu aimerais aussi.

— Chut ! Cela me plaisait beaucoup. Je ne m'y attendais pas, tout simplement.

— Je suis désolée.

— Cesse de t'excuser. Continue.

Voyant qu'elle hésitait, il tourna la tête, comme pour s'offrir. Elle se pencha en souriant et entreprit de sucer le lobe de son oreille. Elle n'osait pas encore le mordiller comme il l'avait fait.

Il endura la délicieuse torture de ses maladroites caresses aussi longtemps que possible mais, bientôt, le désir qui le consumait reprit le dessus. Il s'empara de sa bouche, plongea les doigts dans sa somptueuse crinière, sans se soucier de déranger sa coiffure, cette fois-ci, et s'enivra de cet entêtant arôme citronné qui le rendait fou depuis des semaines.

— D'où vient ce parfum ? questionna-t-il en enfouissant le visage dans la chevelure soyeuse.

— Quel parfum ?

— Pourquoi tes cheveux sentent-ils le citron ?

— Je les rince avec du jus de citron. Viola m'a toujours dit que ça les éclaircissait.

C'était un véritable trésor, sans aucun artifice d'aucune sorte.

— C'est bien la preuve que tu as les mêmes faiblesses et les mêmes coquetteries que nous autres, gens ordinaires ! la taquina-t-il.

— Mes cheveux sont ce que j'ai de mieux, c'est pour ça que je n'ai jamais voulu les couper. Des cheveux courts auraient été beaucoup plus commodes à Stannage Park, mais je n'ai jamais pu m'y résoudre. Autant en tirer le meilleur parti puisque, à part ça, j'ai un physique on ne peut plus ordinaire, confessa-t-elle en rougissant.

— Ordinaire ? Je ne suis pas de cet avis !

— Tu n'as pas besoin de me flatter, tu sais. Je veux bien croire que je peux être attirante, et je veux bien admettre que la robe blanche d'hier soir m'allait à merveille, mais... Oh, tu vas t'imaginer que je cherche des compliments...

— Bien sûr que non !

— Ou penser que je suis une idiote superficielle, qui babille sur ses cheveux...

— Je pense que tes yeux sont deux grands lacs d'argent liquide, que tes sourcils sont aussi soyeux et délicats que les ailes d'un ange, et que ta bouche est aussi suave et douce qu'un bouton de rose, murmura-t-il en déposant un baiser sur les lèvres de Henry. Quant à ton nez... eh bien, je n'en ai jamais vu aucun qui me plaise autant.

La jeune fille buvait ses paroles, captivée par l'émotion qui vibrait dans la voix de Dunford.

— Mais tu sais ce qu'il y a de plus beau chez toi ? Dans ce corps ravissant se cachent un grand cœur, un esprit alerte, une intelligence acérée et une âme généreuse.

Henry ne trouva pas de mots pour traduire l'émotion qui l'étreignit, tandis qu'il l'embrassait doucement sur le front.

— Si tu n'aimes pas le parfum du citron, je peux en changer.

— J'adore l'odeur de citron ! Ne change rien, surtout.

— Je ne sais même pas si c'est efficace, sourit-elle, puisque j'en ai toujours mis. Peut-être que si j'arrêtais, cela ne ferait aucune différence.

— Alors, ce serait parfait.

— Mais si j'arrêtais et si mes cheveux devenaient plus foncés ?

— Ce serait parfait aussi.

— Idiot !

— Idiote ! Tu es parfaite par nature et par essence, que tes cheveux soient clairs ou foncés.

— Moi aussi, je te trouve parfait, murmura-t-elle en posant la main sur la sienne. Je me souviens de la première fois où je t'ai aperçu. J'ai tout de suite pensé que tu étais le plus bel homme que j'aie jamais rencontré.

Il l'attira sur ses genoux, puisqu'il ne pouvait faire plus. S'il l'embrassait encore une fois, il serait incapable de se retenir, il le savait. Il la désirait de chaque fibre de son être, mais il lui faudrait attendre. Henry était pure et innocente, et il en avait la responsabilité. Elle méritait le respect.

— Si je me souviens bien, murmura-t-il en lui caressant la joue, la première fois que tu m'as vu, tu as accordé beaucoup plus d'attention à un cochon qu'à moi.

— Je t'avais déjà vu ! Je t'avais observé de ma fenêtre. J'avais trouvé que tu avais des bottes magnifiques.

— Tu ne vas tout de même pas me dire que tu m'aimes à cause de mes chaussures ? se récria Dunford dans un grand éclat de rire.

— Pas seulement.

Voulait-il lui faire dire qu'elle l'aimait ? Elle s'effraya tout à coup. Et si elle lui avouait ses sentiments et qu'il n'avait rien à lui répondre ? Elle savait qu'il l'aimait, elle le voyait dans chacun de ses gestes, chacune de ses paroles, mais elle n'était pas sûre qu'il l'ait compris ou qu'il veuille l'admettre.

Jamais elle ne pourrait supporter qu'il élude la réponse, ou profère une banalité.

— Toi aussi, tu as de très jolies chaussures, constata-t-il le plus sérieusement du monde en relevant un peu ses jupes.

— Ah ! Tu fais de moi la plus heureuse des femmes ! s'amusa-t-elle.

— Toi aussi, tu fais de moi le plus heureux des hommes. Malheureusement, je crois que je ferais bien de te ramener à la maison avant que tout le monde s'affole.

— Tu m'as pratiquement enlevée.

— La fin justifie les moyens.

— Je suis d'accord avec toi, il vaut mieux que je rentre. Ned doit être dévoré de curiosité.

— Ah, oui ! J'avais oublié ton cher ami Ned.

Avec un soupir à fendre l'âme, Dunford frappa deux coups contre la paroi pour signifier au cocher qu'il pouvait prendre le chemin de Grosvenor Square.

— Il faut te montrer plus gentil avec lui, le réprimanda Henry. C'est un garçon charmant, et je suis sûr qu'il deviendra un excellent ami.

— Je serai gentil avec Ned quand il se sera trouvé une fiancée bien à lui.

Henry était trop heureuse de cette jalousie évidente pour élever la moindre protestation.

— Je n'ai aucune envie de rentrer, regretta-t-elle lorsqu'ils s'arrêtèrent devant la maison des Blydon. J'aimerais rester dans cette voiture jusqu'à la fin de mes jours.

— Je sais bien, mais nous avons toute la vie devant nous, chuchota Dunford en la retenant contre lui.

Il s'inclina pour lui baiser la main et ne la quitta pas des yeux jusqu'à ce qu'elle soit entrée.

254

La jeune fille s'immobilisa dans le hall pour reprendre ses esprits et tenter de comprendre les événements de la journée. Comment sa vie, qui paraissait toute tracée, avait-elle pu changer aussi radicalement en si peu de temps ?

Nous avons toute la vie devant nous. S'il le pensait vraiment, cela voulait dire qu'il comptait l'épouser...

— Grand Dieu, Henry, où étiez-vous passée ?

Ned, visiblement inquiet, se précipitait à sa rencontre mais, tout à sa découverte, la jeune fille resta pétrifiée, incapable d'articuler un mot.

— Que s'est-il passé ? Que vous a-t-il fait ? s'alarma-t-il devant cette statue de sel à la chevelure en désordre.

— Je... crois...

— Quoi ? Qu'est-il arrivé ?

— Il me semble que je suis fiancée !

— Il vous semble ?

Nous avons toute la vie devant nous.

— Oui, il me semble bien.

17

— Qu'est-ce que tu as fait ? Tu lui as demandé la permission de l'épouser ? ironisa Arabelle.

— C'est un peu ça, sourit Dunford.

— On se croirait dans un roman à deux sous, tu sais. Le tuteur qui tombe amoureux de sa pupille et qui épouse l'orpheline... De ta part, je n'arrive pas à y croire.

Dunford, quant à lui, n'arrivait pas à croire que son amie n'avait pas fait tout son possible pour favoriser une telle issue.

— Enfin, ne va pas te méprendre, ajouta-t-elle. Vous formez un couple parfaitement assorti. Henry est exactement la femme qu'il te faut.

— Je le pense aussi.

— Comment lui as-tu demandé sa main ? Avec beaucoup de panache et de romantisme, j'espère.

— En fait, je ne la lui ai pas encore demandée.

— Dans ce cas, tu ne crois pas que tu mets la charrue avant les bœufs ?

— En demandant à Ashbourne de nous inviter à Westonbirt ? Mais non ! C'est le seul moyen de passer un moment tranquille avec elle.

— Vous n'êtes pas encore fiancés. En principe, tu n'as pas le droit de te trouver seul avec elle.

— Elle acceptera, se rengorgea Dunford avec une assurance toute masculine.

— Si elle refusait, ce serait bien fait pour toi ! s'irrita Arabelle.

— Mais elle ne refusera pas.

— Le pire, c'est que tu as sans doute raison.

— J'aurais très envie de demander une dispense pour nous marier dès la semaine prochaine, mais il va falloir en passer par des fiançailles plus conventionnelles, j'en ai peur. Le fait qu'elle est ma pupille va déjà susciter des commérages, je ne veux pas qu'on mette en doute sa moralité. Si nous nous marions trop vite, cela fera jaser, et il y aura forcément quelqu'un pour s'apercevoir que nous avons passé plus d'une dizaine de jours en Cornouailles sans chaperon.

— C'est bien la première fois que tu te préoccupes des médisances.

— Je m'en moque éperdument tant qu'elles ne concernent que moi, mais je ne veux pas y exposer Henry.

— En tout cas, je compte sur ces mille livres le plus rapidement possible.

— C'est une dette dont je serai ravi de m'acquitter. Tu les recevras dès que tu auras accepté de venir à Westonbirt avec nous. Avec deux couples mariés, notre partie de campagne fera plus convenable.

— Dunford, je ne vais pas séjourner chez Alex et Emma alors que nous avons une maison à deux pas !

— Viens avec nous, cela fera tellement plaisir à Henry !

Et apparemment, tout ce qui faisait plaisir à Henry faisait plaisir à Dunford...

— Je suis prête à tout pour faire plaisir à Henry, s'amusa Arabelle, enchantée de constater que son ami était vraiment amoureux.

Quelques jours plus tard, Dunford et Henry, avec la bénédiction de Caroline, partirent pour Westonbirt, la propriété des Ashbourne dans l'Oxfordshire. Devant l'insistance de leur ami, Alex et Emma avaient rapidement organisé ce séjour à la campagne et invité Dunford, Henry et les Blackwood, qui tenaient à passer les nuits chez eux mais avaient promis de venir tous les jours.

Ils voyagèrent avec le valet de Dunford et la femme de chambre de Henry, lady Caroline ayant été formelle : il n'était pas question que les deux jeunes gens passent en tête à tête les trois heures que durait le voyage. Le nouveau lord Stannage, qui ne voulait surtout pas compromettre cette précieuse semaine d'intimité avec sa pupille, avait eu le bon sens de garder pour lui ses récriminations. En tant que couple marié, Alex et Emma faisaient des chaperons parfaitement convenables mais surtout, il le savait, particulièrement débonnaires. Arabelle et John, à qui ils avaient rendu le même service avant leur mariage, auraient pu en témoigner.

Henry aurait eu une foule de choses à dire à Dunford mais à présent, la remarque la plus anodine lui paraissait relever de leur intimité et elle garda le silence pendant la plus grande partie du trajet. Devant les domestiques, elle se contenta de regards et de sourires discrets mais éloquents, qui n'échappèrent pas à leur destinataire, qui ne la quitta pas des yeux de tout le voyage.

— Oh, mais c'est splendide ! s'écria Henry lorsqu'ils remontèrent la grande allée bordée de tilleuls qui menait à Westonbirt.

L'immense château avait été bâti en E, en l'honneur de la reine Elizabeth. La jeune fille préférait d'ordinaire les demeures plus modestes, comme Stannage Park, mais Westonbirt, peut-être à cause des rosiers grimpants qui ornaient beaucoup de ses fenêtres à meneaux et des massifs colorés qui en égayaient les abords, gardait malgré sa taille une atmosphère bon enfant, presque familiale.

— Je suis présentable ? s'inquiéta-t-elle tandis que Dunford l'aidait à descendre de voiture.

— Tu es parfaite.

— Mes vêtements ne sont pas trop froissés ?

— Mais non ! Et quand bien même, ce ne serait pas la fin du monde. Nous sommes entre amis...

— Tu crois que je vais plaire à Emma ?

— Je ne me pose même pas la question. Qu'est-ce qui ne va pas ? Je croyais que tu te réjouissais de ce séjour à la campagne.

— Bien sûr, mais je suis un peu nerveuse. J'ai envie de plaire à la duchesse, c'est tout. Je sais que tu l'aimes beaucoup.

— Mais je t'aime encore plus !

— Merci, murmura Henry. Mais elle est duchesse, et...

— Et quoi ? Si elle est duchesse, c'est parce que Alex est duc, et ça ne t'a pas empêchée de lui faire du charme. S'il t'avait rencontrée avant Emma, je me serais peut-être fâché avec mon meilleur ami.

— Ne dis pas de sottises !

— Pense ce que tu veux mais si tu fais encore une seule remarque inquiète, je serai obligé de t'embrasser pour te faire taire !

— C'est vrai ? s'enquit-elle, l'air gourmand.

— Mon Dieu, qu'est-ce que je vais faire de toi ?

— Tu pourrais m'embrasser.

— S'il n'y a pas d'autre solution...

Il se pencha pour effleurer sa bouche, s'interdisant tout contact plus intime. Ce n'était pas faute d'envie, mais s'il posait seulement la main sur elle, il serait incapable de se contenir, il le savait. Leurs hôtes allaient venir les accueillir d'une seconde à l'autre, et il n'avait aucune envie d'être pris en flagrant délit.

Une toux discrète retentit sur le seuil.

Trop tard !

Dunford se recula en hâte pendant que Henry rougissait jusqu'aux oreilles. Tandis qu'Emma faisait des efforts méritoires pour dissimuler son sourire, Alex ne se donna pas cette peine.

— Oh, mon Dieu ! gémit Henry.

— Mais non, ce n'est que moi, s'amusa Alex pour la mettre à l'aise.

— Content de vous voir ! lança Dunford alors qu'Alex aidait la duchesse, dont la grossesse était très avancée, à s'asseoir.

— Tu aurais été encore plus heureux cinq minutes plus tard, si j'ai bien compris, chuchota le duc à l'oreille de son ami. Je suis ravi de vous revoir, Henry, et enchanté que vous ayez conquis le cœur de ce dur à cuire. Entre vous et moi, il n'était pas de taille à vous résister.

— Je t'en prie, Alex, si tu embarrasses encore une seule fois cette jeune fille par tes plaisanteries, je te coupe les oreilles.

— Vous voulez peut-être que je vous présente à la virago assise dans le fauteuil ? proposa l'intéressé en s'inclinant galamment devant la jeune fille.

— Je ne vois pas de virago ici, rétorqua malicieusement Henry.

— Dunford, s'exclama Alex en prenant Henry par la main, cette jeune personne n'y voit pas plus qu'une chauve-souris ! Ma chère femme, puis-je te présenter…

— Ma chère virago, voyons ! corrigea Emma en souriant.

— Mais bien entendu, où avais-je la tête ? Ma chère virago de femme, permets-moi de te présenter Mlle Henriette Barrett, qui nous arrive de Cornouailles, et plus récemment de chez ta tante Caroline.

— Je suis ravie de faire votre connaissance, mademoiselle.

— Je vous en prie, appelez-moi Henry, comme tout le monde.

— Et vous, appelez-moi Emma. J'aimerais bien que tout le monde en fasse autant.

Cette jeune duchesse à la chevelure de feu plut immédiatement à Henry, qui se demanda pourquoi elle avait tellement appréhendé cette rencontre. C'était la cousine d'Arabelle et de Ned, ce qui aurait pourtant dû constituer une recommandation suffisante.

— Venez, j'ai hâte de bavarder avec vous, et nous serons bien plus à l'aise sans eux, suggéra Emma en se levant, malgré les protestations énergiques de son époux.

— Très bien, acquiesça Henry, désarmée par la gaieté de son hôtesse.

— Je ne saurais vous dire comme je suis heureuse de vous rencontrer enfin, expliqua Emma dès qu'elles eurent quitté la pièce. Arabelle m'a beaucoup parlé de vous dans ses lettres, et je suis ravie que Dunford ait enfin trouvé chaussure à son pied. Je ne veux pas dire que je ne vous aurais pas trouvée charmante de toute façon, mais je suis surtout contente de voir Dunford enfin casé.

— Au moins, vous êtes franche.

— Tout comme vous, si j'en crois les lettres d'Arabelle, et rien ne pourrait me faire plus plaisir. Voulez-vous que je vous fasse visiter Westonbirt pendant que nous bavardons ? C'est une demeure très agréable, malgré sa taille.

— Je la trouve magnifique, et chaleureuse.

— N'est-ce pas ? En tout cas, je suis contente que vous ayez votre franc-parler, vous aussi. Je n'ai jamais beaucoup apprécié la langue de bois qu'on pratique dans la bonne société.

— Moi non plus, Votre Grâce.

— Oh, je vous en prie, appelez-moi Emma ! Jusqu'à l'année dernière, je n'avais jamais eu le moindre titre, et je ne me suis pas encore habituée à voir les domestiques me faire la révérence chaque fois que je passe. Si mes amis ne m'appellent pas par mon prénom, il n'y aura plus qu'à m'empailler.

— Je serais honorée de compter parmi vos amis, Emma.

— Et moi parmi les vôtres. Maintenant, dites-moi comment Dunford vous a demandée en mariage. De façon originale, j'espère !

— Je... Je ne sais trop quoi vous dire, balbutia Henry en rougissant jusqu'à la racine des cheveux. En fait, il n'a pas exactement demandé ma main.

262

— Il ne vous a pas demandée en mariage ? Ah, le monstre ! se récria Emma.

— Non, ce n'est pas ce que vous croyez ! protesta Henry, qui se sentait obligée de prendre la défense de Dunford.

— Il n'y a pas de mal, corrigea prestement Emma. Pas grand mal, en tout cas. Il espère que nous fermerons les yeux si jamais vous vous trouvez seuls tous les deux, j'imagine. Il nous a dit que vous étiez fiancés, vous savez.

— C'est vrai ? Mais c'est merveilleux !

— Ce sont bien les hommes ! Ils s'imaginent toujours qu'on va leur dire « oui » sans qu'ils se donnent la peine de demander. J'aurais dû me douter qu'il ferait quelque chose de ce genre.

— Cela veut dire qu'il va bientôt me demander ma main, je suppose. Je suis tellement heureuse ! Parce que je veux l'épouser, voyez-vous.

— Je m'en doute. Tout le monde veut épouser Dunford.

— Pardon ?

— Tout le monde sauf moi, bien entendu !

— De toute façon, vous êtes déjà mariée.

— Je voulais dire, avant d'épouser Alex… Vous devez me prendre pour une véritable écervelée ! Je ne saute pas comme ça d'un sujet à l'autre d'habitude, je vous assure. C'est peut-être le bébé… En tout cas, c'est bien pratique de mettre sur le compte du bébé toutes mes excentricités.

— Pour revenir à Dunford…

— Je voulais simplement dire qu'il est très populaire chez la gent féminine. Et que c'est un homme merveilleux, un peu comme Alex. Il faudrait être folle pour refuser la demande d'un tel homme.

— Le seul ennui, c'est qu'il ne m'a pas encore véritablement fait sa demande.

— Qu'entendez-vous par « véritablement » ?

— Il se conduit comme si nous allions nous marier, mais il ne me l'a pas directement proposé.

— Je vois, murmura Emma. À mon avis, il compte le faire ici, à Westonbirt, où il lui est plus facile de se trouver seul avec vous. Il a sans doute envie de… de vous embrasser quand il vous demandera votre main, et il ne tient certainement pas à voir tante Caroline se précipiter à votre secours.

Henry n'avait pas particulièrement envie d'être secourue, surtout quand il s'agissait de Dunford. Elle se contenta donc d'émettre, en guise de réponse, un son indistinct qui pouvait passer pour un accord.

— Il vous a déjà embrassée, à ce que je vois, constata Emma en dévisageant sa nouvelle amie. Il n'y a pas de quoi rougir, j'ai l'habitude. Servir de chaperon à Arabelle n'était pas une sinécure, vous savez !

— Vous étiez le chaperon d'Arabelle ?

— Oui, et je ne servais pas à grand-chose ! Mais qu'importe ? Vous serez certainement soulagée d'apprendre que je ne serai pas plus sévère avec vous.

— Oui. Enfin, certainement. Vous ne voulez pas vous asseoir un moment ? Je suis littéralement moulue, tout à coup.

— C'est moi qui vous ai épuisée, n'est-ce pas ? s'enquit Emma, désolée.

— Mais non ! Enfin… un peu.

— C'est malheureusement l'effet que je fais à beaucoup de gens, je ne sais pas pourquoi…

Avant la fin de l'après-midi, Henry avait compris pourquoi. Emma Ridgely, duchesse d'Ashbourne, possédait plus d'énergie que toutes ses connaissances réunies.

Ce n'était pas qu'elle s'agitait dans tous les sens : cette petite femme était au contraire la grâce et l'élégance personnifiées. Simplement, elle mettait une telle vitalité dans tout ce qu'elle faisait ou disait qu'au bout d'un moment, elle laissait ses compagnons sans voix et à bout de forces.

Henry comprenait parfaitement pourquoi son mari était en adoration devant elle, et elle espérait de tout cœur qu'un jour Dunford l'aimerait avec autant d'ardeur et de dévotion.

Le dîner fut un véritable enchantement. Arabelle et John n'étant pas encore arrivés de Londres, Henry et Dunford se trouvèrent seuls avec leurs hôtes. La jeune fille, qui pendant des années avait pris ses repas avec les domestiques de Stannage Park ou, depuis quelque temps, dans une atmosphère un peu compassée chez les Blydon, prit beaucoup de plaisir à cette conversation détendue, aux anecdotes et aux plaisanteries qu'ils échangèrent.

— C'est vrai, vous avez vraiment essayé de rapprocher la ruche de la maison ? s'étonna Emma en pouffant.

— J'adore les sucreries, se justifia Henry, et quand la cuisinière m'a dit qu'elle ne m'en donnerait pas plus d'une par jour parce que sinon nous n'aurions plus suffisamment de sucre, j'ai décidé de prendre les choses en main.

— Cela apprendra à Mme Simpson à ne pas invoquer n'importe quel prétexte, commenta Dunford.

— Mais vos tuteurs n'ont pas eu peur pour vous ? s'enquit Emma.

— Oh, bien sûr que si ! J'ai cru que Viola allait s'évanouir. Bien entendu, elle s'est dépêchée de me faire rentrer mais heureusement, avec une bonne douzaine de piqûres sur chaque bras, elle était bien trop bouleversée pour me punir.

— Oh, mon Dieu ! Et vous, vous avez été piquée ?

— Non, aussi étrange que cela paraisse, je n'ai pas eu une seule piqûre.

— Henry semble avoir un don particulier avec les abeilles, intervint Dunford qui frémissait encore au souvenir de leur promenade à Stannage Park.

La jeune fille plaisait à ses amis et, de son côté, elle paraissait enchantée. C'était bien ce qu'il avait espéré, mais il était fier d'elle, et content de la voir heureuse. Pour la énième fois de la journée, il remercia le ciel d'avoir rencontré la seule femme au monde avec qui il pouvait raisonnablement envisager de passer sa vie entière.

Sa franchise et son efficacité étaient étonnantes, mais elles cachaient des trésors infinis d'amour et de compassion. Son cœur se serrait encore au souvenir de cette visite dans la chaumière abandonnée, quand il l'avait vue sangloter sur la mort d'un nouveau-né inconnu. Elle avait autant d'esprit que lui, et il suffisait de parler quelques minutes avec elle pour se rendre compte de son intelligence peu commune. Son courage était sans limites et, à quatorze ans à peine, elle n'avait pas eu peur de reprendre la gestion de toute une maisonnée et d'un domaine agricole.

Surtout, elle s'enflammait dès qu'il la prenait dans ses bras et elle le rendait fou de désir. Il avait faim d'elle à chaque minute que Dieu faisait et tout ce qu'il souhaitait, c'était le lui démontrer des mains et des lèvres et lui prouver l'étendue de son amour.

C'était donc ça, l'amour. Il comprenait maintenant pourquoi les poètes le chantaient avec tant de constance.

— Dunford ?

— Oui ?

— Je te demandais si Henry t'avait déjà donné le même genre d'inquiétudes depuis votre rencontre, insista Alex.

— Si on met de côté ses explorations des nids d'abeilles de Stannage Park, elle s'est montrée la tranquillité et la dignité faites femmes.

— Que faisiez-vous donc ? questionna Emma, dévorée de curiosité.

— Oh, rien de bien méchant ! Je suis tout simplement allée chercher un rayon de miel, expliqua Henry en s'abstenant de regarder Dunford.

— Tu as pris le risque de te faire piquer par quelques centaines d'abeilles, c'est tout, grommela Dunford.

— Oh, dites-moi comment vous avez fait, j'aimerais tant le savoir !

— Et moi, je vous serais infiniment reconnaissant de ne jamais expliquer à ma femme comment vous vous y prenez ! intervint Alex.

— Je ne courais pas grand danger, vous savez. Dunford exagère toujours.

— Ah oui ? s'étonna le duc.

— Il était extrêmement inquiet. Dévoré d'inquiétude.

— Lui ? renchérit Emma.

— Vous plaisantez ! ajouta Alex.

— Pour couper court, sachez qu'elle m'a fait vieillir de dix ans. Et maintenant, nous avons épuisé le sujet ! trancha Dunford.

— Je crois qu'il a raison, puisqu'il m'a fait promettre de ne plus jamais manger de miel.

— Dunford ! Tu n'as pas fait ça, tout de même ! C'est cruel.

— Je n'ai jamais interdit à Henry de manger du miel. Je t'ai simplement demandé de ne plus te le procurer toi-même, ajouta-t-il en se tournant vers la jeune fille. Et franchement, je trouve que cette conversation commence à devenir fatigante !

— Je ne l'ai jamais vu dans cet état, chuchota Emma à l'intention de Henry, si fort qu'on put l'entendre à l'autre bout de la table.

— Et c'est encourageant ?

— Très !

— Emma ?

— Oui, Dunford ?

— Si ce n'étaient mes bonnes manières et le fait que tu es une dame, je te dirais de te taire !

Affolée, Henry regarda le duc, persuadée qu'il allait provoquer en duel son ami pour avoir manqué de respect à sa femme, mais Alex, le nez dans sa serviette, luttait contre ce qui ne pouvait être qu'un fou rire.

— Tes bonnes manières, parlons-en !

— En tout cas, ce n'est certainement pas le fait que vous soyez une dame, car il m'a déjà dit plusieurs fois de me taire et, selon les autorités compétentes, je suis une dame moi aussi, intervint Henry.

Cette fois-ci, le duc s'étrangla dans sa serviette.

— Et quelles sont donc ces autorités compétentes, s'il te plaît ? grinça Dunford.

— Mais toi, bien entendu ! Et tu es un fin connaisseur en la matière.

Cette fois-ci, Alex renonça à cacher son hilarité, tandis qu'Emma éclatait de rire, elle aussi.

— Eh bien, nous n'avons fait qu'une bouchée de ces deux-là. Regarde-les ! Ils sont incapables d'articuler un seul mot, claironna Dunford avec un sourire à Henry.

— Ce n'était pas très difficile.

— Emma, ma chérie, il me semble que notre honneur est en jeu, affirma Alex.

— Tant pis, cela faisait longtemps que je n'avais pas autant ri ! Allons, Henry, laissons ces messieurs prendre leur porto et leur cigare, et passons au salon.

— Eh bien, ma petite sauvageonne, tu vas enfin savoir ce qui se passe quand les dames se retirent au salon après le dîner.

Emma ouvrit de grands yeux.

— Il vous a appelée « ma petite sauvageonne » ?

— Oui, c'est un petit nom qu'il me donne de temps en temps.

— C'est encore mieux que ce que je pensais ! s'écria Emma avec un sourire jusqu'aux oreilles.

— Henry ! Un instant ! J'aimerais te dire deux mots.

Dunford l'entraîna à l'écart pour lui parler, si bas qu'Emma eut beau tendre l'oreille, elle fut incapable de saisir le moindre mot.

— Il faut absolument que je te voie ce soir.

— Pourquoi ? chuchota Henry.

— J'ai besoin de te parler en privé.

— Je ne sais pas si...

— Et moi, je n'ai jamais été plus certain. Je viendrai frapper à ta porte à minuit.

— Mais... Alex et Emma ?

— Ils vont toujours se coucher avant onze heures.

— Si tu penses...

— À tout à l'heure. Et surtout, pas un mot à qui que ce soit ! intima-t-il en déposant un rapide baiser sur le front de Henry.

— Qu'est-ce qu'il voulait ? vint s'informer Emma avec une rapidité remarquable pour une femme enceinte de plus de sept mois.

— Oh, rien ! Il m'a fait quelques recommandations.

— Et lesquelles ?

— Oh, comme d'habitude. De ne pas dire d'incongruités, de ne pas me donner en spectacle, ce genre de choses…

— C'est vraiment le plus mauvais mensonge que j'aie jamais entendu.

Comme elle ne trouvait rien à objecter, Henry se contenta d'un sourire contrit.

— Enfin, reprit miséricordieusement Emma, puisque je n'arriverai pas à vous arracher la vérité, je ne vais pas gaspiller ma précieuse énergie plus longtemps.

— Je vous remercie, souffla Henry, soulagée.

Cette nuit, il allait enfin lui dire qu'il l'aimait !

18

11 heures 57.
Henry ne quittait pas des yeux la pendule qui ornait la cheminée. Elle devait être folle pour avoir accepté de le recevoir dans sa chambre au beau milieu de la nuit. S'ils étaient découverts, sa réputation était perdue à jamais. Pendant des années, elle s'en était souciée comme d'une guigne. Elle n'avait même qu'une vague idée de ce que recouvrait ce terme étrange. Il avait suffi de quelques semaines à Londres pour lui enseigner qu'il y avait au moins une chose qu'une jeune fille convenable ne devait jamais, au grand jamais, faire : laisser un homme pénétrer dans sa chambre, surtout quand le reste de la maisonnée était endormi.

11 heures 58.
Elle s'assit sur son lit, puis se leva comme si un serpent l'avait mordue. C'était le dernier endroit où il devait la trouver. Elle se mit à arpenter la chambre, déplaçant un objet ici, en posant un autre là, s'arrêtant un instant devant le miroir. Elle n'avait pas besoin d'arborer une mine aussi sévère, après tout.

11 heures 59.

Elle se précipita à la porte dès qu'elle l'entendit.

— Vous êtes en avance !

— Vous croyez ? souffla-t-il en cherchant sa montre de gousset.

— Entrez vite ! N'importe qui pourrait vous voir dans le couloir. Et cessez de sourire !

— Pourquoi donc ?

— Parce que... Parce que cela me rend toute drôle. De quoi vouliez-vous me parler ?

— Je vais y venir. Mais d'abord...

Il n'avait pas prévu de l'embrasser d'emblée, mais elle était irrésistible avec sa longue chevelure dénouée qui lui encadrait le visage comme une auréole tissée de fils d'or. Avec un petit gémissement, elle se laissa aller dans ses bras et se nicha contre lui.

— Il vaut mieux ne pas s'engager dans cette voie, murmura-t-il en se dégageant, à regret. Ou alors, juste une fois...

Les lèvres de Henry étaient si douces, si pleines ! Elle avait jeté ses bras autour du cou de Dunford et répondait à son baiser avec une égale ardeur. Une vague de désir le transperça, embrasant tout son corps, mais une étincelle de lucidité vint à temps le rappeler à la raison.

— Ça suffit. Pourquoi n'allez-vous pas vous asseoir là-bas ? suggéra-t-il avec un geste vague.

— Sur le lit ?

— Non ! Je veux dire... Non, surtout pas sur le lit. C'est un endroit qu'il vaut mieux éviter.

Perplexe, Henry prit place sur une chaise.

Il alla s'accouder à la fenêtre pour se donner un moment de répit et laisser s'apaiser le tumulte qui agitait tout son être. Finalement, ce rendez-vous nocturne dans la chambre de la jeune fille n'était pas une bonne idée. Il avait tout d'abord pensé l'emmener en pique-nique le lendemain pour lui demander sa main mais, au cours du dîner, la véritable nature de ses sentiments l'avait aveuglé. Ce qu'il éprouvait pour Henry allait bien au-delà de l'affection et du désir.

Il l'aimait, tout simplement.

Non seulement il l'aimait, mais il ne pouvait plus se passer d'elle. Elle lui était aussi nécessaire que l'air qu'il respirait ou l'eau qu'il buvait. Il avait besoin d'elle comme elle avait besoin de Stannage Park. Il ne pouvait pas lui taire ses sentiments plus longtemps.

— Henry, commença-t-il. Henry...

— Oui ?

— Je n'aurais peut-être pas dû venir ici ce soir.

— Non, sans doute, acquiesça-t-elle sans conviction.

— Il fallait absolument que je te voie seul à seule, et attendre demain me paraissait une éternité.

Henry ne savait quoi penser. Ni ce ton emphatique, ni cette nervosité, ni cette agitation ne ressemblaient à Dunford. Il cessa tout à coup d'arpenter la pièce pour se jeter à ses genoux.

— Dunford !

— Chut, mon amour ! Je t'aime. Je t'aime, Henry ! Je t'aime comme je n'aurais jamais cru aimer quelqu'un. Pour moi, tu incarnes tout ce qui est beau et bon en ce monde, les fleurs de Stannage Park et le vent dans les arbres. Tu resplendis comme les étoiles au firmament, comme les multiples facettes d'un diamant, comme...

— Oh, Dunford ! Je t'aime, moi aussi. Je t'aime tellement ! s'écria-t-elle en se laissant glisser à son côté. Je t'aime tant, et pour la vie.

— Quel imbécile je fais ! J'aurais dû comprendre quel trésor tu es dès notre première rencontre. J'ai perdu tellement de temps !

— Un peu plus d'un mois, sourit-elle.

— Mais c'est une éternité !

— C'est le plus beau mois de ma vie, assura-t-elle en déposant un baiser sur chacune de ses mains.

— J'espère rendre aussi beaux tous les autres mois de ta vie, mon amour. Accepterais-tu de m'épouser ? questionna-t-il en sortant un petit objet de sa poche.

Elle avait beau s'y attendre, une émotion indicible submergea Henry. Les larmes aux yeux, incapable d'articuler un mot, elle se contenta d'acquiescer d'un signe de tête.

— Je n'ai rien trouvé qui égale l'éclat de tes yeux, murmura-t-il en ouvrant la main, révélant un énorme solitaire monté très simplement.

— Il est magnifique ! Je n'ai jamais rien vu d'aussi beau. Tu es sûr que c'est dans nos moyens ?

Dunford éclata de rire.

Décidément, Henry était une administratrice dans l'âme, mais elle ne pouvait pas deviner qu'il appartenait à une famille parmi les plus riches du royaume. Il était surtout ravi qu'elle ait dit « nos » moyens.

— Je t'assure qu'il nous restera assez pour acheter tout un troupeau de moutons pour Stannage Park.

— Mais pratiquement tous les puits ont besoin de réparations, et…

274

— Chut ! Tu n'auras plus jamais de soucis à te faire concernant l'argent.

— Je n'ai jamais vraiment eu de soucis à me faire, tu sais, mais je suis économe, c'est tout.

— En tout cas, si j'ai envie de faire une folie de temps en temps, de faire un cadeau à ma femme, par exemple, j'espère que tu ne viendras pas me le reprocher.

— Sois tranquille, le rassura-t-elle, enchantée de l'entendre parler de « sa femme ». Quand pouvons-nous nous marier ? demanda-t-elle en faisant étinceler le diamant à la lueur des chandelles.

— Je crois que c'est ce que je préfère chez toi, murmura-t-il en prenant son visage entre ses mains pour l'embrasser.

— Quoi donc ?

— Ton naturel, ta franchise. Tu es tellement directe, tellement droite... Cela fait du bien.

— Ce sont des qualités, j'espère ?

— Bien sûr, espèce de sauvageonne, même si tu aurais pu te montrer un peu plus ouverte avec moi quand je suis arrivé à Stannage Park. Nous aurions parfaitement pu nous entendre sans en passer par cette fichue porcherie !

— Mais quand pouvons-nous nous marier ?

— Dans deux mois environ, je pense, indiqua-t-il à regret.

— Si longtemps ?

— Ce sera difficile de faire autrement, j'en ai peur.

— Mais c'est de la folie !

— Effectivement, et il faudra probablement me passer la camisole de force avant, car je serai devenu fou de désir.

— On ne pourrait pas obtenir une dispense ? Ça ne doit pas être si difficile. Emma dit qu'ils en avaient demandé une avec Alex.

— Je ne veux pas qu'un mariage précipité suscite des médisances et que tu en souffres, expliqua-t-il.

— Je souffrirai bien plus en me languissant de toi.

— Il faut déjà s'attendre à des commérages parce que tu es ma pupille, je ne tiens pas à jeter de l'huile sur le feu. Surtout qu'il ne serait pas bien difficile à n'importe quel fouineur de découvrir que nous avons passé près de deux semaines seuls en Cornouailles.

— Je croyais que tu te moquais des racontars.

— Je m'inquiète pour toi, mon amour. Je ne veux pas que tu sois malheureuse.

— Mais je me fiche de ce qu'on raconte ! Et si nous disions un mois, alors ?

Dunford était tout prêt à la mener à l'autel dès le lendemain matin, mais il faisait de son mieux pour se montrer raisonnable.

— Dans six semaines.

— Cinq !

— Entendu, concéda-t-il d'autant plus facilement qu'au fond de lui, il était de son côté.

— Cinq semaines ! C'est tellement long…

— Pas tant que ça, mon amour. Tu auras tant à faire.

— Je ne vois pas quoi.

— Caroline voudra t'aider à constituer ton trousseau, comme Arabelle et Emma. Ma mère sera probablement volontaire, elle aussi, mais elle est en voyage sur le continent. Il faut le temps de la prévenir.

— Tu as une mère ?

— Tu ne pensais tout de même pas que j'étais né de l'opération du Saint-Esprit ?

— Tu ne m'en as jamais parlé. Tu parles rarement de ta famille, d'ailleurs.

— Depuis la mort de mon père, je vois rarement ma mère. Elle préfère les rivages ensoleillés de la Méditerranée.

Un ange passa, et Henry se rendit soudain compte qu'elle était assise sur le tapis, en robe de chambre, avec l'homme le plus désirable qu'elle ait jamais rencontré, et qui ne montrait aucune intention de s'en aller. Et le pire, c'était qu'elle se sentait parfaitement bien.

Sans doute avait-elle le tempérament d'une femme perdue...

— Qu'y a-t-il, ma chérie ?

— Je devrais te demander de partir.

— Tu veux que je parte ?

— Non, je n'en ai aucune envie.

— Quelquefois, je me demande si tu sais ce que tu dis.

— Je le sais parfaitement, assura-t-elle en lui prenant la main.

Il se pencha, incapable de résister à la tentation de quelques baisers volés. De la langue, il suivit les contours de sa bouche pour en savourer la douceur.

— Tu es délicieuse, chuchota-t-il. Tout ce que je souhaitais.

— Vraiment tout ?

— Mais oui, même si je ne m'en suis pas rendu compte tout de suite, souffla-t-il en passant la main dans l'échancrure de sa robe de chambre.

Entre ses bras, Henry se sentait aussi faible qu'un oiseau pris au piège. Pantelante, elle s'offrit à ces lèvres, à ces mains qu'elle désirait tellement, à ces caresses qu'appelait chaque fibre de son corps.

— Oh, Dunford ! gémit-elle lorsque la main du jeune homme se referma sur son sein.

— On ne peut pas en rester là, murmura-t-il tandis que son autre main descendait jusqu'aux fesses.

Sans la lâcher, il la renversa sur le tapis. À la lueur tremblotante des chandelles, la somptueuse chevelure auburn étincelait de paillettes d'or. De son regard d'argent liquide, elle l'appelait, l'implorait...

D'une main mal assurée, il écarta les plis soyeux du peignoir. Elle portait une chemise de nuit blanche sans manches, telle une jeune vierge prête pour le sacrifice. Aucun homme avant lui ne l'avait vue ainsi, et aucun homme après lui n'aurait plus cette chance. Il ne se savait pas aussi possessif, mais la vue de ce corps encore intact éveillait en lui le désir primitif de la marquer comme sienne.

Il la désirait à en devenir fou.

— Dunford ? Qu'y a-t-il ? s'inquiéta Henry devant son air farouche.

— Rien. Simplement... souffla-t-il en la dévorant des yeux, comme pour graver dans sa mémoire le moindre de ses traits, jusqu'à la petite marque de naissance sous son oreille droite.

— Simplement quoi ?

— C'est... ce que je ressens quand je suis avec toi. C'est tellement intense que cela m'effraie, avoua-t-il en lui prenant la main pour la poser sur son cœur qui battait à tout rompre. Cela me fait peur.

Jamais Henry n'aurait imaginé qu'il pouvait s'effrayer de quoi que ce soit. Lentement, elle leva la main pour lui caresser le visage et suivre du doigt le contour de ses lèvres.

En gémissant de plaisir, il lui mordilla le bout de chaque doigt, les suçant comme s'il s'agissait des friandises les plus délectables. Puis, de la langue, il traça de petits cercles autour du bout de son index.

— Dunford ! soupira-t-elle d'une voix mourante.

— Tu t'es lavé les cheveux, constata-t-il en suçant doucement son doigt.

— Comment le sais-tu ?

— Tes doigts ont goût de citron.

— Il y a une orangerie avec des citronniers, et Emma m'a dit que je pouvais prendre ce que je voulais. Alors…

— Henry ?

— Oui ?

— Je me moque des citronniers d'Emma.

— Je m'en doutais un peu.

— Tout ce que je veux, c'est t'embrasser. Et je crois que tu en as envie, toi aussi.

Sans un mot, elle leva le visage vers lui.

Doucement, il posa les lèvres sur la bouche de la jeune fille, qu'il explora lentement, méthodiquement. Il ne lui demandait rien d'autre que ce qu'elle était prête à lui accorder. Henry sentait tout son être s'éveiller et vibrer sous la caresse, comme si le corps de Dunford irradiait vers elle sa chaleur.

Une plainte presque inaudible lui échappa.

Telle une étincelle sur une prairie desséchée, ce gémissement enflamma Dunford d'une ardeur sauvage et donna libre cours au désir furieux qu'il contenait depuis si longtemps. Ses mains couraient, volaient sur le corps tant aimé, autour de sa taille étroite, le long de ses jambes de biche, plongeant dans la somptueuse masse de ses cheveux, s'agrippant à elle comme un noyé à son ancre de miséricorde.

Cela ne lui suffisait pourtant pas.

— Mon Dieu, Henry, que tu es belle ! s'extasia-t-il lorsque ses doigts défirent les boutons de la fine chemise de nuit. Non, je t'en prie ! adjura-t-il comme elle faisait mine de couvrir sa poitrine de ses mains.

— Mais... je ne peux pas, balbutia-t-elle, mal à l'aise devant l'ardeur de ce regard.

— Mais si, chuchota-t-il en refermant la main sur un des seins ronds, se délectant de sentir le téton se dresser sous ses doigts.

Elle tressaillit lorsqu'il prit délicatement entre ses lèvres le bout de son sein et se cambra vers lui. Elle referma les mains sur sa nuque et il la sentit hésiter, comme si elle ne savait pas si elle devait le repousser ou l'attirer plus près. De la langue, il agaça le téton frémissant, tandis que sa main caressait la rondeur de l'autre sein.

Jamais Henry n'avait éprouvé sensations plus intenses, et elle ne savait plus si elle était morte ou vive.

— À quoi penses-tu ? chuchota langoureusement Dunford.

— Tu ne me croiras jamais.

Décidant que l'action était préférable à la discussion, Dunford choisit de poursuivre ses activités amoureuses plutôt que d'approfondir la question. Il passa à l'autre sein, qu'il titilla avec la même ardeur que le premier, et avec le même résultat.

— Cela te plaît ? chuchota-t-il. J'espère que je n'ai pas oublié de te dire que je t'aime.

— Justement, si.

— Je t'aime, Henry.

— Moi aussi, je t'aime, mais...

— Mais quoi ?

— Je me demandais seulement si je pouvais…

— Si tu pouvais quoi ?

— Si je pouvais faire quelque chose pour toi.

La plus aguerrie des courtisanes se serait livrée devant lui à la danse des sept voiles, elle n'aurait pas éveillé en lui une soif plus ardente que cette proposition maladroite.

— Il vaut mieux ne pas s'aventurer sur ce terrain, mon amour. Pas maintenant, en tout cas, précisa-t-il pour la rassurer.

— Alors, embrasse-moi encore.

Elle était à moitié nue, les joues en feu, vibrante de désir sous lui, et il en était follement amoureux. Il mit dans ce baiser toutes les émotions qui agitaient son corps et son âme, caressant d'une main ce sein encore juvénile, tandis que l'autre se perdait dans la somptueuse chevelure. Il s'abîma dans ce baiser, oubliant tout ce qui n'était pas la femme aimée, étranger au monde.

Sa main, quant à elle, semblait douée d'une vie indépendante, descendant toujours plus bas le long du ventre d'ivoire, jusqu'à la toison qui moussait sur sa féminité. Elle se raidit avec un petit cri d'animal effarouché, mais ne le repoussa pas.

— Chut, mon amour, je veux simplement te caresser. J'ai tellement besoin de te toucher !

Henry se laissa submerger par la passion qui vibrait dans sa voix. Elle brûlait de la même ardeur, se consumait du même désir, mourait de la même soif.

— Je peux ? insista-t-il.

Sa voix était si inquiète, si tendre, qu'elle en eut les larmes aux yeux. Sans un mot, elle lui fit signe de continuer. Ce qu'il allait lui faire ne pouvait qu'être agréable. Dunford ne pouvait pas lui faire mal.

Elle se trompait.

— Oh, mon Dieu ! gémit-elle en se cabrant sous la vague brûlante qui la transperça.

Elle n'avait pas de mots pour décrire ce qu'il lui faisait et ce qu'elle ressentait. Jamais elle n'avait éprouvé, jamais elle n'avait imaginé un tel plaisir. Incapable de supporter plus longtemps cette délicieuse torture, elle s'écarta légèrement.

— Si tu continues, tu vas finir par te fondre dans le tapis, s'amusa Dunford en se laissant glisser sur le côté pour la prendre dans ses bras et la soulever comme une plume. J'ai dit qu'il valait mieux éviter le lit, je sais bien, mais je ne veux pas te retrouver pleine de bleus demain matin.

Il la déposa délicatement et s'allongea sur elle. De nouveau, elle s'enflamma à la chaleur de son corps. La main de Dunford descendit immédiatement vers le nid secret qui palpitait en l'attendant. Son doigt s'introduisit en elle tandis que, du pouce, il continuait à faire vibrer le bouton de rose.

— Dunford ! gémit-elle en jetant les jambes autour de lui.

— Tu es prête, tu es prête pour moi, tu m'attends ! Je ne voulais pas… Je n'ai jamais eu l'intention de…

Henry se moquait des intentions qu'il avait pu avoir. Elle ne l'entendait plus. Tout ce qu'elle savait, c'était qu'elle tenait entre ses bras l'homme qu'elle aimait, et qu'il l'aimait aussi. Et qu'elle le désirait. Elle ne désirait que lui, elle le voulait tout entier.

Elle souleva les hanches pour l'attirer plus près, pour sentir contre son ventre la rigidité de son membre viril.

282

— J'ai besoin de toi ! Tout de suite ! haleta-t-il en dégrafant son pantalon, incapable de se contenir plus longtemps.

Ses mains parcouraient la chair nacrée, le dos, la poitrine, les hanches, avant d'entrouvrir les cuisses fuselées.

— Henry ! geignit-il tandis que sa virilité venait caresser le sexe de sa partenaire. Je...

D'un baiser, elle lui intima l'ordre de continuer.

— Détends-toi, chuchota-t-il en s'avançant prudemment pour ne pas blesser cette chair vierge. Cela va peut-être faire un peu mal, mais ça ne durera pas. Si je pouvais...

— Je sais, murmura-t-elle en lui caressant la joue.

Quand il la pénétra, elle se raidit sous la blessure, et il s'immobilisa, se soulevant légèrement pour la soulager de son poids.

— Je t'ai fait mal ?

— Un peu, mais pas vraiment. Ça va mieux, maintenant.

— Tu es sûre ? Tu veux que j'arrête ?

— Tout ce que je veux, c'est que tu m'embrasses. Embrasse-moi, s'il te plaît !

Il prit sa bouche avec une ardeur renouvelée et commença son va-et-vient, lentement au début, puis de plus en plus rapidement. Il avait du mal à se contrôler et voulait la sentir s'abandonner, elle aussi. Doucement, il glissa la main entre eux pour caresser le nœud palpitant.

Henry sentit une houle affolante monter au creux de ses entrailles, elle se cabra, le souffle coupé, et s'abandonna au maelström qui l'emportait.

— Je t'aime, souffla-t-elle, la tête dodelinant d'un côté à l'autre.

Devant cette déclaration si simple, si sincère, une tendresse indicible submergea Dunford. Il ne savait plus au juste ce qu'il avait attendu de cette visite nocturne, mais jamais il n'aurait imaginé connaître un tel bonheur.

Il attendit que le tourbillon s'apaise et qu'elle revienne à elle avant de se retirer, non sans regret.

— Je ne veux pas que tu sois enceinte, expliqua-t-il. Pas encore, en tout cas. Le moment venu, je serai ravi de voir ton ventre s'arrondir, crois-moi, mais il va falloir attendre quelques mois.

Henry sourit à ces mots si tendres, qui lui laissaient entrevoir de si douces félicités.

— Je t'en prie, ne t'en va pas ! implora-t-elle tandis qu'il se penchait pour l'embrasser.

— Tu n'imagines pas comme j'aimerais rester ! Je n'avais pas prévu ce qui vient de se passer, tu sais, même si je ne peux pas dire que je le regrette, dit-il en écartant une mèche qui tombait sur le front de son aimée.

— Mais toi, tu n'as pas...

— J'attendrai, mon amour. Je me rattraperai pendant notre nuit de noces. Je veux qu'elle soit parfaite, murmura-t-il dans un dernier baiser.

— Moi, je sais qu'elle sera parfaite, quoi qu'il arrive.

— Je sais, mais je ne tiens pas à ce que notre famille s'agrandisse moins de neuf mois après notre mariage. Je ne veux pas voir ta réputation salie.

Elle se moquait éperdument de sa réputation, mais elle ne voulait surtout pas lui faire de peine.

— Mais comment te sens-tu ?

— Dans quelques heures, je me sentirai très bien. Il vaut mieux nous en tenir là, conseilla-t-il en se

284

reculant comme elle faisait mine de lui caresser la joue.

— Je suis désolée.

— Ne t'excuse pas. Je crois que je vais aller nager un moment. Il y a un étang tout près de la maison, et l'eau doit y être glacée juste ce qu'il faut.

À sa grande honte, Henry ne put retenir son hilarité.

— Henry ? appela-t-il, après un dernier baiser.

— Oui ?

— Je crois que quatre semaines de fiançailles seront amplement suffisantes.

19

Dès le lendemain matin, Dunford envoya un courrier à Londres pour publier un faire-part dans le
Times. Henry était ravie de la hâte qu'il mettait à
annoncer leurs fiançailles, car elle y voyait une
preuve de plus de l'ardeur de son amour pour elle.

Arabelle et John arrivèrent le lendemain pour
déjeuner. Même si elle n'en fut que modérément
surprise, la jeune femme fut enchantée de la nouvelle. Elle savait que Dunford n'allait à la campagne
que pour faire sa demande, et il suffisait de surprendre le regard de Henry quand il se posait sur le
nouveau lord Stannage pour deviner sa réponse.

Après le repas, lorsque les trois femmes se retirèrent au salon, Henry se trouva soumise au feu roulant des questions de ses deux amies.

— J'espère qu'il vous a demandé votre main de
façon romantique, commença Arabelle.

— Suffisamment romantique, acquiesça Henry
en rougissant.

— Ce que je n'arrive pas à comprendre, c'est
quand il en a trouvé l'occasion, attaqua Emma. Il ne
l'avait pas encore fait hier soir avant le dîner, à

286

moins que vous nous l'ayez caché – ce qui, franchement, me paraît impossible. Vous n'auriez pas eu le cœur de nous taire un secret aussi important.

Après cette tirade, Henry fut saisie d'une quinte de toux forte opportune.

— Ensuite, nous nous sommes toutes les deux retirées au salon, avant d'aller nous coucher, continua impitoyablement Emma.

— Je crois que je vais reprendre un peu de thé, bredouilla la jeune fille en toussant de plus belle.

— Buvez, cela vous fera du bien, s'amusa la duchesse.

— Cela vous a fait du bien ? s'enquit suavement Arabelle.

— Encore un peu, s'il vous plaît, avec un peu plus de lait aussi. Vous n'avez pas de cognac, j'imagine ? ajouta Henry en affrontant les regards impitoyables de ses compagnes.

— Cessez de tergiverser ! Dites-nous tout, intima Emma.

— Mais... c'est une question très personnelle. Franchement, est-ce que vous vous voyez me raconter comment vos maris vous ont fait leur demande ?

— Très bien, je ne vous poserai plus de questions, concéda la duchesse en s'empourprant, à la grande surprise de Henry. Mais j'aimerais tout de même vous mettre en garde.

Elle s'interrompit, comme si elle cherchait comment aborder élégamment une question délicate.

— Eh bien ? fit Henry, ravie de l'embarras de son hôtesse.

— J'ai bien saisi qu'une des raisons pour lesquelles Dunford nous a demandé d'organiser cette

287

partie de campagne, c'est qu'il savait que nous ne ferions pas des chaperons extrêmement sévères.

Arabelle laissa échapper un petit rire ironique, ce qui lui valut un regard noir de sa cousine.

— Il voulait vous voir seul à seule, ce que je peux comprendre. Il est vraiment amoureux de vous, après tout. Il vous l'a dit, j'espère ? Les hommes ont parfois des absences fâcheuses, vous savez.

Écarlate, Henry opina.

— Parfait ! Comme je vous le disais, je comprends votre désir... Enfin, ce n'est peut-être pas le mot qui convient...

— Mais si, justement, « désir » convient à merveille ! interrompit Arabelle, qui visiblement retenait à grand-peine un fou rire.

De nouveau, Emma foudroya du regard sa cousine, qui n'était pas prête à s'en laisser conter. Ce petit jeu aurait pu durer longtemps si Henry ne les avait pas rappelées à ce qui les occupait.

— Vous disiez donc ?

— Oui... Je disais que je comprends votre désir de vous trouver seule avec Dunford, et je ne vois aucun inconvénient à vous laisser de temps en temps tous les deux, mais je dois tout de même vous demander de ne pas vous trouver *trop* seule avec lui, si vous voyez ce que je veux dire.

Henry voyait parfaitement ce qu'elle voulait dire, surtout depuis la nuit dernière. Elle rougit donc encore plus intensément que son hôtesse.

— Je ne sais pas pourquoi, mais ce genre de choses finit toujours par arriver aux oreilles de tante Caroline, murmura Emma.

Très embarrassée, Henry se souvint que les deux femmes étaient ses amies, les seules jusqu'à nouvel ordre. Elle n'avait pas beaucoup d'expérience en la

288

matière, mais elle savait bien que, si les deux cousines la taquinaient, c'était seulement parce qu'elles se souciaient de son sort.

— Si vous ne le répétez pas, ce n'est pas moi qui irai le raconter, assura-t-elle.

Pour Henry, le reste du séjour passa comme un rêve. Ils faisaient des promenades dans les villages des alentours, jouaient aux cartes jusqu'à une heure avancée de la nuit, plaisantaient et riaient à s'en tenir les côtes. Mais les meilleurs moments, c'était bien entendu ceux où ils réussissaient à s'échapper tous les deux.

Ces rencontres clandestines commençaient invariablement par un baiser passionné, même si Dunford protestait toujours que telle n'était pas son intention.

— Dès que je te vois, je ne peux plus me retenir, se justifiait-il ensuite, sans contrition excessive.

La jeune fille faisait mine de lui en vouloir, pour la forme, mais aucun des deux n'était dupe.

Le retour à Londres vint trop tôt, et Henry se trouva la proie de tous les curieux qui venaient lui présenter leurs félicitations. Elle ne connaissait pas le quart de ces visiteurs et n'en revenait pas de se trouver le centre de tant d'attentions.

Le comte de Billington fut l'un des premiers à se présenter, et à se plaindre aimablement de n'avoir même pas eu le temps de lui faire la cour.

— Dunford nous a tous pris par surprise, dit-il en s'inclinant galamment. Il ne me reste plus qu'à soigner mon pauvre cœur brisé.

— Vous n'avez pourtant rien d'un désespéré.

— Je le serais, si j'avais eu le temps de mieux vous connaître, rétorqua-t-il, enchanté de la franchise de Henry.

— Heureusement pour moi que vous ne l'avez pas eu ! claironna une voix masculine depuis le pas de la porte.

Avec sa redingote bleu nuit et ses culottes immaculées, jamais Dunford n'avait paru plus séduisant à Henry. Il lui adressa le petit sourire en coin qu'il gardait pour elle seule et, immédiatement, elle se sentit fondre.

— De toute façon, je n'avais pas une chance, si j'en crois mes yeux.

— Pas l'ombre d'une ! renchérit Dunford qui, maintenant qu'il était officiellement fiancé à Henry, pouvait se permettre de traiter à nouveau Billington en ami.

— Qu'est-ce qui t'amène ? s'enquit Henry, qui avait obtenu de Caroline la permission de tutoyer Dunford même en public.

— J'avais envie de te voir, c'est tout. Tu as passé une bonne journée ?

— Trop de visiteurs. À l'exception de certains, se hâta-t-elle d'ajouter avec un sourire aimable pour Billington.

— Bien entendu.

— Je vous en prie, milord, ne prenez pas mal ma remarque. J'ai eu aujourd'hui environ une centaine de visiteurs que je ne connaissais ni d'Ève ni d'Adam. Vous, au moins, je vous connais et je vous aime bien, qui plus est. J'étais donc sincèrement heureuse de vous voir.

— Tu t'es excusée de façon charmante, ma douce, l'arrêta Dunford en lui tapotant la main.

Il appréciait le comte, mais pas au point d'entendre chanter ses louanges par sa fiancée.

— Je me flatte de toujours reconnaître quand je suis de trop, déclara le comte en se levant pour prendre congé. Mademoiselle Barrett, encore une fois, toutes mes félicitations !

— C'est effectivement une de vos qualités, répliqua Dunford en se levant à son tour pour le raccompagner. J'ai cru qu'il ne partirait jamais ! se lamenta-t-il une fois la porte refermée.

— Quel toupet ! Tu l'as littéralement mis à la porte. Mais ne t'imagine pas que cette porte va rester fermée plus de deux minutes. Lady Worth va immédiatement dépêcher une armée de domestiques pour nous servir de chaperons.

— L'homme se nourrit d'espoir, soupira-t-il.

— La femme aussi, sourit-elle.

— C'est vrai ? Et qu'espères-tu au juste ?

— Oh ! ceci et cela.

— Ceci ? s'enquit-il en déposant un baiser au coin de sa bouche. Ou cela ? suggéra-t-il en embrassant l'autre côté.

— Il me semble que j'ai dit « ceci et cela ».

— C'est vrai.

Il recommença des deux côtés et, avec un petit soupir satisfait, Henry se laissa aller contre lui. Il enfouit son visage au creux de la nuque de sa compagne, pour humer le délicieux arôme de ses cheveux.

— À ton avis, combien de temps nous reste-t-il avant que Caroline lâche les chiens ?

— Une trentaine de secondes, tout au plus.

À regret, il la lâcha, alla sagement s'asseoir dans un fauteuil en face d'elle, à distance respectable, avant de tirer sa montre de gousset.

— Que fais-tu ?

— Je vérifie ! Tu avais tort, ma douce. J'aurais pu te garder dans mes bras quelques secondes de plus, se plaignit-il au bout d'une vingtaine de secondes.

Henry n'eut même pas le temps de répondre que la porte s'ouvrit. Tout ce qu'ils virent, ce fut une main gantée de blanc au bout d'un bras en livrée, qui disparut aussitôt tandis qu'ils éclataient de rire.

— Tu as gagné ! s'exclama Dunford. Combien nous reste-t-il à attendre, maintenant ? Deux semaines, c'est ça ?

— Tu vois que j'avais raison de réduire nos fian-çailles à quatre semaines au lieu de cinq !

— Je ne t'en remercierai jamais assez, ma sauva-geonne ! Je te verrai ce soir au bal de lady Hampton, conclut-il en déposant un baiser sur sa main.

— Si tu y vas, j'y serai aussi.

— Si seulement tu pouvais te montrer toujours aussi conciliante !

— On ne fait pas plus conciliante que moi, du moment que cela va dans mon sens.

— Dans ce cas, je te saurais gré d'aller toujours dans le même sens que moi.

— Pour le moment, nous sommes en parfait accord, il me semble, milord chéri.

— Il faut que je m'en aille, maintenant. Tu en sais beaucoup plus que moi sur l'art du badinage, on dirait, et je risque fort d'y perdre mon cœur.

— Mais je croyais que c'était déjà fait !

— Je ne l'ai pas perdu. Je l'ai donné en garde à une dame, expliqua-t-il d'une voix vibrante d'émotion.

— Et tu es sûr qu'elle le garde bien ?

— Elle le garde très bien et, quant à moi, je serais prêt à donner ma vie pour défendre le sien.

— J'espère bien que ce ne sera pas nécessaire.

— Moi aussi. Mais j'y suis tout de même prêt.

Il était déjà sur le seuil, où il marqua une pause.

— Tu sais, Henry, je pense quelquefois que je serais prêt à donner ma vie pour un seul de tes sourires, lança-t-il sans se retourner.

Il faisait frais, et Henry choisit pour le bal une robe de velours bleu nuit. Comme chaque fois qu'elle allait voir Dunford, elle avait du mal à contenir son émotion. Étrangement, depuis qu'ils s'étaient avoué leur amour réciproque, ils vivaient beaucoup plus intensément chacune de leurs rencontres. Chaque contact, si furtif fût-il, était lourd de signification. Dès qu'il la regardait, elle en oubliait de respirer.

— Puisque nous avons déjà deux voitures, décréta Caroline une fois Dunford, John et Arabelle arrivés à Grosvenor Square, ce n'est pas la peine de prendre la nôtre. Je vais monter avec Henriette et Dunford, et Henry – je veux dire mon Henry – avec Arabelle et John.

Arabelle marmonna entre ses dents que puisqu'elle était mariée, elle n'avait plus besoin de chaperon, tandis que la mine de Dunford s'allongeait considérablement.

Dès qu'ils arrivèrent à Hampton House, Henry se trouva entraînée dans un véritable tourbillon. Pour avoir réussi à mettre en cage Dunford, tout ce qui comptait dans l'aristocratie londonienne l'avait apparemment consacrée comme la jeune personne la plus intéressante de l'année, et chacun tenait à être vu en sa compagnie.

Dunford la regarda converser avec les plus indiscrètes des douairières et avec de jeunes débutantes tout aussi curieuses, décida qu'elle s'en tirait très bien, et partit prendre l'air dans le jardin. Même s'il lui en coûtait de se séparer d'elle, il ne pouvait rester tout le temps pendu à son bras. Ils étaient fiancés, et personne ne s'étonnait de les voir ensemble, mais des ragots sur la façon dont ils s'étaient rencontrés étaient déjà arrivés à ses oreilles.

Quand il avait demandé Henry en mariage, cela ne faisait que deux semaines à peine qu'ils étaient arrivés à Londres, après tout. Il ne pensait pas que ces commérages aient déjà atteint la jeune fille, mais il ne voulait surtout pas les alimenter. Il décida donc de la laisser sacrifier aux mondanités en compagnie de Caroline et ses amies, toutes personnes influentes et parangons de respectabilité, et d'attendre pour l'inviter à une valse.

Lady Hampton avait fait éclairer le jardin par une profusion de lanternes chinoises, et il y faisait presque aussi clair que dans la salle de bal. Appuyé contre une colonne, il contemplait les étoiles en pensant à la chance qu'il avait d'avoir rencontré Henry, lorsqu'il entendit appeler son nom.

— Je voulais vous réitérer mes félicitations ! Je ne sais pas trop comment vous vous y êtes pris, mais vous les méritez amplement, affirma le comte de Billington.

— Vous finirez bien par rencontrer une jeune fille à votre goût.

— Pas cette année, en tout cas. Votre Henry est la seule débutante qui ait deux sous d'esprit.

— Seulement deux sous ?

— Imaginez mon émerveillement quand j'ai découvert que la seule débutante avec deux sous

d'esprit était en fait dotée d'une brillante intelligence. Il me faudra attendre l'année prochaine.

— Qu'est-ce qui vous presse ?

— Oh, cela ne vous intéresserait pas.

Dunford, respectueux de l'intimité de son interlocuteur, préféra ne pas insister.

— Puisque je ne me passe pas la corde au cou
cette année, je vais sans doute devoir me mettre en
quête d'une compagne.

— Je pensais que vous aviez déjà une maîtresse ?

— Charise est rentrée à Paris il y a quelques
semaines. Le climat londonien était trop pluvieux
pour elle.

— Je serais peut-être en mesure de vous aider,
avança prudemment Dunford.

— C'est exactement ce que j'espérais, pour ne
rien vous cacher.

Lorsque lady Sarah-Jane Wolcott vit les deux
hommes se diriger vers le fond du jardin, sa curiosité fut immédiatement éveillée. Cela faisait déjà un
moment qu'ils bavardaient, qu'avaient-ils de plus à
se dire qui demandait tant d'intimité ? Remerciant
le ciel d'avoir choisi une robe vert foncé, elle opéra
un mouvement tournant pour les rejoindre et se
dissimula derrière un massif d'où elle entendait
relativement clairement leur conversation.

— ... me séparer de Christine, bien entendu.

C'était la voix de Dunford.

— Je me doutais bien qu'une fois marié avec une
femme aussi charmante, vous n'alliez pas continuer
à entretenir une maîtresse.

— Cela fait des semaines que j'aurais dû rompre.
Je ne lui ai pas rendu visite depuis mon retour à

Londres, mais dans ce genre d'affaires, il faut montrer du doigté. Je ne veux surtout pas la blesser.

— Je vous comprends parfaitement.

— Le loyer de sa maison est payé jusqu'à la fin de l'année. Cela devrait lui laisser le temps de trouver un autre protecteur.

— J'envisageais justement de me mettre sur les rangs. Cela fait un moment que j'ai remarqué Christine.

— Je pense lui rendre visite vendredi à minuit pour l'informer de mon mariage, même si la nouvelle est sans doute déjà parvenue à ses oreilles. Je lui glisserai un mot en votre faveur.

— Je vous remercie.

— Je suis soulagé que vous vous intéressiez à elle, je l'avoue. C'est une femme charmante, et je serais désolé qu'elle se trouve dans l'embarras.

— Parfait ! Nous nous reverrons la semaine prochaine, quand vous aurez tout réglé avec Christine.

Dunford attendit que Billington ait regagné le bal pour en faire autant.

Le sourire aux lèvres, Sarah-Jane récapitula ce qu'elle venait d'apprendre et se demanda comment elle pouvait en tirer parti. Elle ne savait pas exactement ce qui l'agaçait tant chez la petite Barrett, mais le fait était là : la donzelle l'agaçait prodigieusement. Peut-être était-ce de voir Dunford visiblement fou amoureux de cette péronnelle, alors qu'elle l'avait pourchassé en vain pendant plus d'un an. Peut-être était-ce de voir cette gamine béate devant lui. Il suffisait de les observer tandis qu'ils se contemplaient comme si chacun était la huitième merveille du monde...

Oui, l'ingénuité et le naturel de cette mijaurée l'irritaient plus que tout, comme si on lui renvoyait une image d'elle au même âge, avant que ses parents ne la marient à lord Wolcott, un vieux libertin qui avait le triple de son âge. Elle n'avait pas tardé à se consoler avec un chapelet de liaisons, principalement avec des hommes mariés. La petite Henriette allait tomber de haut quand elle s'apercevrait que les époux, même amoureux, ne restaient pas longtemps fidèles à leurs femmes.

Mais pourquoi attendre, après tout ? Pourquoi ne pas lui ouvrir tout de suite les yeux et lui donner une bonne leçon ? Elle ne ferait que révéler à cette petite provinciale naïve la triste vérité sur le mariage et les mœurs de cette société en apparence si brillante et policée. Il valait mieux pour cette gamine convoler en toute connaissance de cause plutôt que subir une cruelle désillusion dans quelques mois.

Plus tard, la jeune lady Stannage la remercierait...

Henry se démanchait le cou pour apercevoir Dunford parmi la foule des invités. Où donc était-il passé ? Cela faisait près d'une heure qu'elle répondait à un feu roulant de questions à propos de leurs fiançailles et de l'organisation des noces, et elle trouvait cela amplement suffisant.

— Puis-je vous offrir toutes mes félicitations pour votre mariage ?

— Lady Wolcott ! Quelle surprise !

Parmi les dizaines d'invités qui se pressaient dans les salons de lady Hampton, c'était bien la dernière personne qu'elle avait envie de voir. La première et la dernière fois qu'elles s'étaient rencontrées, l'importune s'était pratiquement jetée au cou de Dunford, après tout.

— Pourquoi donc ? Je ne vais tout de même pas déplorer qu'une jeune fille méritante puisse elle aussi jouir des félicités du mariage.

Henry lui aurait volontiers signifié qu'elle se moquait éperdument de ses considérations sur le mariage mais, consciente que des yeux et des oreilles la guettaient, elle se contenta de remercier avec courtoisie.

— Je vous assure que tous mes vœux vous accompagnent, vous et votre fiancé.

— Je vous crois bien volontiers.

— J'aimerais d'ailleurs vous donner un avis, par solidarité féminine.

— C'est très aimable de votre part, lady Wolcott, mais la comtesse de Worth, lady Blackwood et la duchesse d'Ashbourne ont eu la bonté de m'éclairer sur toutes les réalités du mariage.

— C'est très gentil de leur part, et elles se montrent ainsi à la hauteur de leur réputation.

Henry, de plus en plus mal à l'aise, ne jugea pas utile de lui expliquer que les trois dames en question ne lui portaient pas la même estime.

— Mais je suis la seule à pouvoir vous donner le conseil auquel je pense.

— Je meurs d'impatience de le connaître, mentit Henry en se forçant à sourire.

— Je m'en doute, minauda Sarah-Jane, mais écartons-nous un peu. Ce que j'ai à vous dire est confidentiel.

Prête à tout pour se débarrasser de l'importune, Henry la suivit à l'écart.

— Je ne veux surtout pas vous faire de peine, croyez-le bien, chuchota lady Wolcott, mais je suis convaincue qu'une femme doit savoir à quoi s'en tenir avant de s'engager dans les liens sacrés du mariage. Moi-même, je n'ai pas eu cette chance.

— Venez-en au fait, je vous prie, milady.

— Ma chère, il est de mon devoir de vous informer que Dunford a une maîtresse !

20

— Est-ce tout, milady ?

— Ainsi, vous saviez ? s'étonna Sarah-Jane. Vous êtes vraiment une jeune fille exceptionnelle pour vous enticher de lui alors qu'il a déjà une femme dans sa vie.

— C'est tout simple, je ne vous crois pas ! Je pense que vous êtes une personne malveillante, et que c'est la méchanceté qui vous fait agir. Maintenant, si vous voulez bien m'excuser...

Lady Wolcott la retint par le bras.

— Je comprends votre difficulté à admettre que j'ai dit la vérité. Vous vous croyez certainement amoureuse de lui.

Henry ne voulait pas donner à son interlocutrice la satisfaction de voir à quel point elle était bouleversée.

— Laissez-moi tranquille, je vous prie ! insista-t-elle en essayant de se dégager.

— Elle s'appelle Christine Fowler, et il va lui rendre visite vendredi à minuit.

— Cela suffit, milady !

— À votre guise. Mais, à votre place, j'y réfléchirais à deux fois. Si j'ai inventé cette histoire, comment pourrais-je vous donner le jour et l'heure de leur prochain rendez-vous ? Il vous suffirait de vous rendre chez cette fille au jour dit pour en avoir le cœur net... Et vous verriez que je ne suis pas une menteuse, conclut-elle en lâchant enfin sa proie.

Henry, qui trente secondes plus tôt ne pensait qu'à prendre la fuite, resta figée sur place. Ce que disait lady Wolcott ne manquait pas de bon sens.

— Tenez, voici son adresse. Mlle Fowler a une certaine réputation et même moi, je sais où elle habite. Prenez ce papier, mademoiselle ! Ensuite, vous en ferez ce que vous voudrez.

Comme hypnotisée, Henry contemplait le billet sans pouvoir faire un geste, jusqu'à ce que Sarah-Jane le lui mette de force dans la main.

— Au cas où vous n'auriez pas le courage de le lire, elle habite une très jolie maison à Bloomsbury, 14, Russell Square. Je crois que votre futur époux l'a louée pour elle.

— Allez-vous-en, je vous en prie.

— Comme vous voudrez...

— Immédiatement !

Satisfaite, lady Wolcott salua courtoisement la jeune fille avant de se fondre dans la foule.

— Ah, Henry ! Vous voilà ! Mais que faites-vous toute seule dans ce coin ? s'étonna Arabelle.

— Oh, j'avais simplement besoin d'échapper un moment à la cohue.

— Ce n'est pas moi qui vous en blâmerais. Être la coqueluche de la société est parfois fatigant. Mais n'ayez crainte, Dunford ne va pas tarder à venir vous secourir.

— Non ! se récria Henry. En fait, je ne me sens pas très bien, corrigea-t-elle immédiatement.

Croyez-vous que je puisse rentrer maintenant sans être impolie ?

— Mais bien entendu ! Vous me paraissez effectivement fiévreuse. J'espère que vous n'avez pas attrapé mal, s'alarma Arabelle.

— Non, je ne pense pas. J'ai simplement besoin de m'allonger.

— Je comprends. Allez attendre dans le hall, je vais trouver Dunford.

— Non ! Ce n'est pas nécessaire. Il doit être avec ses amis, et je ne veux pas le déranger.

— Mais cela ne le dérangera pas, j'en suis sûre ! Par contre, je suis certaine qu'il m'en voudra si je ne lui dis rien.

— J'aimerais partir tout de suite, insista Henry avec un peu plus de véhémence qu'elle ne l'aurait souhaité. J'ai vraiment besoin de m'allonger, et vous ne le trouverez peut-être pas tout de suite.

— Comme vous voudrez. Venez, je vais demander ma voiture et vous faire raccompagner. Ou plutôt, je vais aller avec vous. Vous ne m'avez pas l'air très assurée sur vos jambes.

— Ne vous dérangez pas. Je me sentirai mieux dès que je serai allongée.

— Mais j'y tiens beaucoup, insista Arabelle, et cela ne me dérange pas du tout. Je vous mettrai au lit et je reviendrai ici ensuite.

À bout de nerfs, Henry rendit les armes et ne remarqua même pas que le petit papier lui glissait des mains. Son amie demanda à une connaissance d'informer son mari et Dunford qu'elles rentraient à Grosvenor Square, puis envoya chercher sa voiture.

— Vous êtes certaine que vous n'avez pas de fièvre ? s'inquiéta lady Blackwood en voyant Henry

302

trembler comme une feuille. Plus tôt on soigne ce genre de maladies, plus on s'en remet rapidement, vous savez.

— Mais non, c'est juste un peu de fatigue, assura la jeune fille, pâle comme un linge.

Dès qu'elles arrivèrent à Blydon House, Arabelle envoya la jeune fille au lit.

— Je préfère rester avec vous, déclara-t-elle en s'asseyant à la tête du lit. Vous ne me paraissez pas bien du tout, et je ne serai pas tranquille en vous sachant seule à la maison.

— Voyons, Arabelle ! Je vais dormir, que voulez-vous qu'il m'arrive ? De toute façon, il y a ici une armée de domestiques pour s'occuper de moi en cas de besoin. Et si vous restiez, ce serait John qui s'inquiéterait. Vous lui avez fait dire que vous alliez revenir, plaida Henry qui avait besoin d'être seule.

— Vous êtes sûre que vous allez pouvoir dormir ?

— Je suis tellement fatiguée, éluda la jeune fille qui se demandait si, avec toutes les idées noires qui se bousculaient dans sa tête, elle parviendrait à trouver un peu de repos.

— Dans ce cas…

— Voulez-vous souffler les chandelles en sortant ?

Après le départ d'Arabelle, Henry resta un long moment allongée dans l'obscurité, tournant et retournant ce que lui avait appris lady Wolcott.

Sarah-Jane était visiblement une commère de la pire espèce, et une femme malveillante. Elle avait – ou avait eu – des vues sur Dunford, ce qui lui donnait une bonne raison d'en vouloir à Henry et d'essayer de détruire son bonheur tout neuf.

Surtout, Dunford l'aimait. Il le lui avait dit, et elle le croyait. Chaque regard qu'il portait sur elle, l'indicible tendresse avec laquelle il lui avait fait l'amour : tout le lui proclamait. Aucun homme n'aurait pu feindre un si profond attachement.

À moins qu'elle l'ait déçu... Quand ils avaient fait l'amour, Dunford n'avait pas voulu aller jusqu'au bout. Il lui avait expliqué qu'il avait peur qu'elle tombe enceinte et, sur le moment, elle lui avait su gré de se contrôler.

Mais un homme réellement amoureux pouvait--il montrer autant de sang-froid ? Peut-être n'éprouvait-il pas un désir aussi ardent qu'elle ? Peut-être n'avait-il pas réellement besoin d'elle ? Peut-être connaissait-il une autre femme, plus élégante et plus désirable ? Peut-être était-elle encore trop paysanne pour lui ? Peut-être n'était-elle pas suffisamment féminine ?

Henry enfouit la tête dans son oreiller, comme si elle pouvait étouffer ainsi la petite voix du doute qui se faisait de plus en plus forte. Dunford l'aimait, il le lui avait dit, elle devait lui faire confiance.

Seul un homme profondément amoureux pouvait proclamer avec tant de solennité qu'il était « prêt à donner sa vie pour un seul de ses sourires ».

Si Dunford l'aimait, il ne pouvait pas entretenir en même temps une liaison. Il était incapable d'une telle bassesse, et jamais il ne ferait quoi que ce soit qui puisse la blesser.

Mais, dans ce cas, pourquoi lady Wolcott se serait-elle montrée si précise sur le lieu et l'heure du rendez-vous entre Dunford et cette Christine Fowler ? Comme elle l'avait fait remarquer, si elle mentait, il serait facile à Henry de la démasquer. Il lui suffirait de se poster à l'heure dite près de chez Christine Fowler et de voir si Dunford se montrait ou non.

Henry se reprochait violemment les soupçons qui l'assaillaient. Comment osait-elle douter de Dunford ? Elle serait furieuse s'il lui témoignait la même défiance ! Elle se devait d'avoir confiance en lui, et refusait de mettre en question sa parole. D'un autre côté, si elle allait lui demander des explications, il saurait qu'elle n'avait pas eu totalement foi en lui.

Elle tournait en rond. Si elle allait lui parler, il serait déçu qu'elle ait pu prêter l'oreille aux dires de lady Wolcott, mais si elle ne faisait rien, le doute la rongerait et empoisonnerait leurs relations. Elle n'arrivait pas à croire qu'il avait une maîtresse, et l'en accuser constituerait une véritable provocation. Si elle gardait le silence, cependant, elle n'en aurait jamais le cœur net.

Elle ferma les yeux, à bout de nerfs. Si seulement elle pouvait pleurer ! Les larmes la soulageraient peut-être et, ensuite, elle pourrait enfin s'endormir...

— Comment ça, elle est malade ? s'irrita Dunford.

— Elle ne se sentait pas bien. Je l'ai donc ramenée à la maison et mise au lit. Les deux semaines passées ont été épuisantes pour elle, au cas où tu ne l'aurais pas remarqué. Depuis le bal chez les Lindworthy, la moitié de Londres a décidé de faire sa connaissance toutes affaires cessantes, et elle n'a pas eu une minute à elle. Et voilà que ce soir, à peine arrivé, tu l'abandonnes aux loups.

— J'essaie de ne pas donner prise aux ragots. Si je me montre trop attentionné en public, les langues vont aller bon train.

— Cesse de nous casser les oreilles avec ta peur des commérages ! Je sais bien que tu veux protéger Henry, mais je sais aussi qu'elle se moque des racontars comme d'une guigne. Tout ce qui l'intéresse, c'est toi. Et ce soir, tu avais complètement disparu.

— Je vais aller la voir.

— Tu ne vas rien faire du tout ! l'arrêta Arabelle. La pauvre est épuisée, laisse-la tranquille. Et quand je dis de ne pas t'occuper des médisances, cela ne signifie pas que tu peux faire irruption dans sa chambre à coucher en plein milieu de la nuit, chez ma mère qui plus est !

Jamais Dunford n'avait éprouvé pareille détresse. Savoir Henry malade et ne pas se trouver à son chevet l'emplissait de rage et d'inquiétude.

— Tu crois qu'elle ira mieux demain ? s'alarma-t-il.

— Bien entendu ! Tout ce qu'il lui faut, c'est une bonne nuit de sommeil. Je demanderai à ma mère de passer la voir en rentrant tout à l'heure.

— Je passerai demain matin.

— Cela lui fera plaisir, j'en suis sûre.

Arabelle allait le quitter lorsqu'il l'arrêta.

— Merci pour tout ce que tu as fait et ce que tu fais encore. Merci d'être devenue son amie. Tu ne peux pas imaginer à quel point elle avait besoin d'une amie, et ce que cela signifie pour elle.

— Dunford, voyons ! Tu n'as pas besoin de me remercier. L'amitié pour Henry vient toute seule.

Dunford ne s'attarda pas davantage. Pour lui, le seul intérêt de ce bal, c'était de danser avec sa fiancée. Il n'attendait rien d'autre depuis leur arrivée et, maintenant qu'elle était partie, cette soirée n'avait plus le moindre charme. Sans elle, la vie n'avait aucun sens...

Allons, il n'avait pas de raison de s'alarmer. Il aimait Henry, et elle l'aimait aussi. Que pouvait-il demander de plus ?

— Vous avez un visiteur, mademoiselle.

Confortablement calée contre ses oreillers, Henry regardait les gravures de mode que venait de lui apporter Arabelle.

— De qui s'agit-il, Sally ? s'enquit Arabelle.

— Lord Stannage, milady. Il veut savoir comment va sa fiancée.

— Ce n'est pas très convenable de le faire monter, réfléchit Arabelle, mais puisque vous êtes malade et que je suis ici pour vous chaperonner...

Henry n'eut même pas le temps de préciser qu'elle n'avait pas forcément envie de voir Dunford que son amie avait donné son accord à la soubrette.

— Je sais que vous vous languissez de le voir, et il ne s'agit que de quelques instants...

Il apparut dix secondes plus tard.

— Comment vas-tu ? s'enquit-il en entrant.

Il la regardait avec tant d'inquiétude, tant d'amour, qu'elle eut honte d'avoir douté de lui.

— Un peu mieux.

— Tu ne peux pas savoir comme je suis soulagé, murmura-t-il en lui prenant la main.

— Je vais attendre dans le couloir, annonça Arabelle. Deux minutes, pas plus, précisa-t-elle à l'intention de Dunford.

— Tu te sens vraiment mieux ? s'inquiéta-t-il une fois Arabelle sortie.

— Beaucoup mieux.

Elle disait la vérité. Rien qu'en le voyant, tous ses soupçons s'envolaient. Elle ne comprenait plus comment elle avait pu ajouter foi aux perfidies de lady Wolcott.

— J'étais surtout très fatiguée.

— Je te trouve effectivement mauvaise mine. Tu es toute pâle et tu as les yeux cernés.

Les cernes pouvaient être mis sur le compte de la nuit pratiquement blanche qu'elle venait de passer, mais ce n'était pas la peine de le lui expliquer.

— Je crois que je vais rester couchée toute la journée. Je ne me rappelle même plus la dernière fois que cela m'est arrivé. J'ai un peu honte de ma paresse.

— Tu as bien mérité un peu de repos, l'encouragea-t-il en lui caressant la joue.

— Tu crois ?

— Je veux que tu sois reposée pour notre mariage. Tu en auras besoin, murmura-t-il d'un air entendu.

— Je n'attends que ça, tu sais.

— Moi aussi, mon amour.

— Me revoilà ! lança Arabelle alors que Dunford se penchait vers la bouche de sa fiancée.

— Tu as le chic pour arriver au bon moment, maugréa-t-il.

— C'est un talent qu'on m'a toujours reconnu !

— Je passerai demain matin voir comment tu vas. Nous pourrions aller faire une promenade si tu te sens suffisamment bien, ajouta Dunford en portant la main de Henry à ses lèvres.

— Cela me ferait vraiment plaisir.

— Promets-moi de faire venir un médecin si tu ne te sens pas mieux demain matin.

— Je me sens déjà beaucoup mieux, tu sais. Merci d'être venu me voir.

Il lui décocha un de ses sourires qui aurait fait fondre un glacier, salua et quitta les deux femmes.

— Alors, vous êtes contente d'avoir vu Dunford ? Non, ce n'est pas la peine de répondre, il suffit de vous regarder pour savoir à quoi s'en tenir. Vous êtes tout simplement radieuse !

— Je sais que les dames ne sont pas censées faire du commerce, mais si nous pouvions mettre son sourire en bouteille, nous ferions des affaires en or !

— J'adore Dunford, et je ne veux pas vous décevoir, mais je suis bien obligée de vous signaler que son sourire ne vaut pas celui de John.

— Objectivement, n'importe qui vous dira que le sourire de Dunford n'a pas son pareil.

— Comment osez-vous parler d'objectivité ?

Henry sourit.

— Ce qu'il nous faudrait, c'est un arbitre impartial. Nous pourrions demander à Emma, mais j'ai dans l'idée qu'elle nous traiterait de folles et soutiendrait que le plus éclatant, c'est le sourire d'Alex.

— Cela me paraît probable, s'amusa son amie.

— Arabelle ? Je peux vous poser une question ? interrogea Henry après une longue hésitation.

— Bien entendu.

— C'est à propos de la vie conjugale.

— Je me doutais que vous voudriez en parler, tôt ou tard. Vous n'avez plus votre mère et personne d'autre à qui vous adresser, n'est-ce pas ?

— Non, non, il ne s'agit pas de cela. Je sais ce qu'il faut savoir sur le sujet. Pas par expérience directe, bien sûr, se hâta de préciser Henry devant la mine effarée de son amie. J'ai grandi à la campagne, vous savez, et nous élevons toutes sortes d'animaux.

— Je me permets de vous interrompre, fit Arabelle en rougissant jusqu'à la racine des cheveux. Je n'ai pas été élevée dans une ferme, mais j'ai quelques notions des mœurs animales. La mécanique est peut-être la même, mais...

— Ce dont j'aimerais vous parler est d'un autre ordre, indiqua Henry pour couper court à l'embarras de son amie.

— De quoi s'agit-il ?

— J'ai cru comprendre... Enfin, j'ai entendu dire que beaucoup d'hommes avaient des maîtresses.

— C'est vrai, reconnut Arabelle.

— Et que certains les gardaient même après leur mariage.

— Oh, Henry, c'est donc ça qui vous tracasse ? Vous avez peur que Dunford entretienne une maî-tresse ? Il ne fera jamais une chose pareille, je peux vous le garantir ! Il vous aime trop ! Il sera telle-ment occupé avec vous qu'il n'aura plus une minute.

— Mais en a-t-il une maintenant ? insista Henry. Je ne m'attends pas à ce qu'il ait vécu comme un moine avant notre rencontre. Je ne pourrais le lui reprocher, puisque nous ne nous connaissions pas encore, et je n'éprouve aucune jalousie envers les femmes avec qui il aurait eu une liaison. Mais s'il en a toujours une...

— Henry, je vais être parfaitement honnête avec vous. Je sais que Dunford avait une maîtresse quand il est parti pour la Cornouailles, mais je ne pense pas qu'il l'ait revue depuis son retour. J'en mettrais ma main au feu. Je suis certaine qu'il a rompu avec elle ou, s'il ne l'a pas fait, qu'il va le faire.

Mais bien entendu, c'était évident ! S'il allait voir cette Christine Fowler vendredi soir, c'était pour lui expliquer qu'elle allait devoir chercher un autre protecteur. Elle aurait préféré qu'il l'ait fait dès son retour à Londres, mais elle ne pouvait lui en vouloir d'avoir repoussé ce qui devait être un entretien pour le moins déplaisant. Sa maîtresse le prendrait sans doute mal. Comment une femme pourrait-elle accepter de gaieté de cœur de se séparer d'un homme comme lui ?

— Est-ce que John avait une maîtresse avant de vous rencontrer ? Oh, pardonnez-moi ! Cela m'a échappé. Je suis confuse de vous avoir posé une question aussi intime.

— Il n'y a pas de mal, assura Arabelle. Non, John n'avait pas de maîtresse, mais il ne vivait pas à Londres. C'est une pratique courante en ville, cependant. Je sais qu'Alex en avait une, mais il a cessé de la voir dès qu'il a rencontré Emma. Je suis certaine que Dunford a fait la même chose.

Arabelle paraissait tellement sûre d'elle, Henry ne pouvait pas ne pas la croire. Elle ne demandait que cela, du reste...

Même si elle était sincèrement convaincue de l'innocence de Dunford, le vendredi venu, Henry était un véritable paquet de nerfs. Elle sursautait dès qu'on lui adressait la parole, elle passait trois heures sur la même page d'un livre sans en comprendre un traître mot, et elle ne put rien avaler de la journée.

Comme à l'accoutumée, Dunford vint la chercher à trois heures pour leur promenade quotidienne. Elle ne pensait qu'à une chose : il allait voir cette créature le soir même. Qu'allaient-ils se dire ? Comment était-elle ? Était-elle belle ? Avaient-elles quelque chose en commun ? Mon Dieu, pourvu qu'elle ne lui ressemble pas ! Elle ne comprenait pas bien pourquoi, mais elle ne pouvait supporter cette idée.

— Qu'est-ce qui te préoccupe tellement ? s'enquit Dunford.

— Oh, rien de particulier, éluda Henry.

— J'aimerais lire dans tes pensées.

— Tu les trouverais mal écrites, crois-moi.

— Caroline m'a dit que tu lisais beaucoup, reprit-il après un silence.

— Oui. Arabelle m'a recommandé certaines pièces de Shakespeare, expliqua-t-elle, ravie de saisir la balle au bond. Elles les ont toutes lues, tu sais !

— Probablement dans l'ordre alphabétique.

C'était la première fois que Henry l'entendait critiquer leur amie, même légèrement, et elle ne sut quoi répondre. Malgré elle, ses pensées revinrent à ce qu'elle voulait oublier.

— Tu es occupé ce soir ? questionna-t-elle, en ayant conscience de faire précisément ce qu'il ne fallait pas.

— Je pense aller faire une partie de cartes à mon club avec des amis, expliqua-t-il en rougissant légèrement.

C'était à coup sûr un signe inquiétant. S'il n'avait rien à se reprocher, pourquoi cette gêne ?

— Ce sera le premier soir où nous ne nous verrons pas.

— Je verrai mes amis moins souvent quand nous serons mariés, mais je me sens un peu obligé de passer une soirée avec eux, vois-tu.

« Je m'en doute ! » pensa-t-elle sarcastiquement.

Immédiatement, elle s'en voulut de douter de lui une fois de plus. Il se rendait ce soir chez sa maîtresse pour rompre, et elle aurait dû en être heureuse. S'il le lui cachait, c'était assez naturel, après tout. Pourquoi lui raconterait-il ses amours passées ?

— Et toi, que fais-tu ce soir ?

— Lady Worth a insisté pour que je l'accompagne à une soirée musicale.

— Ce n'est pas chez… ?

— Justement, si, chez tes cousins Smythe-Smith. Elle pense que je dois connaître les membres de ta famille avant notre mariage.

— Elle a raison, mais pas eux, et surtout pas quand ils chantent ou font de la musique ! Ces quatre filles sont une insulte aux muses et un danger mortel pour les oreilles !

— C'est ce qu'on m'a dit. Arabelle a refusé tout net de venir.

— À ta place, je ferais ce qu'il faut pour avoir une rechute.

— Voyons, elles ne peuvent pas être à ce point mauvaises ! Tu exagères.

— Je te garantis que non, assura-t-il sombrement.

— Tu ne voudrais pas reporter ta partie de cartes et m'accompagner ?

— J'aimerais bien, ne serait-ce que par solidarité. Il est de mon devoir de futur époux de t'assister dans l'épreuve et, crois-moi, le quatuor à cordes des Smythe-Smith en est une. Mais je me suis engagé, je ne peux plus annuler.

Henry n'en doutait plus maintenant. À minuit, il irait rendre visite à cette Christine Fowler.

Il allait rompre, se répétait-elle. C'était la seule explication possible.

21

Cela avait beau être la seule explication possible, Henry n'était pas complètement rassurée. Au fur et à mesure qu'approchait l'heure fatidique, elle avait de plus en plus de mal à détacher ses pensées de la rencontre entre son fiancé et Christine Fowler. Même la musique des Smythe-Smith n'arrivait pas à l'en distraire.

C'était peut-être une chance, d'ailleurs.

Dunford n'avait pas exagéré la médiocrité de leur talent. Dès le début, la jeune fille s'était appliquée à s'abstraire des sons discordants qui envahissaient le grand salon. De temps en temps, elle jetait un coup d'œil discret à la pendule de la cheminée.

Dix heures moins le quart... Était-il vraiment en train de faire une partie de cartes à son club ?

— Heureusement qu'elles n'ont pas joué un morceau de leur composition ! commenta ironiquement un barbon aux larges favoris blancs, une fois la dernière fausse note envolée, tandis que l'assistance, visiblement soulagée, se détendait.

Henry retenait à grand-peine un accès de fou rire lorsqu'elle s'aperçut qu'une des quatre sœurs, la violoncelliste, avait entendu la remarque. Mais à sa grande surprise, la jeune fille, loin d'être au bord des larmes comme on aurait pu s'y attendre, semblait plutôt furieuse, ce qui lui valut la sympathie immédiate de Henry. Si l'adolescente n'était pas douée pour la musique, au moins elle avait du caractère. Ce qui intrigua Henry, c'était que le regard furibond de la musicienne n'était pas dirigé vers l'invité impoli, mais vers la maîtresse de maison.

Sa curiosité piquée au vif, elle décida de tirer cela au clair et d'aller parler à sa future cousine.

— Bonsoir ! Je suis Henriette Barrett. Pardonnez-moi de me présenter de cette façon peu orthodoxe, mais puisque nous serons bientôt parentes, j'ai pensé que nous pourrions faire une entorse aux usages.

— Vous êtes la fiancée de Dunford ? Je suis tellement heureuse de vous rencontrer ! Il est venu avec vous ?

— Non. Il était malheureusement déjà pris. Il a un emploi du temps très chargé aujourd'hui.

— Je vous en prie, ce n'est pas la peine de chercher un prétexte pour l'excuser. C'est un garçon charmant, et il est déjà venu à trois de ces séances de torture. Pour tout vous dire, je suis heureuse qu'il ne soit pas ici ce soir. Je ne voudrais pas me sentir responsable s'il devenait sourd, ce qui lui arrivera immanquablement s'il vient trop souvent.

Henry s'apprêtait à démentir poliment lorsque la jeune fille l'arrêta.

— S'il vous plaît, n'essayez pas de me réconforter. Je préfère rire de nos piètres performances musicales plutôt qu'entendre des compliments hypocrites comme tout le monde se croit obligé de faire.

— Mais, dans ce cas, pourquoi les gens continuent-ils de venir ?

— Je me le demande ! Je pense que c'est par amitié. Pardonnez-moi, je ne me suis même pas présentée. Je suis Charlotte Smythe-Smith.

— Je sais, rétorqua Henry en désignant le programme qui indiquait les noms des quatre interprètes et leurs instruments respectifs.

— J'ai été très heureuse de faire votre connaissance, mademoiselle. J'espère que nous aurons bientôt l'occasion de nous revoir. Mais ne vous sentez pas obligée de venir assister à une autre de nos soirées musicales. Vous risquez d'y laisser votre équilibre mental.

— Ce n'est pas si pénible que ça, sourit Henry.

— Oh, je sais bien que si !

— Ce n'est certes pas un grand moment musical, mais je ne regrette pas d'être venue. C'est la première fois que j'ai l'occasion de rencontrer une parente de Dunford.

— Et moi, c'est la première fois que je rencontre une de ses fiancées.

— Je vous demande pardon ? s'étrangla Henry.

— Oh, mon Dieu, j'ai encore commis un impair. Ne m'en veuillez pas, je vous en prie ! Je ne sais pas pourquoi mais, parfois, mes paroles ne correspondent pas du tout à ce que je veux exprimer.

Henry lui fit comprendre d'un sourire qu'elle ne lui en voulait pas.

— Vous êtes bien entendu sa première et, j'espère, sa seule fiancée, précisa Charlotte. Mais nous avons été tellement surprises d'apprendre son mariage prochain. C'est un tel séducteur que... Mon Dieu, voilà que je m'égare encore !

Cette fois-ci, le sourire de Henry fut un peu contraint. Ce soir moins que jamais, elle ne tenait pas à écouter le récit des exploits amoureux de Dunford.

— Je jure sur la tête de mes enfants que c'est la dernière fois que je me dévoue pour assister à leurs soirées musicales ! s'exclama Caroline en s'éventant vigoureusement, une fois qu'elles eurent pris congé.

— Vous êtes souvent venue ?

— C'est la troisième ou quatrième fois !

— Vous devriez pourtant savoir à quoi vous attendre, depuis le temps !

— Oui, je devrais, soupira Caroline.

— Pourquoi continuez-vous d'y aller ?

— Je ne sais pas. Les filles sont adorables, et je ne voudrais surtout pas leur faire de peine.

— L'avantage, c'est que nous pouvons aller nous coucher tôt. Tout ce raffut m'a épuisée.

— Moi aussi. Avec un peu de chance, je serai au lit avant minuit.

Minuit !

— Quelle heure est-il, au fait ?

— Environ onze heures et quart, je pense. La pendule sonnait onze heures quand nous sommes parties.

Dunford s'apprêtait probablement à quitter son club pour se rendre à Bloomsbury. 14, Russell Square... En son for intérieur, Henry maudit lady Wolcott de lui avoir donné l'adresse exacte.

— Je vais me coucher immédiatement, annonça Caroline dès qu'elles arrivèrent à Blydon House. Voulez-vous avoir la gentillesse de demander qu'on ne me dérange pas ?

— Entendu ! Quant à moi, je vais chercher un livre dans la bibliothèque. À demain matin.

— Je ne suis pas sûre de me lever avant midi, vous savez, marmonna Caroline en étouffant un bâillement.

Henry inspecta les rayons de la vaste bibliothèque, mais rien ne la tentait. Le clair de lune éclairait la grande horloge : il était à peine onze heures et demie. Comment allait-elle faire pour dormir cette nuit ?

L'aiguille des minutes glissa légèrement vers la gauche. Elle ne pouvait plus détacher son regard du cadran émaillé. Trente-trois... C'était ridicule ! Elle ne pouvait tout de même pas passer la nuit à contempler cette horloge !

Quatre à quatre, elle monta dans sa chambre, sans bien savoir quoi faire. C'est en voyant ses vêtements masculins soigneusement pliés dans son armoire qu'elle prit sa décision. Des culottes gris anthracite et une veste bleu sombre se fondraient parfaitement dans la nuit.

Prestement, elle se débarrassa de sa robe de soirée, se changea, noua ses cheveux en queue-de-cheval et en dissimula la longueur sous le col de sa veste. De près, personne ne pouvait la prendre pour un garçon, mais de loin, elle ferait parfaitement illusion.

Avant de partir, elle mit dans sa poche la gracieuse pendulette qui trônait près de son lit, vérifia que la voie était libre et se glissa hors de la maison. Elle s'éloigna d'un bon pas, en personne qui sait parfaitement où elle va. Mayfair était un quartier tranquille, mais une femme seule n'était jamais trop prudente... Elle savait qu'un peu plus loin, sur une petite place, elle trouverait un fiacre pour la conduire à Bloomsbury.

Quand elle monta en voiture, il était déjà presque onze heures moins le quart. Ils allaient devoir faire vite. Elle donna ses instructions au cocher, qui partit au petit trot.

— Vous êtes arrivé, annonça-t-il quelques minutes plus tard.

Il n'était pas encore minuit.

— Je vais attendre. J'ai rendez-vous, et la personne n'est pas encore là, expliqua-t-elle.

— Ça risque de vous coûter cher !

— Cela n'a pas d'importance.

Après l'avoir soigneusement dévisagée, le cocher décida que pour s'accoutrer comme un véritable épouvantail, il fallait être riche, et qu'il valait mieux faire le pied de grue avec un client généreux plutôt qu'attendre un hypothétique noctambule.

Les yeux rivés sur la pendulette, Henry guettait le moindre bruit. Elle se pencha discrètement en entendant claquer des sabots et reconnut la voiture de Dunford.

Il était très élégant, comme à son habitude, et incroyablement séduisant. Sa maîtresse ne consentirait jamais à laisser partir un homme aussi beau, si elle avait deux sous de bon sens !

— C'est la personne que vous attendez ? questionna le cocher.

— Non, mentit-elle. Il va falloir attendre un peu plus.

— C'est vous qui payez.

Dunford frappa à la porte, et le bruit du heurtoir de cuivre retentit péniblement aux oreilles de la jeune fille, qui écrasa son visage contre la vitre.

La porte s'ouvrit sur une femme ravissante dont la longue chevelure d'ébène retombait en cascade sur les épaules. Elle était vêtue aussi élégamment que légèrement. Il n'était pas facile de rivaliser avec cette créature de rêve, qui parut à Henry l'incarnation de la féminité.

Elle vit Christine attirer à elle le visage de Dunford, mais la porte se referma avant qu'elle ait pu juger de l'intensité de leur baiser. Lorsque enfin elle desserra les poings, ses paumes portaient les traces de ses ongles.

— Ce n'était pas sa faute, murmura-t-elle, le souffle court. Ce n'est pas lui qui a commencé.

— Vous m'avez parlé ? claironna le cocher.

— Non !

Combien de temps fallait-il pour expliquer à Christine qu'elle devait chercher un autre protecteur ? Un quart d'heure ? Une demi-heure ? Pas plus, en tout cas. Disons trois quarts d'heure, au cas où il aurait des arrangements financiers à prendre. Henry, si économe d'habitude, se moquait bien de ce qu'il lui donnerait, pourvu qu'il rompe avec elle.

Définitivement.

S'efforçant de calmer les battements désordonnés de son cœur, elle posa la pendulette sur ses genoux. La grande aiguille atteint le trois. Elle s'était montrée trop optimiste en s'imaginant qu'il pouvait conclure une affaire aussi délicate en un quart d'heure.

Elle tambourinait nerveusement sur la banquette lorsque l'aiguille marqua la demie. Son fiancé était un galant homme, il devait mettre un point d'honneur à ménager la sensibilité de la jeune femme. C'était certainement ce qui lui prenait tant de temps.

Un autre quart d'heure, long comme une journée, s'écoula encore, et elle étouffa un sanglot. Même le plus prévenant des hommes pouvait rompre avec une maîtresse en quarante-cinq minutes…

Quelque part aux environs, le carillon d'une église sonna une heure.

Puis deux heures.

Et puis, alors qu'elle avait perdu toute notion du temps, trois heures sonnèrent…

Désespérée, Henry secoua le cocher qui s'était assoupi depuis longtemps.

— Grosvenor Square, s'il vous plaît !

La jeune fille demeura pétrifiée pendant tout le voyage, comme étrangère à elle-même. Pour qu'il reste aussi longtemps avec sa maîtresse, il ne pouvait y avoir qu'une seule explication.

Après toutes ces leçons de maintien, de savoir-vivre et d'élégance, elle n'était toujours pas suffisamment séduisante pour qu'il la désire vraiment. Un vilain petit canard ne devenait pas cygne. Comment avait-elle pu imaginer pouvoir rivaliser avec toutes ces belles dames ?

Elle fit arrêter le fiacre un peu avant Blydon House, laissa un généreux pourboire au cocher et regagna la maison comme une somnambule. Une fois dans sa chambre, elle dissimula ses vêtements masculins et prit la première chemise de nuit qui lui tomba sous la main. C'était celle qu'elle portait quand Dunford l'avait demandée en mariage et qu'ils… Non, elle ne voulait plus jamais la porter, elle lui paraissait souillée. Elle la roula en boule et la jeta rageusement dans la cheminée.

Il faisait bon dans la chambre, mais elle claquait des dents en se mettant au lit.

Il était plus de quatre heures et demie lorsque Dunford sortit de chez Christine. Il l'avait toujours considérée comme une femme raisonnable, mais ce soir, il avait dû revoir son jugement. Elle avait commencé par fondre en larmes, et il n'était pas le genre d'homme à quitter une femme en pleurs.

Une fois calmée, elle lui avait proposé un verre, puis un autre, et encore un autre. Il lui avait rappelé avec une pointe d'ironie que ce n'était pas en le faisant boire qu'on pouvait le séduire, surtout s'il n'en avait pas envie.

Elle lui avait ensuite confié ses soucis. Elle avait mis un peu d'argent de côté, mais que deviendrait-elle si elle ne trouvait pas rapidement un nouveau protecteur ? Dunford lui avait alors parlé du comte de Billington, avant de promettre qu'il lui laisserait une somme importante et la jouissance de la maison jusqu'à l'expiration du bail.

Elle avait fini par se résoudre à l'inévitable. Il s'apprêtait à prendre congé quand elle lui avait proposé une tasse de thé. Ils étaient amis autant qu'amants, lui avait-elle rappelé, et passer un moment à bavarder était tout ce qu'elle demandait. Son métier ne favorisait pas l'amitié, et elle avait peu de gens à qui parler.

Dunford savait qu'elle ne mentait pas. Christine était une femme droite et sincère. Et comme il avait de l'affection pour elle, il était resté. Ils avaient bavardé de tout et de rien, échangé des potins, discuté politique. Elle lui avait parlé de son frère, qui était dans l'armée, il lui avait parlé de Henry. Elle avait ri de bon cœur lorsqu'il lui avait raconté la mésaventure de la porcherie, n'avait montré aucune rancune envers sa fiancée, et avait assuré qu'elle était contente pour lui.

— Tu seras heureuse avec Billington, lui avait-il garanti en l'embrassant fraternellement sur les deux joues. C'est quelqu'un de bien.

— Si tu le dis...

Une fois en voiture, Dunford regarda sa montre. Il n'avait pas vu le temps passer... Enfin, il pouvait dormir toute la matinée si cela lui chantait : il n'avait aucun engagement avant sa promenade de l'après-midi avec Henry.

Henry...

Penser à elle lui amena le sourire aux lèvres.

Quand Henry s'éveilla le lendemain matin, son oreiller était trempé. Elle n'y comprenait rien. La veille, elle était restée hébétée, vide et sèche, comme morte. Elle n'avait pu verser une seule larme... Jusqu'à ce jour, elle ignorait qu'on pouvait pleurer dans son sommeil.

Elle ne pouvait pas épouser Dunford. Comment lier son sort à un homme capable de tant de duplicité, capable de lui proclamer sa passion et d'aller faire l'amour à sa maîtresse moins de quinze jours avant leur mariage ?

Il avait dû demander sa main par pitié, ou par sens du devoir... Sinon, pourquoi irait-il s'embarrasser d'un garçon manqué qui ne faisait même pas la différence entre une robe d'après-midi et une robe de soirée ?

Il lui avait dit qu'il l'aimait, et elle avait eu la sottise de le croire. À moins...

Elle étouffa un sanglot.

Peut-être l'aimait-il, après tout. Peut-être ne s'était-elle pas trompée. Mais alors, elle n'était pas

323

suffisamment féminine pour le satisfaire. Il lui fallait plus qu'elle ne pourrait jamais lui offrir…

Le plus étrange était qu'elle n'éprouvait aucune haine envers lui. Il lui avait témoigné trop de gentillesse pour qu'elle puisse lui en vouloir. S'il avait couché avec Christine, ce n'était pas pour la blesser, ni poussé par un quelconque instinct pervers.

Non, il était allé faire l'amour à sa maîtresse parce qu'il trouvait cela tout naturel. Il pensait que c'était son droit et n'y voyait pas malice, comme la plupart des hommes.

Cela ne l'aurait pas fait autant souffrir s'il ne lui avait pas juré qu'il l'aimait. Peut-être alors aurait-elle pu continuer à envisager ce mariage.

Mais comment rompre, maintenant ? Tout Londres ne bruissait que de leur mariage prochain. Annuler la cérémonie créerait un scandale sans nom. Personnellement, elle s'en moquait, elle irait se réfugier à la campagne. Pas à Stannage Park, où il ne la laisserait certainement pas retourner, mais elle trouverait bien un endroit où la bonne société londonienne ne pourrait l'atteindre.

Pour Dunford, c'était différent. Sa vie était à Londres.

Mais pourquoi s'en préoccuper, après tout ? Pourquoi ne pouvait-elle pas se désintéresser de lui, tout simplement ?

Elle l'aimait toujours.

C'était risible, mais elle l'aimait toujours…

Il fallait que ce soit lui qui rompe leurs fiançailles. De cette façon, il n'aurait pas à subir la honte d'un abandon. Mais comment l'en convaincre ?

Elle avait beau réfléchir, allongée sur son lit, le regard perdu, elle ne voyait pas. Comment lui inspirer une aversion suffisante pour qu'il rompe leurs fiançailles ? Elle imagina mille et un stratagèmes, tous plus extravagants les uns que les autres, jusqu'à ce que...

Oui, elle avait trouvé la solution. La seule solution raisonnable.

Le cœur lourd, elle s'assit à son bonheur-du-jour et tira le nécessaire de correspondance que Caroline lui avait offert. Elle rappela le souvenir de l'amie imaginaire qu'elle s'était inventée quand elle était enfant. Rosalinde... Ce nom en valait bien un autre.

Blydon House, Londres, le 2 mai 1817

Ma chère Rosalinde,

Pardonne-moi de ne pas avoir écrit depuis si long-temps. La seule excuse que je peux invoquer, c'est que ma vie a connu de si prodigieux bouleversements au cours de ces derniers mois que j'ai à peine le temps de penser.

Je suis sur le point de me marier ! J'imagine ta sur-prise. Carlyle est décédé il n'y a pas très longtemps, et un nouveau lord Stannage est arrivé à Stannage Park. C'est un lointain cousin de Carlyle, et ils ne se connaissaient même pas. Je n'ai pas le temps de te donner ici tous les détails, toujours est-il que nous sommes fiancés et que nous allons nous marier d'ici une quinzaine de jours. Je suis dans tous mes états, comme tu t'en doutes, car cela signifie que je vais pouvoir demeurer à Stannage Park jusqu'à la fin de mes jours. Tu sais à quel point le domaine compte pour moi.

Mon fiancé s'appelle Dunford. C'est en fait son nom de famille, mais personne ne l'appelle jamais par son prénom. C'est un homme plutôt agréable qui me témoigne beaucoup de gentillesse. Il m'a déclaré qu'il

m'aimait, et je lui ai naturellement assuré que je par-
tageais ses sentiments. Cela m'a paru la plus élémen-
taire des politesses. Bien entendu, je l'épouse surtout
par amour pour mon si cher Stannage Park, mais je
l'aime bien et ne voudrais surtout pas lui faire de
peine. Je pense que nous nous entendrons.

Je n'ai pas le temps de t'en dire plus. Je séjourne
actuellement à Londres, chez des amis de Dunford, et
vais y rester encore deux semaines. Ensuite, tu
pourras m'écrire à Stannage Park. Je suis sûre de par-
venir à le convaincre de me laisser y habiter dès que
nous serons mariés. Nous y passerons notre lune de
miel, et je suppose qu'il voudra ensuite rentrer à
Londres. S'il décidait d'y rester, je n'y verrais aucun
inconvénient, je te l'avoue. Comme je te l'ai dit, c'est
un homme charmant, mais je pense qu'il se fatiguera
vite de la vie campagnarde, et cela m'arrangerait par-
faitement. Je pourrais ainsi reprendre mon ancienne
vie sans crainte de finir gouvernante chez des
étrangers.

Bien à toi, ton amie,
Henriette Barrett

D'une main tremblante, Henry glissa la lettre
dans une enveloppe portant la mention *Lord
Stannage*. Sans se laisser le temps de changer d'avis,
elle descendit quatre à quatre confier la missive à
un valet de pied, avec instruction d'aller la remettre
à son destinataire séance tenante.

Ensuite, elle remonta se rouler en boule sur son
lit, où elle resta ainsi plusieurs heures.

Dunford sourit en reconnaissant l'écriture de Henry. Elle lui ressemblait, nette et droite, sans fioritures inutiles.

Il décacheta le pli et déplia le billet.

Ma chère Rosalinde…

Elle s'était trompée d'enveloppe et avait mélangé ses lettres. Il espérait bien être la cause de cette distraction tellement inhabituelle chez elle. Il repliait déjà le vélin quand il aperçut son nom. La curiosité l'emporta sur la discrétion.

Bien entendu, je l'épouse surtout par amour pour mon si cher Stannage Park…

La lettre tomba de ses mains glacées.

Grand Dieu, qu'avait-il fait ? Elle ne l'aimait pas, elle ne l'avait jamais aimé. Elle ne l'aimerait probablement jamais.

Comme elle avait dû rire ! Non, elle ne s'était pas moquée de lui. Elle était peut-être calculatrice, mais n'avait aucune méchanceté. Simplement, elle aimait Stannage Park plus que tout, et bien plus que lui.

Son amour ne serait jamais payé de retour.

Quelle ironie ! Lui l'aimait toujours, même après cette trahison. Il était furieux contre elle, il lui en voulait, mais il l'aimait profondément, désespérément.

Que pouvait-il faire ?

D'un pas mal assuré, il alla se servir un verre de whisky qu'il vida d'un trait, avant de s'en servir un second.

Il revoyait le visage adoré, l'arc délicat des sourcils qui soulignait son merveilleux regard d'argent, sa somptueuse chevelure auburn, sa bouche… Ses lèvres qui souriaient, qui riaient, qui faisaient la moue.

Qui se tendaient pour un baiser.

Il les sentait sur les siennes, si pleines, si ardentes…
Sa virilité se dressa à ce souvenir. Elle était innocente, mais elle avait su d'instinct comment enflammer ses sens.

Il la désirait.

Il la désirait avec une passion plus forte que tout. Il
ne pouvait pas rompre leurs fiançailles. Il fallait au
moins qu'il la voie une dernière fois. Il fallait qu'il la
touche pour savoir s'il pourrait endurer cette torture.

L'aimait-il suffisamment pour s'engager dans
cette union avec une femme qu'il adorait et qui ne
l'aimait pas ?

Encore une fois, une seule fois.

Il fallait qu'il la voie. Ensuite, il saurait.

22

— Lord Stannage demande à vous voir, mademoiselle.

Le cœur de Henry fit un bond dans sa poitrine.

— Je descends.

La jeune fille, certaine que la duchesse d'Ashbourne lui retirerait son amitié lorsqu'elle apprendrait la rupture de ses fiançailles, était en train d'écrire à Emma.

La gorge serrée, elle se prépara à affronter ce qui serait sans doute le moment le plus tragique de sa vie. Dunford la haïssait, maintenant. Elle avait fait ce qu'il fallait pour le faire souffrir, peut-être autant qu'elle-même.

Elle arrangea devant la psyché les plis de sa robe jaune paille, celle qu'il lui avait offerte à Truro. Sans bien comprendre pourquoi, c'était celle-ci qu'elle avait choisie ce matin. Peut-être une tentative désespérée pour se rappeler les jours heureux.

Comme si une robe pouvait guérir un cœur brisé…

Elle hésita en haut de l'escalier. La douleur lui transperçait le cœur. Il était encore temps de renoncer. Le valet de pied pouvait dire qu'elle ne se sentait pas bien. Dunford l'avait crue malade quelques jours plus tôt, elle pouvait avoir fait une rechute.

Ce ne serait que reculer pour mieux sauter. Mieux valait en finir immédiatement. Droite comme un I, elle descendit l'escalier de l'air le plus naturel possible. Elle n'était pas censée savoir que son fiancé avait reçu une lettre destinée à Rosalinde et, si elle ne se conduisait pas comme si de rien n'était, il risquait d'avoir des soupçons.

Debout près de la fenêtre, Dunford attendait sa fiancée.

Sa fiancée... Quelle ironie !

Si seulement elle ne lui avait pas dit qu'elle l'aimait... Si seulement elle ne lui avait pas menti, il aurait peut-être pu supporter un mariage sans amour.

Comment avait-il eu la naïveté de vouloir faire un mariage d'amour, sous prétexte que ses amis y étaient parvenus ? Comme si on se mariait par amour dans l'aristocratie ! L'exemple d'Arabelle et Alex lui avait donné de faux espoirs, et l'irruption de Henry dans sa vie lui avait semblé la réalisation miraculeuse de ces espoirs.

Maintenant, la trahison de la jeune fille l'anéantissait. Il n'était pas certain de pouvoir dominer ses émotions et ne se retourna pas en l'entendant entrer dans la pièce. Les yeux rivés sur le trottoir d'en face, il regardait une gouvernante promener un bambin.

Dire qu'il avait rêvé d'avoir des enfants avec elle !

— Dunford ? l'interpella-t-elle d'une voix mal assurée.

330

— Ferme la porte, Henry, demanda-t-il sans se retourner.

— Mais, Caroline...

— Je te dis de fermer la porte.

Incapable d'articuler un mot, la jeune fille s'exécuta. Elle resta près de la porte, comme clouée sur place, prête à prendre la fuite. Elle attendit un long moment qu'il rompe ce silence insupportable, avant de prendre son courage à deux mains pour l'appeler une nouvelle fois.

Il se retourna si brusquement qu'elle sursauta, et lui adressa un large sourire qui la stupéfia.

— Dunford ? murmura-t-elle, incrédule.

— Henry, mon amour !

Le sourire était aussi radieux qu'à l'accoutumée, mais son regard... son regard impénétrable la glaça.

— Qu'est-ce qui t'amène ?

— J'ai besoin d'une raison particulière pour venir voir ma fiancée ?

Elle fit machinalement un pas de côté lorsqu'il s'avança vers elle comme un chat qui guette un moineau, mais il la dépassa sans lui accorder un regard pour fermer la porte à clef.

— Dunford ! protesta-t-elle, retrouvant un semblant d'assurance. Pense à ma réputation. Que dira-t-on ?

— Je peux prétendre à une certaine tolérance, il me semble. Nous allons nous marier dans quinze jours !

Comment ça, ils allaient se marier ? Mais il était censé la détester, à présent ! Il avait reçu la lettre, il l'avait certainement lue immédiatement. Pourquoi ne lui demandait-il pas des comptes ? Sa conduite était vraiment étrange... S'il n'était pas venu rompre, pourquoi la regardait-il avec tant de dureté ?

— Dunford ?

Décidément, c'était tout ce qu'elle savait dire, aujourd'hui. Elle ne se comportait pas comme elle l'aurait dû, elle s'en rendait bien compte. Elle aurait dû se montrer enjouée, mutine et câline, comme à l'ordinaire, mais lui se conduisait de façon si bizarre qu'elle ne savait plus quoi faire. Elle s'était attendue à une scène, à ce qu'il l'attaque de but en blanc et lui annonce la rupture de leurs fiançailles, et voilà qu'il s'approchait d'elle calmement, le sourire aux lèvres.

Elle se sentait comme un animal pris au piège.

— J'avais peut-être envie de t'embrasser, tout simplement, suggéra-t-il en enlevant nonchalamment une poussière sur le revers de sa jaquette.

— Si tu avais réellement envie de m'embrasser, tu ne serais pas en train d'épousseter ton habit.

— Tu as peut-être raison.

Mais enfin, à quoi jouait-il ? Où voulait-il en venir ?

— Si j'avais véritablement, et je dis bien « véritablement », envie de t'embrasser, je ne perdrais pas de temps, je te prendrais la main et je t'attirerais dans mes bras. Et ce serait une démonstration d'affection parfaitement normale, tu ne crois pas ?

— Tout ce qu'il y a de plus normale. Si tu avais vraiment envie de m'épouser, en tout cas.

Elle ne pouvait pas lui tendre plus grosse perche. Maintenant, s'il voulait rompre, il n'avait qu'à saisir l'occasion.

— Si j'ai vraiment envie de t'épouser. C'est une question intéressante, murmura-t-il ironiquement en s'approchant d'elle.

Immédiatement, Henry fit un pas en arrière. Elle n'avait pas pu s'en empêcher.

— Tu n'as tout de même pas peur de moi, j'espère ?

Grand Dieu, que cherchait-il ? Qu'il l'aime, qu'il la haïsse, mais qu'il se décide et cesse de jouer au chat et à la souris !

— Qu'est-ce qui ne va pas, ma petite sauvageonne ?

— Arrête de jouer au plus fin, s'il te plaît !

— Jouer au plus fin ? Qu'est-ce que tu veux dire ?

Dunford dévisagea attentivement sa compagne. Que lui arrivait-il ? Il ne la comprenait plus du tout. Il s'attendait à ce qu'elle vienne se jeter dans ses bras et fasse preuve de sa gaieté habituelle, et voilà qu'elle se montrait lointaine et nerveuse, comme si elle le craignait.

Elle ne pouvait pourtant pas se douter qu'elle s'était trompée et lui avait envoyé le courrier destiné à son amie Rosalinde.

— Qu'est-ce qui te fait dire que je joue au plus fin, Henry ?

— Je... ne sais pas.

Elle mentait, il le lisait sur son visage, mais il ne comprenait pas pourquoi. Elle n'avait aucune raison de lui mentir. Pas plus que d'habitude, en tout cas.

Il l'observa, détailla la ligne délicate de sa gorge, suivit du regard une mèche soyeuse qui retombait sur sa joue. Elle était ravissante.

— Je crois que j'ai vraiment envie de t'embrasser, tu sais.

— Et moi, je ne le crois pas.

— Tu te trompes.

— Non. Si tu avais envie de m'embrasser, tu ne me regarderais pas comme ça.

— Et comment est-ce que je te regarde ?

— Comme si...

— Comme si quoi ?

— Comme si tu me désirais, souffla-t-elle.

— Mais justement, je te désire.

— Non, ce n'est pas vrai. Tu cherches à me faire mal.

— Il y a peut-être un peu de vrai...

Il se pencha et captura sa bouche. C'était un baiser sans joie, sans amour, plein de cruauté, et elle n'y prit visiblement pas plaisir.

— Qu'est-ce qui ne va pas ? Tu ne veux plus m'épouser ? Tu ne veux plus de tout ce que j'ai à t'offrir, la sécurité, une vie confortable, et une maison bien à toi ? Surtout une maison. Cela ne te tente plus ? insista-t-il tandis qu'elle essayait de se dégager.

Il aurait dû la laisser tranquille, il s'en rendait compte. Il aurait dû la lâcher, sortir de cette pièce et de sa vie, mais il la désirait tellement...

Ce désir était plus fort que n'importe quel autre sentiment, plus fort que sa colère et sa rancune. Ses lèvres se firent moins impérieuses, suivirent doucement la ligne de son menton et de son cou jusqu'à l'échancrure du corsage.

— Dis-moi que tu n'aimes pas ça. Ose me le dire.

Incapable d'articuler un mot, incapable de savoir ce qu'elle voulait vraiment, Henry se contenta de hocher la tête.

Dunford devina qu'elle faiblissait et perçut une légère plainte. Il ne savait pas s'il avait gagné ou s'il avait perdu, mais qu'importait, après tout ?

— Quel imbécile je fais ! murmura-t-il, furieux contre lui-même.

Elle l'avait trahi, mais il ne pouvait se passer d'elle.

— Qu'est-ce que tu dis ?

— Tais-toi ! intima-t-il en la renversant sur un canapé.

Henry se figea. Il lui avait parlé gentiment, mais ses mots n'avaient rien de gentil. C'était sans doute la dernière fois qu'elle pouvait le tenir dans ses bras, la dernière fois qu'elle pouvait s'imaginer qu'il l'aimait.

Elle se laissa aller sur les coussins et goûta la chaleur de son corps sur le sien. Les mains de Dunford se posèrent sur sa croupe pour lui faire sentir la force de son désir. De la bouche et des dents, il agaça le lobe de son oreille, son cou, le creux de son épaule, avant de descendre plus bas, toujours plus bas...

Henry ne pouvait se résoudre à l'enlacer, mais elle n'avait pas la force de le repousser. L'aimait-il ? À en croire ses lèvres qui enserraient doucement le bout de son sein, oui, il l'aimait intensément, profondément, passionnément.

Ses caresses enflammaient son corps, mais le cœur de Henry restait étrangement détaché. Il n'agissait pas par amour. Il voulait la punir, elle venait de le comprendre.

— Non ! s'écria-t-elle en le repoussant avec tant de violence qu'il tomba sur le sol.

Quand il se releva, la jeune fille connut la peur de sa vie.

— Tu as peur pour ta vertu, tout à coup ? C'est un peu tard, tu ne trouves pas ? gronda-t-il.

Elle jugea plus prudent de se redresser sans répondre.

— Tu ne m'avais pas dit que tu te moquais comme d'une guigne de ta réputation ?

— C'était avant, balbutia-t-elle.

— Avant quoi ? Avant de venir à Londres ? Avant d'apprendre ce que les femmes sont censées attendre du mariage ?

— Je ne comprends pas de quoi tu parles.

Elle n'était même pas capable de mentir convenablement, songea-t-il. Elle bredouillait, n'osait pas le regarder, et rougissait jusqu'à la racine des cheveux.

À moins que ce soit la passion. Il avait toujours le pouvoir d'éveiller son désir. C'était sans doute le seul pouvoir qu'il avait sur elle, mais il savait qu'il pouvait enflammer ses sens, se l'attacher par l'ardeur de ses lèvres et de ses mains, par la chaleur de sa peau.

Il la voyait maintenant avec les yeux qu'il avait eus à Westonbirt, quand sa peau nacrée et sa somptueuse chevelure se pailletaient d'or à la lueur des chandelles. Elle gémissait de désir, son corps s'arc-boutait pour venir à la rencontre du sien et elle avait crié son plaisir. Cela au moins, il le lui avait donné.

— Tu as envie de moi, remarqua-t-il. À l'heure qu'il est, tu as envie de moi.

Elle fit signe que non.

— Mais si, insista-t-il doucement, tu me désires.

— Non, Dunford, tu te trompes.

D'un baiser, il la fit taire. C'était un baiser farouche, impérieux, cruel, qui la suffoqua. Comment lutter contre la colère de son fiancé et contre son propre désir ?

Elle détourna la tête. Elle ne pouvait pas accepter ce baiser.

— Ça ne fait rien, murmura-t-il en s'emparant d'un de ses seins. Ce ne sont pas tes lèvres menteuses qui m'intéressent le plus.

— Ça suffit ! Tu n'as pas le droit, protesta-t-elle en tentant de se dégager.

— Tu crois ça ?

— Tu n'es pas mon mari ! s'insurgea-t-elle d'une voix vibrante de fureur. Tu n'as aucun droit sur moi.

— Tu veux dire que tu souhaites renoncer à notre mariage ?

— Pourquoi voudrais-je rompre ?

Elle ne comprenait pas ce qu'il cherchait. Il l'avait lâchée pour s'appuyer négligemment contre le chambranle de la porte et la contemplait d'un air narquois. En principe, il aurait dû être convaincu qu'elle voulait à tout prix l'épouser, pour rester à Stannage Park.

— Je n'arrive pas à trouver une seule bonne raison. Je t'offre absolument tout ce qu'on peut demander à un époux.

— On se sent un peu supérieur aujourd'hui, apparemment, ironisa-t-elle.

Vif comme l'éclair, il la plaqua contre le mur.

— On est un peu perplexe aujourd'hui, vois-tu ! On se demande pourquoi notre fiancée se conduit aussi étrangement ! On se demande si elle n'aurait pas quelque chose à nous dire !

Glacée, Henry avait l'impression que son cœur saignait. C'était pourtant ce qu'elle avait cherché. Pourquoi éprouvait-elle ce sentiment atroce de désastre imminent, dans ce cas ?

— Henry ?

Elle le regardait sans mot dire, anéantie, et se rappelait toutes ses attentions. Il lui avait offert de belles robes, alors que personne avant lui n'y avait jamais pensé. Il l'avait convaincue de venir à

337

Londres et avait fait tout ce qu'il pouvait pour rendre son séjour agréable.

Comment reconnaître cet homme toujours aimable et souriant dans l'individu à l'ironie cruelle qu'elle devait maintenant affronter ? Quoi qu'il en soit, elle ne pouvait se résoudre à l'humilier publiquement.

— Je n'ai pas l'intention de renoncer à notre mariage.

— Et tu souhaiterais que ce soit moi qui le fasse, si je comprends bien ? Tu as certainement conscience que mon honneur m'interdit d'exaucer ton vœu, reprit-il comme elle observait un silence buté.

— Que veux-tu dire ? s'étonna-t-elle.

Dunford faisait des efforts désespérés pour comprendre ce que cherchait Henry. Pourquoi diantre tenait-elle tant à savoir s'il pouvait la quitter ou non ? S'ils rompaient, elle perdrait Stannage Park à tout jamais.

— Qu'est-ce qui t'en empêche ? insista-t-elle.

— Il y a encore des lacunes dans ton éducation, à ce que je vois. Un homme d'honneur n'abandonne jamais une femme, à moins qu'elle lui ait été infidèle, et encore !

— Je ne t'ai jamais trahi ! s'indigna-t-elle.

C'était vrai. Pas physiquement du moins. Mais moralement, si. Comment pourrait-elle l'aimer avec autant de passion que ce maudit domaine ? Elle n'avait pas le cœur assez grand.

— Je le sais bien, soupira-t-il, soudain à bout de forces.

Elle ne pouvait pas deviner qu'il savait pourquoi elle avait accepté de l'épouser, et ne devait rien comprendre à sa colère et à sa mordante ironie.

338

— Alors, tu veux me quitter ? la pressa-t-il, le cœur serré.

— C'est ce que tu désires ?

— Ce n'est pas à moi de décider. Si tu veux annuler notre mariage, tu n'as qu'à prendre tes responsabilités.

— Je ne peux pas ! se récria-t-elle, désespérée.

— Eh bien, qu'il en soit selon ta volonté, lança-t-il avant de quitter la pièce sans un dernier regard.

Henry passa les deux semaines suivantes comme une somnambule. Rien ne paraissait pouvoir l'atteindre ou lui apporter un peu de gaieté. Tout ce dont elle avait conscience, c'était de la douleur lancinante qui lui broyait le cœur. Ses amis mettaient cette humeur étrange sur le compte d'une nervosité parfaitement compréhensible avant le mariage.

Heureusement, elle voyait peu Dunford. Il avait apparemment trouvé le moyen de ne croiser son chemin qu'en de rares occasions et pendant une durée minimum. Il arrivait dans les réceptions juste à temps pour faire danser sa fiancée une fois avant qu'elle quitte les lieux. Bien entendu, ils évitaient la valse.

La date fatidique de leurs noces se rapprocha, jusqu'à ce qu'un matin, Henry s'éveille comme pour aller à l'échafaud. Il n'y avait plus d'échappatoire, elle devait lier son sort à celui d'un homme qu'elle ne pourrait jamais satisfaire.

D'un homme qui la haïssait…

Sa seule consolation, c'était qu'elle allait enfin retrouver son cher Stannage Park. Pourtant cette pensée, qui aurait suffi à la soulager de la plus profonde douleur quelques semaines plus tôt, ne lui procurait qu'un bref apaisement. Elle n'était plus si sûre de tenir autant au domaine, désormais...

La cérémonie fut un véritable supplice.

Henry pensait qu'une réception entre intimes rendrait cette épreuve plus facile, mais elle se rendit compte rapidement qu'il était plus difficile de faire bonne figure au milieu d'une vingtaine de familiers que devant trois cents personnes que l'on connaissait à peine.

Elle joua consciencieusement son rôle, prononça le moment venu le « oui » sacramentel, mais une seule pensée occupait son esprit.

Pourquoi faisait-il tout cela ?

Le prêtre indiqua à Dunford qu'il pouvait embrasser la mariée.

— Pourquoi ? murmura-t-elle tandis que leurs lèvres se joignaient dans un baiser sans passion.

S'il l'avait entendue, il n'en montra rien. Il la prit par la main et l'entraîna au pas de charge le long de la nef. Henry dut faire des efforts désespérés pour suivre sans trébucher celui qui était à présent son époux.

Le lendemain soir, la jeune mariée se retrouva sur le seuil de Stannage Park, comme si elle n'en était jamais partie. La seule différence, c'était qu'un anneau d'or et le diamant de ses fiançailles ornaient sa main gauche. Il était plus de onze heures du soir et aucun domestique n'était là pour les accueillir.

Elle avait écrit à Yates qu'ils arriveraient le jour d'après, car elle n'aurait jamais imaginé que Dunford voudrait quitter Londres immédiatement après la cérémonie. À peine avaient-ils remercié leurs invités qu'il l'avait poussée dans la voiture pour partir à fond de train.

Ils avaient voyagé dans un silence pesant. Dunford avait emporté un livre et ne lui avait pas adressé la parole de tout le parcours. À leur arrivée à l'auberge, celle où ils s'étaient arrêtés à l'aller, Henry avait les nerfs à vif. Depuis le matin, elle appréhendait ce qui allait se passer la nuit venue. Comment pouvait-on faire l'amour le cœur plein de rage et de rancune ?

Elle n'avait aucune envie de le découvrir.

À sa profonde stupéfaction, il avait retenu deux chambres éloignées l'une de l'autre.

— J'estime que notre nuit de noces doit avoir lieu à Stannage Park. Cela me paraît plus... convenable.

« Convenable » n'était peut-être pas le terme le mieux approprié, mais elle n'était certainement pas disposée à éclaircir ce point, et elle avait couru s'enfermer dans sa chambre...

Mais maintenant qu'ils étaient à destination, il allait vouloir consommer leur union. La flamme qui luisait au fond de son regard lui disait claire-ment quelles étaient ses intentions.

À travers la grille, elle contempla le jardin. Il n'y avait pas beaucoup de lumière, mais Henry connaissait par cœur chaque fleur, chaque brin d'herbe, et elle aurait pu trouver son chemin les yeux bandés. Elle savait que Dunford l'observait pendant qu'elle regardait les branches des arbres que le vent agitait doucement.

— Alors, tu es contente d'être rentrée ?

Elle acquiesça.

— C'est bien ce que je pensais, grommela-t-il.

— Et toi, tu es content d'être revenu ?

— Je ne sais pas encore, murmura-t-il après une longue hésitation. Rentrons, veux-tu ?

Le ton sec lui donna le frisson, mais elle le suivit à l'intérieur.

— Montons, suggéra-t-il en allumant les candélabres.

— Mais nos bagages ? protesta timidement Henry.

— Les domestiques les monteront demain matin. Pour le moment, nous n'en avons pas besoin. Il est temps d'aller se coucher.

La nostalgie de Westonbirt la tenaillait. Leur intimité lui manquait tellement ! Jamais plus elle n'éprouverait la chaleur de l'amour qu'elle avait connu dans ses bras, ni cette satisfaction inouïe. Ce n'était qu'une illusion, un mensonge, sinon il n'aurait pas éprouvé le besoin d'aller se vautrer dans le lit de sa maîtresse...

Henry se dirigeait déjà vers son ancienne chambre lorsque Dunford l'arrêta.

— J'ai donné des instructions pour qu'on nous installe dans mes appartements.

— Mais je...

— Je pensais que cela te ferait plaisir.

Elle pénétra dans la chambre seigneuriale.

— Cela ne devrait pas se passer comme ça, implora-t-elle, les yeux pleins de larmes.

— Tu as une vingtaine de minutes pour te préparer, coupa-t-il rageusement, avant de s'éloigner.

23

Les mains de Henry tremblaient tandis qu'elle se déshabillait. Arabelle et Emma avaient abondamment contribué à son trousseau, et elle possédait plusieurs chemises de nuit et déshabillés tous plus arachnéens les uns que les autres. Ils lui paraissaient quelque peu indécents, alors qu'elle n'avait jamais porté autre chose que des chemises de nuit en coton blanc, mais maintenant qu'elle était mariée, elle crut de son devoir d'en passer une.

Elle eut un haut-le-corps en se regardant dans la grande psyché. La soie rose pâle ne prétendait certainement pas dérober ses formes aux regards : elle soulignait plutôt qu'elle ne cachait le brun de ses tétons et de sa toison intime. Séance tenante, elle sauta dans le lit.

Lorsque Dunford revint, uniquement vêtu d'une robe de chambre vert bouteille, il la trouva les draps remontés jusqu'au menton.

— Qu'est-ce qui te rend si anxieuse ? Ce n'est pourtant pas la première fois, remarqua-t-il perfidement.

— C'était différent.

— En quoi ?

Dunford essayait désespérément de comprendre à quoi elle faisait allusion. Était-ce différent parce qu'elle n'avait plus besoin de faire semblant d'être amoureuse de lui ? Elle était maîtresse de Stannage Park désormais, et elle réfléchissait probablement déjà à la façon de se débarrasser de lui le plus rapidement possible.

— Je ne sais pas, murmura-t-elle enfin.

Elle mentait, c'était évident.

— Eh bien, cela m'est égal ! Je me moque que ce soit différent ou non, gronda-t-il en laissant tomber son peignoir.

Il s'approcha du lit avec une grâce féline et se pencha sur elle avec un regard suggestif.

— Je saurai éveiller ton désir, chuchota-t-il en s'allongeant à son côté, mais sans se glisser sous les draps.

Doucement, il glissa une main sous sa nuque pour l'attirer contre lui. Henry sentit le souffle tiède de sa bouche une fraction de seconde avant que ses lèvres viennent se poser sur les siennes. Elle ne le comprenait pas. Il la désirait vraiment, elle en avait la preuve, mais pas suffisamment sans doute pour renoncer aux autres femmes.

Elle ne savait pas ce qui lui manquait pour le satisfaire, mais d'autres pouvaient apparemment lui offrir plus et mieux.

Elle se dégagea brusquement, révoltée par cette pensée.

— Je ne sais pas embrasser, balbutia-t-elle devant son regard ironique.

— Je t'ai pourtant appris, et tu t'es révélée une excellente élève.

Comme pour le lui prouver, il l'embrassa de nouveau, avec plus de passion cette fois-ci.

Elle était incapable de jouer la comédie mais, tandis que tout son corps s'enflammait et répondait avec ardeur à son étreinte, elle gardait la tête froide et demeurait étrangement détachée. Elle se demandait quelle partie de son corps l'avait déçu.

Dunford n'avait apparemment pas remarqué son état d'esprit. Ses mains parcouraient la soie délicate de la chemise et la remontaient jusqu'en haut des cuisses pour s'attarder sur le ventre d'albâtre, puis s'arrêter enfin sur un sein au téton dressé.

— Mon Dieu, non ! implora Henry.

— Pourquoi ? Qu'est-ce qu'il y a ?

— Je ne peux pas. Je ne veux pas !

— Mais si !

— Non, ils sont trop...

Ses seins n'étaient pas trop petits, pourtant. Pourquoi donc leur préférait-il ceux de cette Christine ? Qu'avait-elle de plus ? Elle se souleva un peu pour mieux les regarder et tenter de comprendre.

Dunford, quant à lui, n'y comprenait vraiment rien. Voilà qu'au milieu d'un baiser torride, sa femme se démanchait le cou pour contempler ses seins comme si elle ne les avait jamais vus.

— Mais qu'est-ce que tu fais ?

— Je ne sais pas... Ils ne sont pas comme il faudrait...

— Bon sang, qu'est-ce qui n'est pas comme il faudrait ?

— Mes seins.

Si elle avait commencé une étude comparative des conjugaisons latines et grecques, il n'aurait pas été plus stupéfait.

— Tes seins ? Qu'est-ce qu'ils ont, tes seins ? Ils sont très bien !

Mais cela ne suffisait pas à Henry. Elle voulait une poitrine parfaite, ensorcelante… Elle voulait qu'il la désire par-dessus tout, elle voulait être pour lui la plus belle femme du monde, la seule. Elle voulait qu'il la désire à en devenir fou, qu'il la désire tant qu'il n'aurait plus jamais envie d'aucune autre.

« Très bien » était un qualificatif qu'elle ne pouvait admettre et, alors qu'il suçait goulûment le bout de son sein, qu'il l'agaçait de la langue, elle échappa à son étreinte et se leva, serrant les bras autour d'elle.

— Henry, reviens tout de suite ! intima Dunford qui, pantelant, son membre dressé comme une épée, commençait visiblement à perdre patience.

Il bondit du lit tandis que sa compagne, incapable de l'affronter, se réfugiait dans un coin, aussi effrayée que perplexe. Effrayée devant son air menaçant, perplexe parce que le mât orgueilleux qu'il arborait ne laissait aucune place aux conjectures. Il y avait certainement quelque chose chez elle qui l'attirait.

Il la désirait, il lui en offrait une preuve évidente.

— Mais enfin, qu'est-ce que tu as ? s'emporta-t-il en la prenant par les épaules.

— Je ne sais pas. Je ne sais pas, et c'est ce qui me tue !

— Eh bien, moi, je vais te le dire ! éclata-t-il, laissant libre cours à sa fureur. Je vais te dire ce qui ne va pas chez toi !

Où trouvait-elle le toupet d'essayer de se faire passer pour la victime de ce mariage désastreux ? songeait-il. La détresse incommensurable qui se peignit sur son visage le stupéfia, mais il refusa de se laisser attendrir.

— Tu as compris que je connaissais ton petit jeu, c'est ça ? Tu as eu des nouvelles de Rosalinde, et tu sais que tu es découverte.

Incapable d'articuler un mot, Henry le dévisageait, horrifiée.

— Je sais tout, reprit-il. Je sais que tu me considères comme un homme plutôt agréable, qui te témoigne beaucoup de gentillesse, mais que tu m'as épousé par amour pour Stannage Park. Eh bien, maintenant, ton cher Stannage Park t'appartient mais toi, tu m'appartiens aussi !

— Pourquoi m'as-tu épousée ?

— Un homme du monde n'abandonne jamais une dame, tu te souviens ? Article 363 du manuel *Comment se comporter en société*.

— Arrête ! Cela ne t'aurait jamais arrêté ! Pourquoi m'as-tu épousée ?

Elle le suppliait du regard, mais il ne savait pas ce qu'elle désirait entendre. Et lui ne savait pas très bien ce qu'il aurait pu lui répondre. Enfin, elle pouvait bien ruminer un moment. Qu'elle souffre autant que lui, elle l'avait bien mérité.

Il s'en voulait un peu de jouir de sa détresse, mais sa colère n'était pas retombée, et son désir encore moins. Il arracha la chemise de nuit, qui se déchira d'un coup, la laissant aussi nue que lui.

— Tu m'appartiens maintenant, chuchota-t-il fébrilement à son oreille. Tu es à moi pour toujours !

Quand il l'embrassa avec une ardeur décuplée par le désespoir et la fureur, il la sentit enfin s'abandonner. Les lèvres de Henry s'enfiévrèrent sur son visage, ses mains descendirent sur son dos, et ses hanches se pressèrent contre les siennes.

C'était une torture délicieuse, dont il ne pouvait se rassasier.

Il aurait voulu s'immerger en elle, ne plus faire qu'un avec elle. Il aurait été incapable de savoir comment ils avaient regagné le lit, mais ils se retrouvèrent bientôt allongés l'un sur l'autre.

— Tu m'appartiens, Henry, tu es à moi.

Elle gémit faiblement, et il roula sur le côté pour mieux la serrer dans ses bras. Sa main enserra une fine cheville et amena la longue jambe de faon sur sa hanche.

— Oh, Dunford !

— Oui ? interrogea-t-il, plein d'espoir, en suçant avidement le lobe de son oreille.

Elle se cambra et se pressa plus fort contre lui.

— Tu as besoin de moi, Henry ?

— Je ne…

Elle ne put achever sa phrase.

— Tu as besoin de moi ? répéta-t-il alors que sa main descendait le long des reins de sa partenaire pour atteindre le nid secret.

— Oui ! Oh, oui !

Toute sa colère et sa rancœur se perdirent au fond des deux grands lacs argentés de ses yeux. Il n'était plus qu'amour, ne se souvenait plus que de leurs rires, de leur camaraderie et de l'intimité qu'ils avaient partagée. Il prit sa bouche et se rappela la première fois qu'il l'avait vue sourire, ce sourire mutin, un rien impertinent, qu'il aimait tant. En caressant les bras minces mais si fermes, il se remémora comment elle soulevait de lourdes pierres sans fatigue apparente.

Il aimait cette étrange petite sauvageonne, il l'aimait plus que tout, et il n'y pouvait rien.

— Dis-moi ce que tu veux. Ça ? suggéra-t-il en agaçant le bout d'un sein.

Le souffle court, elle acquiesça silencieusement.

— Ou ça ? proposa-t-il en l'embrassant, tout en écartant doucement ses cuisses pour caresser la fente humide.

Le nectar qui humectait ses doigts constituait une réponse suffisamment éloquente.

— C'est peut-être ça que tu veux ? chuchota-t-il tandis que ses lèvres brûlantes descendaient le long du ventre soyeux pour rejoindre ses doigts.

— Dunford ! Oh, mon Dieu !

Il aurait voulu aimer pendant des heures cette femme si douce, si mystérieuse et si pure, mais il devinait le plaisir qui montait en elle et il tenait à jouir avec elle. Il voulait sentir le corps de sa compagne sombrer avec le sien.

— Tu me désires ? questionna-t-il fébrilement. Je ne veux rien faire contre ta volonté.

— Oui, je te désire, avoua Henry sans plus cacher sa passion.

Il se demanda comment il aurait fait si elle avait répondu par la négative. Il ne pouvait pas se retenir plus longtemps, et il pénétra dans le fourreau chaud et humide. Elle était tendue, et il dut se forcer à aller tout doucement.

Mais ce n'était pas ce que souhaitait Henry, qui le voulait tout entier. Elle projeta ses hanches en avant pour venir à sa rencontre, et il n'en fallut pas plus pour que Dunford laisse libre cours à sa passion et s'enfonce en elle entièrement.

Il était enfin arrivé au but. Il se souleva sur un coude pour la regarder et oublia immédiatement les raisons de sa colère. Il ne voyait plus que le visage aimé. Il la revoyait rire de ses plaisanteries, sourire quand elle l'apercevait, fondre en larmes à l'évocation d'un bébé mort dans une chaumière abandonnée.

— Henry ! appela-t-il.

Il l'aimait. Il s'abandonna à cette danse primitive qui l'emportait. Il l'aimait, il l'aimait à la folie. Il posa les lèvres sur le front de sa bien-aimée, comme si ce baiser pouvait rapprocher leurs âmes et les aider à se retrouver.

Il la sentait s'affoler sous lui, elle accompagnait ses assauts avec une ardeur grandissante, s'abandonnant en gémissant à la houle furieuse qui les ravissait. Enfin, elle cria son nom, comme si toute son âme et son cœur s'exhalaient dans ce cri.

— Henry ! Je t'aime ! cria-t-il en retour, incapable de se contrôler plus longtemps.

La jeune femme retomba, pantelante.

Il l'aimait. Il avait dit qu'il l'aimait, pensa-t-elle.

Et s'il disait vrai ?

Elle le revoyait chez la couturière de Truro, insistant gentiment pour qu'elle essaie des robes pour une sœur qui n'existait pas. Elle le revoyait à Londres, fou de jalousie parce qu'elle était partie se promener avec Ned Blydon.

Comment pouvait-il l'aimer et désirer d'autres femmes ?

Elle revoyait son visage rayonnant de tendresse lorsqu'il lui avait demandé si elle le désirait.

— Je ne veux rien faire contre ta volonté, avait-il déclaré.

C'étaient les paroles d'un homme profondément amoureux. Il l'aimait, elle ne pouvait plus en douter. Il l'aimait, mais elle ne lui suffisait pas. Grand Dieu, c'était encore plus douloureux que de lui être indifférente...

— Henry ? appela-t-il d'une voix étouffée par la passion.

— Je te crois, murmura-t-elle en lui caressant la joue.

— Qu'est-ce que tu crois ?

— Toi. Je te crois quand tu dis que tu m'aimes, expliqua-t-elle tandis qu'une larme roulait sur sa joue.

Dunford se figea, stupéfait. Quelles raisons aurait-elle eues de ne pas le croire ? Que voulait-elle dire ?

— Je voudrais tant... reprit-elle en tournant la tête pour fuir son regard.

— Qu'est-ce que tu voudrais ? questionna-t-il anxieusement, conscient que son destin se jouait sur sa réponse.

— Je voudrais tant... Je voudrais...

Elle butait sur les mots, incapable de lui expliquer qu'elle désirait être la femme qu'il lui fallait.

Cela n'avait pas d'importance, de toute façon. Dunford n'aurait pas saisi la fin de la phrase. Il avait bondi et était déjà à la porte. Il pensait avoir deviné ce qu'elle avait à lui dire et il ne voulait pas l'entendre, cela l'aurait crucifié.

Jamais il n'aurait supporté de l'entendre dire : « Je voudrais tant t'aimer, moi aussi. »

Henry se réveilla le lendemain avec une migraine tenace, les yeux rougis par une nuit de larmes, et s'asperger le visage d'eau froide n'y changea pas grand-chose.

Elle avait réussi à gâcher sa nuit de noces, et ce n'était pas étonnant. Certaines femmes naissaient dotées de toutes les grâces féminines mais, il était temps de le reconnaître, elle n'était pas du nombre, et ses tentatives seraient perpétuellement vouées à l'échec. Elle eut une pensée pour Arabelle qui, on se demandait par quelle magie, savait toujours quoi dire, quoi faire et comment se comporter. Mais il y avait autre chose : son amie possédait un sens inné de la féminité qu'elle n'aurait jamais pu, malgré tous ses efforts, enseigner à Henry.

Elle passa dans la garde-robe qui séparait les deux chambres à coucher de la suite seigneuriale. Viola et Carlyle avaient toujours partagé la même chambre, et la seconde pièce avait été convertie en petit salon. Si elle ne voulait pas passer toutes ses nuits avec Dunford, elle n'aurait qu'à y faire monter un lit.

Pourtant, c'était justement ce qu'elle demandait, passer toutes ses nuits avec son mari, et elle s'en voulait de ce lâche désir.

Ses bagages étaient déjà défaits, et les toilettes qu'elle avait rapportées de Londres étaient soigneusement rangées. Il lui faudrait engager une femme de chambre si elle souhaitait les porter, car la plupart étaient impossibles à passer sans aide.

Elle délaissa les robes et avisa des tenues masculines pliées sur une étagère. Elle déplia une culotte de cheval, trop petite pour Dunford, sans doute une de celles qu'elle avait laissées en partant.

Henry coula un regard plein de regret vers ses beaux vêtements. Ils étaient ravissants, coupés dans les tissus les plus soyeux, et de toutes les teintes de l'arc-en-ciel, mais ils avaient été faits pour la femme qu'elle aurait aimé devenir, pas pour la femme qu'elle était.

En étouffant un sanglot, elle leur tourna le dos et enfila la culotte de cheval.

Pour la quinzième fois, Dunford leva un regard excédé sur le cartel de la cheminée. Cela faisait près d'une heure qu'il attendait et Henry, d'ordinaire toujours affamée le matin, n'était pas descendue pour le petit déjeuner.

Il entendait encore sa voix résonner à ses oreilles, si haut qu'il se trouvait incapable de penser à autre chose.

— Je voudrais... Je voudrais tant...

Je voudrais tant t'aimer, moi aussi...

Ce n'était pas difficile de finir sa phrase.

Il se leva dès qu'il entendit son pas dans l'escalier, mais la dévisagea avec dédain quand elle fit son entrée. Elle avait une mine de papier mâché, de grands cernes sous les yeux, les cheveux tirés en queue-de-cheval, et elle était vêtue de son vieux costume masculin.

— Tu avais vraiment hâte de te remettre au travail, n'est-ce pas ? Veille tout de même à ne pas porter ce genre de vêtements en dehors du domaine. Tu es ma femme à présent, et ta conduite pourrait me faire du tort.

S'il avait pris ce ton ironique, c'était pour la blesser, pour qu'elle ressente la même peine que celle qui lui broyait le cœur. Il avait beau s'en vouloir de sa mesquinerie, il n'avait pu s'en empêcher.

— Je ferai de mon mieux pour me comporter comme il faut, assura-t-elle avec froideur en repoussant l'assiette que lui tendait un domestique. Je n'ai pas faim, ajouta-t-elle en voyant l'étonnement de Dunford.

— Mais d'habitude, tu dévores comme un ogre !

— Comme c'est gentil de ta part de souligner l'une de mes nombreuses qualités féminines !

— Tu n'as pas exactement le costume de la châtelaine, il me semble.

— Il se trouve que j'aime ces vêtements.

Il lui sembla voir le regard de sa compagne s'embuer.

— Je t'en prie, Henry ! s'emporta-t-il.

Que lui arrivait-il donc ? Lui toujours si calme, si maître de lui, se trouvait incapable de contrôler ses réactions. Jusqu'où sa colère et sa rancœur pouvaient-elles l'entraîner ? Il ne tenait surtout pas à le savoir, et mieux valait s'éloigner avant de commettre l'irréparable ou de prononcer des paroles qu'il regretterait.

— Je rentre à Londres, annonça-t-il en se levant avec tant de brusquerie qu'il manqua renverser sa chaise.

— Quand ?

— Aujourd'hui. Tout de suite !

— Tout de suite ? Le lendemain de notre mariage ? se lamenta-t-elle si bas qu'il ne l'entendit pas.

Il était déjà dehors, de toute façon.

Les semaines qui suivirent furent les plus solitaires que Henry ait jamais connues. Rien n'avait changé, en apparence du moins, depuis que Dunford était entré dans sa vie, mais tout était différent pourtant. Elle avait goûté à l'amour, l'avait tenu un instant entre ses mains avant qu'il ne s'échappe et, pendant une seconde, avait atteint le bonheur le plus pur.

Tout ce qui lui restait maintenant, c'était un grand lit vide et le souvenir de l'homme qui y avait passé une nuit.

Les domestiques la traitaient avec une exceptionnelle gentillesse et tant de prévenance que cela en
devenait pesant. Elle aurait tout donné pour qu'ils
cessent de marcher sur des œufs en sa présence et la
considèrent de nouveau comme leur petite Henry,
la sauvageonne qui arpentait le domaine en culotte
de cheval sans se soucier du qu'en-dira-t-on, celle
qui ignorait ce qu'elle manquait en s'enterrant au
fin fond de la Cornouailles.

Elle entendait parfaitement ce qu'ils chucho-
taient sur son passage. « Que l'ordure qui a abandonné notre pauvre Henry aille rôtir en enfer ! » ou
« Pareille solitude est vraiment inhumaine ! ».
Seule Mme Simpson avait eu la franchise de lui dire
en face « Mon pauvre petit canard ! » en lui tapotant gentiment le bras.

La gorge nouée, la jeune femme s'était enfuie
pour cacher son chagrin. Et, après avoir pleuré
toutes les larmes de son corps, elle s'était noyée
dans le travail afin de ne plus penser à rien.

Et jamais, constata-t-elle avec fierté mais sans
joie véritable un mois après le départ de Dunford,
jamais la propriété n'avait été aussi bien tenue.

— Je te les rends !

Par-dessus son verre de whisky, Dunford consi-
déra d'un œil dubitatif l'épaisse liasse de billets que
lui tendait Arabelle.

— Ce sont les mille livres de notre pari, précisa-
t-elle avec un certain agacement. Nous avions bien
dit que tu te retrouverais pieds et poings liés, et que
tu en redemanderais ?

— Et alors ?

— Visiblement, tu n'en redemandes pas !

Pour toute réponse, Dunford piqua du nez dans son verre de whisky.

— Tu pourrais peut-être me répondre ?

— Non, effectivement, je n'en redemande pas !

— Tu n'as rien d'autre à dire ? Rien qui puisse expliquer ton inexcusable conduite ?

— Je ne vois vraiment pas ce qui te donne le droit d'exiger des explications de ma part.

— Mais enfin, qu'est-ce qui t'arrive ? Tu t'es vu ? s'alarma Arabelle, atterrée.

— Et si on regardait les choses sous un autre angle ? Demande-toi plutôt ce qu'elle a fait de moi.

— Henry n'est pas responsable de ton état. Ce n'est pas possible ! Qu'est-ce qu'elle aurait bien pu faire pour te rendre aussi lointain, aussi froid, aussi insensible ? Il n'y a pas au monde créature plus douce, plus…

— … plus intéressée et plus calculatrice !

— Henry, intéressée ? Tu veux rire !

— « Intéressée » n'est peut-être pas le mot qui convient, soupira Dunford. Ma femme ne… Henry ne pourra jamais aimer quoi que ce soit ou qui que ce soit autant que Stannage Park. Cela n'en fait effectivement pas une mauvaise personne, mais cela la rend…

— Qu'est-ce que tu racontes, enfin ?

— Est-ce que tu sais ce que cela signifie d'aimer sans être payé de retour ? Est-ce que tu en as une idée ?

— Mais enfin, Henry t'aime. Je le sais. Tout le monde le sait !

Dunford secoua tristement la tête.

— Cela se voit comme le nez au milieu de la figure ! insista Arabelle.

356

— J'ai une lettre de sa main qui montre claire-
ment le contraire.

— Il s'agit certainement d'une erreur.

— Ce n'est pas une erreur. La seule erreur, c'est
celle que j'ai commise en l'épousant ! ricana-t-il
amèrement.

Cela faisait un mois que Dunford était revenu
lorsque Arabelle lui rendit une seconde visite.
En temps normal, il l'aurait accueillie chaleureuse-
ment mais, depuis son retour, il n'avait le cœur à
rien et s'enfonçait dans une mélancolie et une
misanthropie de plus en plus profondes.

Il voyait Henry partout, le son de sa voix résonnait à ses oreilles. Elle lui manquait chaque
seconde que Dieu faisait. Il s'en voulait de la désirer autant et se méprisait de continuer à aimer une
femme qui ne partagerait jamais ses sentiments.

— Tu seras certainement heureux de savoir
qu'Emma a eu un garçon avant-hier, annonça
Arabelle. Tout s'est bien passé, la mère et l'enfant se
portent bien. J'ai pensé que Henry aussi serait
contente de l'apprendre.

Pour la première fois depuis le début du mois,
Dunford sourit sans la moindre amertume.

— Un garçon ? Ashbourne tenait tellement à
avoir une fille.

— Oh, il s'est lamenté qu'Emma n'en fait jamais
qu'à sa tête, mais il est fier comme Artaban.

— Et c'est un beau bébé ?

— Rose et potelé à souhait, avec une grosse
touffe de cheveux noirs comme le jais.

— Une future terreur, si tu veux mon avis.

— Dunford, il faut prévenir Henry. Tu sais qu'elle aime beaucoup Emma.

— Je vais lui écrire.

— Non, il faut le lui dire de vive voix, insista impitoyablement Arabelle. Elle sera si heureuse !

Pour une fois, Dunford ne sut quoi répondre. Il avait tellement envie de voir sa femme, de la toucher, de la prendre dans ses bras, de respirer le parfum de ses cheveux... Il se consumait de désir et mourait d'envie de lui faire l'amour en s'imaginant qu'elle aussi l'aimait.

C'était pitoyable, il en avait bien conscience, mais Arabelle venait de lui fournir un excellent prétexte de partir pour la Cornouailles sans abdiquer le peu de fierté qui lui restait.

— Je vais aller le lui dire.

Le soulagement d'Arabelle était tellement évident que c'en était comique.

— Je vais partir pour la Cornouailles. Il faut la prévenir, elle aime beaucoup Emma, répéta-t-il comme s'il apprenait une leçon. Et si ce n'est pas moi qui y vais, je ne vois pas qui pourrait le faire, enchaîna-t-il comme s'il quêtait une approbation.

— Certainement ! acquiesça vigoureusement Arabelle. Si tu ne vas pas la prévenir, je ne vois pas comment elle pourrait l'apprendre. Il faut absolument que tu y ailles !

— Tu as raison, je ne peux pas faire autrement.

— Et tu ne veux pas connaître le nom du bébé ?

Il sourit.

— Cela peut effectivement être utile.

— Il s'appelle William. Comme toi !

24

Henry vidait la fosse à purin.

Ce n'était pas son occupation préférée, loin de là. Elle avait toujours considéré qu'il était de son devoir, puisqu'elle dirigeait Stannage Park, de prendre sa part des travaux quotidiens, mais elle n'avait jamais poussé l'égalitarisme jusqu'à se charger des plus pénibles et des plus salissants.

Depuis son retour, pourtant, cela ne lui coûtait pas. Les activités physiques lui permettaient de faire le vide dans sa tête. Le soir venu, elle s'écroulait sur son lit, tellement courbatue qu'elle s'endormait immédiatement, ce qui constituait une véritable bénédiction. Avant de soigner son cœur brisé par une cure de travail intensif, elle avait passé des nuits entières à chercher en vain le sommeil.

Elle plongea rageusement la pelle dans le tas malodorant, sans prêter attention à ses bottes souillées. Elle ne pensait plus qu'au bain qu'elle prendrait cet après-midi. Un bain à l'essence de lavande. Ou plutôt avec des pétales de roses. C'était une odeur délicieuse. Et sentir la rose, quelle volupté !

C'était ainsi qu'elle passait ses journées, à faire des efforts désespérés pour ne pas penser à Dunford.

Une fois son travail terminé, elle prit le chemin du manoir où elle entra par l'entrée de service. Elle était sale à faire peur, et si elle laissait des traces de purin sur le tapis du hall, les taches seraient impossibles à faire partir.

Devant l'entrée, une servante donnait des carottes à Rufus. Henry lui demanda de préparer un bain, caressa les oreilles du lapin et adressa un sourire fatigué à Mme Simpson, avant de prendre une pomme dans le compotier.

— Quelque chose ne va pas ? s'inquiéta-t-elle devant l'air tendu de la femme de charge.

— Il est revenu.

Henry se figea. Très lentement, elle retira la pomme de sa bouche.

— Vous parlez de mon époux, je suppose ?

— Je lui aurais bien dit ma façon de penser ! Je me moque des conséquences, vous savez. Il n'y a qu'un monstre comme lui pour vous quitter comme il l'a fait ! Il a...

Henry n'attendit pas la fin de ce flot de paroles. Sans même réfléchir, elle grimpa quatre à quatre l'escalier de service, sans bien savoir si elle cherchait à le fuir ou si elle se précipitait à sa rencontre. Elle ignorait où il était, dans le bureau, dans le salon ou dans leur chambre.

Elle s'arrêta sur le seuil de celle-ci. Pourvu qu'il ne soit pas dans la chambre !

Lentement, elle poussa la porte.

Elle n'avait jamais eu beaucoup de chance, dans la vie.

360

Debout dans l'encadrement de la fenêtre, il défaisait sa cravate.

— Henry ! salua-t-il sobrement.

— Tu es revenu, bredouilla-t-elle. Je... suis rentrée prendre un bain.

— Cela me paraît effectivement indispensable, admit-il tandis que l'ombre d'un sourire se dessinait sur ses lèvres.

— Je l'ai déjà demandé, intervint-elle comme il se dirigeait vers la sonnette. On va me monter l'eau d'un instant à l'autre.

— Tu t'interroges peut-être sur les raisons de mon retour ?

— Effectivement.

— Emma a eu un petit garçon. J'ai pensé que tu serais heureuse de l'apprendre.

— Mais c'est merveilleux ! Et comment s'appelle-t-il ?

— William, confessa-t-il. Comme moi.

— Tu dois être très fier.

— Tu penses ! C'est moi le parrain. C'est un grand honneur qu'on me fait.

— Bien sûr ! Tu dois être ravi, et Emma et Alex aussi.

— Ils sont aux anges.

Henry regarda ses pieds, Dunford le plafond. Ils avaient épuisé le sujet, et ne trouvaient plus rien à se dire.

— J'ai vraiment besoin d'un bain, risqua-t-elle pour rompre ce silence insupportable.

Juste à ce moment, on frappa à la porte. Deux femmes de chambre entrèrent avec des brocs d'eau fumante qu'elles déversèrent dans la baignoire.

Dunford contempla Henry, l'imagina nue dans son bain, la vapeur plaquant sur son front ses mèches auburn, les gouttes d'eau ruisselant sur sa peau comme des perles...

Étouffant un juron, il quitta la pièce.

Lorsque Henry descendit retrouver son mari, elle embaumait la lavande, et elle avait fait l'effort de mettre une robe. Qu'il n'aille surtout pas s'imaginer qu'elle cherchait à le contrarier en portant un costume masculin ! Et ce n'était pas non plus la peine de lui montrer qu'il occupait ses pensées la plus grande partie du temps.

Il posa son verre de whisky et se leva quand elle le rejoignit dans le salon.

— Tu es ravissante ! soupira-t-il.

— Merci. Toi aussi, tu as l'air en forme. Tu l'es toujours, d'ailleurs.

— Je te sers quelque chose ?

— Oui. Non... Enfin, oui.

— Qu'est-ce qui te ferait plaisir ? questionna-t-il en dissimulant un sourire.

— Ce que tu veux. Qu'est-ce que tu suggères ?

— Un verre de xérès ?

Elle saisit le verre qu'il lui tendait, en prenant bien soin de ne pas effleurer sa main, et but une gorgée pour se remettre de ses émotions et se donner du courage.

— Combien de temps penses-tu rester ?

— Tu as hâte de te débarrasser de moi, n'est-ce pas ?

— Non, mais je me disais que toi, tu n'avais pas obligatoirement envie de rester longtemps. Je suis très heureuse que tu sois là. Cela ne changera pas mes habitudes pour autant.

— Je m'en doute. C'est vrai que je suis un homme « plutôt agréable ». Je l'avais presque oublié !

— Je n'oserais pas aller à Londres et chambouler tes habitudes, figure-toi ! riposta-t-elle, blessée par ses sarcasmes. Je ne voudrais surtout pas te détourner de tes obligations mondaines, ni t'arracher à tes relations !

— Je ne vois pas ce que tu veux dire.

— C'est que tu es trop bien élevé pour en parler, ou que tu t'imagines que je suis trop bien élevée pour aborder le sujet, marmonna-t-elle en regrettant presque que lui n'ait pas envie de crever l'abcès et de tout lui avouer.

— J'ai voyagé toute la journée, et je n'ai pas envie de gaspiller mes dernières forces à répondre à tes devinettes. Je vais dîner, si tu veux bien m'excuser. Rejoins-moi si ça te chante !

Sur ce, il la planta là et passa dans la salle à manger comme si elle n'existait pas. Henry connaissait suffisamment les usages pour savoir qu'il s'était montré envers elle d'une inqualifiable grossièreté. Et elle le connaissait suffisamment pour comprendre qu'il l'avait fait exprès.

— Je n'ai pas faim ! clama-t-elle en se ruant dans l'escalier.

Le dîner avait un goût de cendre. Dunford l'expédia en dix minutes, en s'efforçant d'ignorer la réprobation muette des domestiques qui étaient tout dévoués à leur maîtresse, et qui se demandaient s'ils devaient enlever son couvert ou non.

Il se réfugia dans son bureau, où il se servit un verre de whisky, puis un second, et un troisième. Ce n'était pas assez pour s'enivrer, mais c'était suffisant pour calmer la souffrance qui le taraudait et pour tuer le temps en attendant que Henry s'endorme.

Sur la pointe des pieds, il monta dans sa chambre. Qu'allait-il faire ? Mon Dieu, quel gâchis ! Il l'aimait, mais il le regrettait. Il avait essayé de la haïr, mais il en était incapable. Même si elle ne lui rendait pas son amour, c'était une femme délicieuse, et personne ne pouvait lui reprocher son dévouement pour Stannage Park. Il la désirait et il s'en voulait de cette faiblesse.

Mais qui diable connaissait ses sentiments à elle ?

Tout ce qu'il savait, c'était qu'elle ne l'aimait pas. Cela au moins était clair.

Je voudrais tant t'aimer, moi aussi...

En tout cas, elle avait essayé...

Il entra dans la pièce d'un pas mal assuré. Henry était couchée dans leur lit !

Cela ne voulait pas dire qu'elle l'avait attendu, encore moins qu'elle le désirait, se reprit-il. Cela voulait dire qu'il n'y avait pas de lit dans l'autre chambre, tout simplement.

Elle dormait paisiblement, sa somptueuse chevelure répandue sur l'oreiller. Les rayons de la pleine lune dessinaient sa mince silhouette, soulignaient la pureté de son profil... Elle était ravissante, elle était tout ce qu'il désirait au monde, tout ce qu'il attendait de la vie. Il se laissa tomber dans un fauteuil pour la contempler.

Pour le moment, la regarder dormir suffisait à son bonheur.

Cela faisait longtemps que Henry n'avait pas aussi bien dormi – ce qui, compte tenu de la désastreuse soirée de la veille, tenait du miracle. Elle s'étira voluptueusement et s'assit dans son lit, fraîche et dispose, et d'excellente humeur malgré la pluie qui battait les vitres.

C'est alors qu'elle l'aperçut.

Il dormait tout habillé, recroquevillé dans un fauteuil. Mais qu'est-ce qui avait bien pu lui prendre ? Avait-il eu peur qu'elle ne veuille pas de lui et le chasse de son lit ? Ou éprouvait-il une telle répulsion envers elle qu'il préférait éviter de l'approcher ?

Elle se leva sans bruit et passa s'habiller dans la garde-robe. Quand elle revint dans la chambre, Dunford n'avait pas fait un mouvement. Il devait être tout courbatu, coincé dans ce fauteuil trop étroit, mais, avec ses mèches brunes en désordre et sa bouche légèrement entrouverte, il était beau à damner une sainte.

Henry n'y tint plus. Elle se moquait qu'il l'ait abandonnée le lendemain de leur arrivée en Cornouailles. Elle se moquait qu'il se soit montré incroyablement grossier envers elle la veille. Elle se moquait même qu'il ne l'aime pas suffisamment pour quitter sa maîtresse.

Tout ce qu'elle savait, c'était qu'elle l'aimait toujours, en dépit de tout, et qu'elle ne pouvait pas supporter de le voir aussi mal installé.

— Lève-toi, chuchota-t-elle en le prenant sous les aisselles pour le mettre sur ses pieds.

— Henry ? bredouilla-t-il d'une voix pâteuse.

— Il est temps d'aller au lit.

— Avec toi ?

Le cœur de la jeune femme fit un bond dans sa poitrine.

— Je... Non. Je viens de m'habiller, et j'ai du travail.

— Je peux t'embrasser ?

Henry ignorait s'il était vraiment réveillé, et elle aurait tout donné pour un baiser de lui. Il l'avait déjà embrassée, après tout. Quel mal y aurait-il à recommencer, juste une fois ? Elle en avait tellement envie. Elle en mourait d'envie...

Elle se pencha pour effleurer la bouche de Dunford, qui l'entoura immédiatement de ses bras.

— Ma petite sauvageonne ! gémit-il.

En tout cas, s'il dormait encore, il ne s'était pas trompé de personne. Il la désirait. En ce moment précis, c'était elle et elle seule qu'il désirait.

Ils se jetèrent sur le lit, bras et jambes emmêlés, en se déshabillant fébrilement l'un l'autre. Les lèvres de Dunford parcouraient fiévreusement la chair satinée de Henry. Il l'embrassait avec la voracité d'un homme affamé qui se jette sur un quignon de pain et elle lui répondait avec la même ardeur, l'enserrant pour l'attirer encore plus près, comme s'ils pouvaient ne plus faire qu'une seule et même personne.

Il la pénétra enfin, et ce fut comme s'ils franchissaient les portes du paradis.

— Oh, Dunford, je t'aime, je t'aime, je t'aime !

Les mots lui étaient venus tout droit du cœur, et tant pis pour sa fierté. Elle se fichait de ne pas être suffisamment belle pour lui. Elle l'aimait, et lui aussi l'aimait, à sa façon. Elle dirait ce qu'il faudrait, ferait ce qu'il faudrait pour le garder à ses côtés. Elle sacrifierait son orgueil, elle s'humilierait, elle ferait n'importe quoi pour ne plus connaître l'atroce solitude du mois qui venait de s'écouler.

Tout à son plaisir, il ne semblait pas l'avoir entendue. Il se perdait en elle en gémissant à chaque assaut. À son visage, Henry n'aurait su dire s'il jouissait ou s'il souffrait. Peut-être les deux à la fois... Au moment précis où le corps de la jeune femme s'embrasa, il la rejoignit et, tandis que son énergie vitale se répandait dans un élan furieux, il cria son nom avec l'ardeur d'un désespéré.

Le souffle coupé par l'intensité d'un plaisir qu'elle n'avait encore jamais connu, Henry accueillit avec ferveur le poids de ce corps viril qui s'abattait sur le sien. Ils savourèrent en silence ce bonheur, puis Dunford se dégagea et roula sur le côté.

Les yeux dans les yeux, ils restèrent enlacés pendant de longues minutes, jusqu'à ce qu'il se penche vers elle pour un nouveau baiser.

— Qu'as-tu dit ? Tu as dit que tu m'aimais ? insista-t-il comme elle ne soufflait mot.

Incapable de parler, elle se leva telle une somnambule.

— Henry !

— Je ne peux pas t'aimer ! proclama-t-elle en enfilant sa chemise.

— Mais qu'est-ce que tu veux dire, enfin ?

— Je ne peux pas te suffire. C'est pour ça que toi, tu ne pourras jamais me satisfaire non plus ! lança-t-elle en étouffant ses sanglots.

Dunford était tellement bouleversé qu'il ne retint que la seconde phrase. Pâle comme un linge, il se leva à son tour pour rassembler ses vêtements.

— Dans ce cas, annonça-t-il d'une voix atone, je vais retourner à Londres le plus tôt possible. Dès cet après-midi si je peux. J'espère que cela ne te paraîtra pas trop tard, ajouta-t-il avec une ironie amère devant le visage défait de Henry.

— Tu repars ? murmura-t-elle.

— Ce n'est pas ce que tu souhaites ?

Atterrée, elle secoua la tête négativement.

— Mais qu'est-ce que tu veux, bon Dieu ? s'emporta-t-il. Est-ce que tu le sais, au moins ? J'en ai assez de tes petits jeux, Henry ! Quand tu auras réfléchi à ce que tu attends du mariage, tu n'auras qu'à m'écrire. En attendant, je retourne à Londres, auprès de mes amis. Eux au moins ne se moquent pas de moi.

— Eh bien, pars ! hurla Henry, soudain prise d'une fureur aveugle. Pars ! Retourne à Londres auprès de tes belles amies ! Pars coucher avec Christine !

— Quoi ? Qu'est-ce que tu dis ? souffla Dunford, stupéfait.

— Je sais que tu as une maîtresse, s'étrangla-t-elle. Je sais que tu couchais encore avec elle alors que nous étions fiancés, alors que tu proclamais solennellement ton amour pour moi ! Tu m'avais raconté que tu allais jouer aux cartes avec tes amis, parce que tu les verrais moins quand nous serions mariés, mais je t'ai suivi. Je t'ai vu, Dunford ! Je t'ai vu, de mes yeux vu !

— Mais c'est une erreur, une affreuse erreur... assura-t-il en la rejoignant.

— C'est incontestablement une affreuse erreur, acquiesça-t-elle, tremblante de colère et de chagrin. J'ai commis l'erreur de m'imaginer que je pourrais devenir suffisamment féminine pour te séduire, que je pourrais ressembler à n'importe qui sauf à moi !

— Henry, je ne désire personne d'autre que toi, je te le jure !

— Pour l'amour du ciel, cesse de me mentir ! Je ne suis pas assez séduisante pour toi. Et Dieu sait si j'ai essayé ! J'ai fait de mon mieux pour apprendre les usages, j'ai appris à porter des robes, j'ai même fini par y prendre plaisir, mais ça ne t'a pas suffi. Je ne peux pas faire plus. Je n'y arriverai jamais, je le sais, et pourtant, tout ce que je demandais, c'était que tu m'aimes, moi, et moi seule, sanglota-t-elle en s'écroulant dans une bergère.

— Henry, ma belle, ma sauvageonne, ma chérie, je n'aime que toi, je ne désire que toi ! Tu es tout ce que j'aime au monde ! Depuis que nous nous sommes rencontrés, je n'ai jamais regardé une autre femme, affirma-t-il en s'agenouillant à ses pieds.

— Je t'ai vu ! répéta-t-elle, le visage ruisselant de larmes.

— Je ne sais pas ce que tu as vu, ou ce que tu as cru voir. Je suppose que tu parles du soir où je suis allé chez Christine. J'étais allé lui dire qu'elle devait chercher un autre protecteur.

— Tu es resté des heures chez elle !

— Henry, je ne t'ai jamais trompée, je te le promets. Je t'aime, crois-moi ! implora-t-il en lui prenant les mains. Je t'aime !

À travers ses larmes, elle sonda ces grands yeux bruns où elle adorait se perdre et sentit soudain toutes ses certitudes vaciller.

— Mon Dieu, mon Dieu... qu'est-ce que j'ai fait ? se lamenta-t-elle. J'ai tout gâché !

— Henry ? s'inquiéta Dunford en la voyant soudain pâle comme la mort.

— Qu'est-ce que j'ai fait ? Mais qu'est-ce que j'ai fait ? répéta-t-elle fébrilement en se ruant hors de la pièce.

Malheureusement, la tenue de Dunford lui interdisait de la suivre.

Henry descendit en courant les marches du perron et s'enfonça dans le brouillard qui enveloppait la campagne. Elle courut d'une traite jusqu'aux grands arbres du parc, jusqu'à ce qu'elle soit certaine que personne ne pourrait l'entendre.

Elle préférait être seule pour pleurer.

Elle se laissa tomber sur le sol détrempé pour sangloter tant qu'elle pouvait. On lui avait offert le bonheur le plus pur qui soit sur terre, et elle avait tout gâché par sa méfiance. Jamais Dunford ne lui pardonnerait. Comment pourrait-elle implorer son pardon, puisqu'elle ne se pardonnait pas elle-même ?

Cela faisait quatre longues heures que Dunford tournait comme un lion en cage. Où pouvait-elle bien être ?

Ce n'était pas la peine d'organiser une battue pour la retrouver : elle connaissait le domaine mieux que personne et ne pouvait s'être perdue. Il y avait également peu de chances qu'elle ait eu un accident, mais il recommençait à pleuvoir, et elle n'était pas dans son état normal.

Une demi-heure, pas plus ! Il lui donnait encore une demi-heure...

Son cœur se serra en se remémorant le visage décomposé de Henry ce matin. Jamais il n'avait vu une telle souffrance, sauf peut-être quand il s'était regardé dans son miroir ces dernières semaines.

Il ne comprenait plus comment leur union avait si mal tourné. Il l'aimait à la folie et, apparemment, elle partageait ses sentiments. Il restait cependant beaucoup de questions sans réponse, et la seule personne à en détenir la clef avait disparu.

Tel un fantôme, Henry reprit le chemin du manoir. La pluie la transperçait jusqu'aux os, mais elle n'y prêtait aucune attention.

— Il faut que je lui explique, il faut que je lui explique, se répétait-elle mécaniquement en marchant droit devant elle.

Elle était restée des heures recroquevillée au pied d'un grand chêne à pleurer toutes les larmes de son corps. Puis, quand elle avait retrouvé un peu de calme, elle avait réfléchi et s'était dit qu'elle méritait peut-être une seconde chance. Chacun avait le droit de tirer les leçons de ses erreurs, après tout.

Et elle devait la vérité à celui qui était son époux, pour le meilleur et pour le pire.

À peine avait-elle gravi les marches du perron que la porte s'ouvrit violemment, avant même qu'elle ait posé la main sur la poignée.

Beau comme le dieu de la Vengeance malgré sa tenue négligée, Dunford se dressait devant elle, rouge comme un coq, les sourcils froncés... Et, sans doute pour la première fois de sa vie, sa chemise était boutonnée de travers.

— Est-ce que tu as une idée de ce que j'ai enduré toute la matinée ? tonna-t-il en la tirant à l'intérieur. J'ai commencé à me dire que tu étais tombée dans un fossé. Je sais, tu connais chaque pouce de ce domaine, mais tu pouvais parfaitement être tombée dans un fossé ! Un animal aurait pu t'avoir mordue, et tu aurais aussi pu être assommée par une branche d'arbre, énuméra-t-il en comptant sur ses doigts. Il y a de l'orage, au cas où tu ne l'aurais pas remarqué !

Aux yeux de Henry, l'averse et les coups de vent qu'elle avait essuyés ne constituaient qu'une intempérie mineure, et certainement pas un orage, mais elle ne jugea pas utile de discuter météorologie pour le moment.

— Il y a des criminels en maraude, même en Cornouailles ! poursuivit-il. Il y a des criminels partout, même dans ces campagnes reculées. Et ils n'auraient aucun scrupule à t'estourbir et à te... Je préfère ne pas y penser !

En le voyant s'agiter dans tous les sens, Henry commença à reprendre espoir.

— Je vais devoir t'enfermer dans ta chambre. Je vais t'enfermer et t'attacher ! Mais enfin, pour l'amour du ciel, vas-tu dire quelque chose, à la fin ?

— Je n'ai pas d'amie qui s'appelle Rosalinde.

— Pardon ?

— Rosalinde n'existe pas. J'ai écrit cette lettre et je te l'ai envoyée exprès. Je voulais t'inciter à rompre nos fiançailles.

— Mais pourquoi ?

— Parce que je pensais que tu avais une maîtresse. Je ne comprenais pas comment tu pouvais être avec moi et avec elle en même temps.

— Je ne t'ai jamais trompée !

— Je sais. Je le sais, maintenant. Je suis désolée, vraiment désolée ! Est-ce que tu pourras me pardonner un jour ? implora-t-elle en se jetant dans ses bras pour se blottir contre sa poitrine.

— Pourquoi ne m'as-tu pas fait confiance ?

Rouge comme une cerise, Henry lui raconta comment lady Wolcott avait instillé son venin et fini par semer le doute dans son esprit. Elle ne pouvait cependant rejeter toute la faute sur Sarah-Jane. Si elle avait eu confiance en elle et en l'amour de Dunford, jamais elle n'aurait ajouté foi aux mensonges de l'intrigante.

— Et tu l'as crue ? s'étonna Dunford.

372

— Au début, non. Je t'ai tout de même suivi, et tu es resté si longtemps... J'étais perdue, je ne savais plus quoi penser, expliqua-t-elle en s'obligeant à le regarder en face.

— Mais enfin, Henry, pourquoi veux-tu que j'aie besoin d'une autre femme ? Je t'aime. Tu savais que je t'aimais. Je ne te l'ai pas dit assez souvent ? chuchota-t-il en posant la tête sur la chevelure soyeuse aux reflets mordorés.

— J'ai pensé que je ne te plaisais pas suffisamment, que je n'étais pas assez jolie, pas assez féminine, pas assez sophistiquée. J'ai fait tellement d'efforts pour devenir une vraie dame ! Cela ne m'a pas coûté, et j'ai adoré Londres, mais au fond de moi je resterai toujours la même, tu sais. Le garçon manqué, le phénomène de...

— Je t'ai déjà dit cent fois de ne jamais employer ce terme pour parler de toi !

— Mais je ne pourrai jamais ressembler à Arabelle ! Je ne pourrai jamais...

— Si j'avais été amoureux d'Arabelle, c'est à elle que j'aurais demandé de m'épouser. Henry, c'est toi que j'aime, insista-t-il en la serrant contre lui. Je t'aimerais même vêtue d'un sac de pommes de terre ! Même avec une moustache ! Enfin, si tu portais la moustache, ce serait un peu plus difficile... Promets-moi de ne jamais la laisser pousser, plaisanta-t-il en lui tapotant la joue.

— Alors, tu ne veux pas que je change ?

— Tu veux que je change, moi ?

— Non. Je t'aime bien comme tu es.

— Tu m'aimes bien, pas plus ? fit-il avec ce sourire ravageur qui lui donnait le tournis.

— Je t'aime beaucoup.

— Ce n'est pas assez.

— Je t'aime tout court. Je regrette tellement d'avoir douté de toi. Comment me faire pardonner ?

— Tu pourrais me dire que tu m'aimes.

— Je t'aime.

— Tu pourrais me le redire demain.

— Tu n'auras pas besoin de me le rappeler. Je te le dirai même deux fois.

— Et après-demain ?

— Je pense que j'y arriverai.

— Et tous les autres jours que Dieu fera...

Épilogue

— Je vais le tuer !

— Elle ne le pense pas vraiment, tu sais, chuchota Emma à l'oreille de Dunford.

— Cela dure depuis si longtemps, s'alarma l'intéressé, pâle comme un linge.

— Ça a été bien plus long pour William et tu vois, je suis toujours là, expliqua-t-elle en le prenant gentiment par la main pour l'éloigner de la chambre de travail. Allons, viens avec moi. Tu n'aurais jamais dû venir jusqu'ici. Tu vas te rendre malade à l'écouter crier comme ça.

Dunford suivit docilement son amie. Pendant cinq ans, Henry et lui avaient désespérément essayé d'avoir un enfant. Ils l'avaient tellement désiré que cette grossesse leur avait paru un véritable miracle. Pourtant, ce bébé ne semblait plus à présent aussi nécessaire à son géniteur.

Henry souffrait, sans qu'il puisse rien y faire, et cela lui était insupportable.

Ils rejoignirent au salon Alex, qui jouait avec ses enfants. William, qui venait d'avoir six ans, avait provoqué son père en duel et s'apprêtait à le battre à plate couture. Il faut dire que le duc était légèrement handicapé par la présence sur son dos du petit Julien, quatre ans, et de la jeune Claire qui, avec toute l'ardeur de ses deux ans, s'agrippait à sa cheville.

— Ça y est ? questionna-t-il, avec un peu trop de nonchalance aux yeux de Dunford, qui répondit par une espèce de grognement indistinct.

— Il veut dire non, expliqua Emma.

— Voilà, tu es mort ! s'exclama triomphalement William en assenant à son père un grand coup d'épée dans la poitrine.

— Tu vois ce qui t'attend ? s'amusa Alex.

— Pourvu que tout se passe bien, c'est tout ce qui m'importe, soupira Dunford en se laissant tomber dans une bergère.

— Tout ira très bien, ne t'inquiète pas, le rassura Emma. Tiens, voilà Arabelle !

— Comment va-t-elle ? bondit immédiatement Dunford.

— Henry ? Oh, elle… Mais où est John ?

— Il promène Laetitia dans le jardin, intervint la duchesse. Comment va Henry ?

— Ça y est ! C'est… Mais… Dunford ?

L'heureux papa était déjà dans l'escalier.

Dunford s'arrêta devant la porte de Henry. Qu'était-il censé faire, maintenant ? Jusque-là, les femmes l'avaient impitoyablement banni de la chambre. Avait-il le droit d'entrer ?

— Qu'est-ce que tu attends ? l'encouragea Arabelle, essoufflée d'avoir couru derrière lui dans l'escalier.

— Je peux entrer ?

— Je te suggère de frapper d'abord.

— Mais… il n'y a que des femmes…

Arabelle décida de prendre les choses en main et frappa elle-même à la porte.

— Voilà ! Maintenant, tu n'as plus qu'à entrer. Tu n'as plus le choix.

La sage-femme ouvrit la porte, mais Dunford ne la remarqua même pas. Il n'avait d'yeux que pour Henry et le minuscule paquet qu'elle tenait dans les bras.

— Henry ? Tu vas bien ? souffla-t-il timidement.

— Je vais très bien. Viens voir !

— Tu es certaine que tu n'es pas malade ? s'inquiéta-t-il en s'asseyant à son côté. Je t'ai entendue crier, et même menacer de me tuer.

— Je mentirais si je te disais que j'accoucherais volontiers tous les jours, mais cela en vaut la peine, tu ne crois pas ? sourit-elle en déposant un baiser sur sa joue. William Dunford, je te présente ta fille !

— C'est une fille ? Nous avons une petite fille ?

— J'ai regardé de près, et c'est une fille, je te le garantis.

— Une petite fille, répéta-t-il, émerveillé, en écartant les langes pour mieux la voir. Qu'elle est belle !

— Je trouve qu'elle te ressemble.

— Mais non, c'est à toi qu'elle ressemble.

— Peut-être aux deux, admit Henry.

Dunford déposa un baiser sur la joue de sa femme puis, avec une infinie douceur, fit de même sur celle de sa fille.

— Je n'avais jamais imaginé que nous aurions une fille, reprit Henry. Je ne sais pas pourquoi, mais j'étais sûre que nous aurions un garçon. Peut-être parce qu'elle était si remuante dans mon ventre.

Tout doucement, il prit le nouveau-né dans ses bras et l'embrassa encore une fois.

— Je m'attendais tellement peu à une fille que je n'ai cherché que des prénoms de garçon, s'attrista Henry.

— Moi, j'y ai pensé.

— Tu ne m'en as pas parlé !

— Je sais comment nous allons l'appeler.

— Tu es bien aimable, mais j'ai peut-être mon mot à dire.

— Absolument pas.

— Je vois. Tu peux partager ce secret d'État avec moi, tout de même ?

— Georgette.

— Tu veux l'appeler Georgette ? C'est encore plus laid que Henriette.

— Je sais bien, s'amusa Dunford.

— Nous ne pouvons pas l'affubler d'un prénom pareil ! Quand je pense à tout ce que j'ai subi...

— Je ne vois vraiment pas ce qui aurait pu mieux te convenir que Henry, affirma-t-il en embrassant de nouveau sa fille puis, pour faire bonne mesure, son épouse. Et je ne vois pas comment une femme comme toi pourrait avoir une fille qui s'appelle autrement que Georgie.

— Georgie ? Et si elle se met en tête de porter des pantalons ?

— Et si elle préfère porter des robes ?

— On verra bien. Eh bien, mon bébé, qu'est-ce que tu en penses ? Il s'agit de ton prénom, après tout, murmura Henry en caressant le petit nez tout rond.

— Tu permets ? fit Dunford en reprenant le précieux fardeau, que Henry lui abandonna tendrement. Bienvenue dans le monde, ma petite Georgie, chuchota-t-il au creux de la minuscule oreille. Je crois que tu vas te plaire ici.

Découvrez les prochaines nouveautés
de nos différentes collections J'ai lu pour elle

AVENTURES
&PASSIONS

Le 7 septembre

Les frères Malory - 8 — Les trésors du désir ☙
Johanna Lindsey

Gabrielle Brooks est envoyée à Londres faire ses premiers pas dans la Haute Société, aux côtés de James Malory, un ami de son père. Elle y rencontre Drew Anderson, un charmant capitaine, hélas, rétif au mariage. Mais lorsque celui-ci l'implique au cœur d'une affaire scandaleuse, Gabrielle n'a plus qu'un désir, se venger : elle part pour les Antilles à bord du navire de Drew qu'elle détient prisonnier. Mais en pleine mer, la passion l'emporte sur ses résolutions…

Inédit — Mésalliance ☙ Liz Carlyle

Si aucun homme ne demande Zoë Anderson en mariage par crainte d'une mésalliance, la jeune femme capricieuse n'hésite pas à user de sa beauté pour leur briser le cœur et à mener une existence de plaisirs et d'ivresse. Mais très vite, elle se retrouve précipitée dans les préparatifs d'un mariage forcé avec son ami d'enfance, Robin Rowland. Très vite, elle réalise que son frère, Stuart Rowland, exerce sur elle une attirance irrépressible.

Inédit — La famille Blakewell - 1 —
L'amour sans entraves ☙ Pamela Clare

Pour sa plantation en Virginie, Cassie Blakewell achète l'esclave Cole Braden, un ancien criminel. Lorsqu'il lui dit être en réalité un gentleman anglais du nom d'Alec Kenleigh et victime d'un complot, Cassie en reste stupéfaite. Qui est cet homme au sombre passé, un dangereux assassin ou un honnête lord anglais ? Malgré les doutes, elle ne peut réprimer ses émotions pour ce bel étranger, mais un amour entre une femme libre et un esclave est formellement interdit…

Le 21 septembre

Le prince des débauchés ✑ **Loretta Chase**

« Un démon ! » C'est ainsi que l'on décrit le marquis de Dain, un libertin aux mœurs scandaleuses, avide de sensations fortes. Jessica Trent est furieuse car ce dépravé tente d'entraîner Bethie, son jeune frère, dans la plus vile débauche, mais il en est hors de question ! Résolue, la jeune femme part en guerre contre le marquis et, à sa grande stupeur, elle tombe sous son charme et se livre à un jeu dangereux avec le diable...

Inédit *Le valeureux guerrier* ✑ **Kris Kennedy**

En l'an 1152, l'Angleterre est ébranlée par de violentes guerres civiles qui opposent le roi Henri II et le roi Stephen. Une nuit, Gwyn de l'Ami, la jeune comtesse d'Everoot, fait la rencontre du ténébreux guerrier Griffyn Sauvage, elle est immédiatement séduite. Mais Griffyn est en quête de vengeance et il n'a qu'une idée, récupérer les terres qui lui ont autrefois été volées et dont Gwyn est désormais l'héritière...

Inédit *Celle que j'attendais* ✑ **Sherry Thomas**

Seul le mariage pourrait libérer Elissande Edgerton de son oncle, le tyrannique Edmund Douglas. Lorsqu'elle épouse le stupide lord Vere, elle n'imagine pas que derrière ce masque se cache un agent secret qui traque de dangereux criminels. Elissande et lord Vere découvrent bientôt qu'ils ne sont pas ce qu'ils prétendent être mais, au-delà des secrets que chacun protège, pourront-ils se faire confiance et laisser libre court à leur passion ?

Le 7 septembre

Sous le charme
d'un amour envoûtant
CRÉPUSCULE

Le 21 septembre

PROMESSES

Les Chicago Stars - 4 — Ensorcelée ∝
Susan Elizabeth Phillips

Depuis la mort de son mari, Rachel Stone mène une existence difficile mais, pour Edward, son fils de cinq ans, elle est prête à tout, jusqu'à revenir à Salvation dans l'espoir de récupérer un trésor. Lorsqu'elle découvre qu'un poste est à pourvoir dans le drive-in de Gabriel Bonner, c'est pour Rachel une joie inespérée et, malgré la rudesse de Gabriel, elle se sent irrépressiblement attirée. Mais son frère, Ethan Bonner, ne l'entend pas de cette oreille et d'étranges incidents lui confirment qu'elle n'est pas la bienvenue à Salvation.

`Inédit` **Conflits, amour, préjudices** ∝ **Julie James**

Payton Kendall, féministe convaincue, et J.D. Jameson, fils d'un juge de renom, sont radicalement différents et... rivaux. Avocats depuis huit ans dans un même cabinet à Chicago, ils vont être contraints de collaborer durant plusieurs semaines sur une importante affaire. Mais lorsqu'ils apprennent que seulement l'un des deux sera promu à l'issu de ce dossier, une véritable concurrence s'installe et la guerre des sexes peut alors commencer ! Jusqu'à ce qu'une irrésistible attirance, occultée depuis bien longtemps, s'éveille en eux...

Et toujours la reine du roman sentimental :

Barbara Cartland

« Les romans de Barbara Cartland nous transportent dans un monde passé, mais si proche de nous en ce qui concerne les sentiments. L'amour y est un protagoniste à part entière : un amour parfois contrarié, qui souvent arrive de façon imprévue. Grâce à son style, Barbara Cartland nous apprend que les rêves peuvent toujours se réaliser et qu'il ne faut jamais désespérer. »

Angela Fracchiolla, Rome, Italie

Le 7 septembre
Pirate d'amour

Le 21 septembre
La trahison diabolique

9724

Composition
FACOMPO

Achevé d'imprimer en Italie
par Grafica Veneta
le 24 juillet 2011.

Dépôt légal : juillet 2011.
EAN 9782290015018

ÉDITIONS J'AI LU
87, quai Panhard-et-Levassor, 75013 Paris

Diffusion France et étranger : Flammarion